MICHAEL RITTER

Wiener Künstlermord

KUNST, LÜGEN UND MORD Wien im Jahr 1916. Ferdinand Schmutzer, Präsident der Wiener Künstlervereinigung Secession, ist ein alter Bekannter aus Dr. Frieds Schulzeiten. Als einer der jüngeren Künstler der Vereinigung, ein Skulpteur, nach einer heftigen Auseinandersetzung mit Schmutzer erstochen aufgefunden wird, bittet dieser Kriminaloberinspektor Dr. Fried – mitten in dessen Urlaub – um Hilfe. Doch er möge nicht als Polizist, sondern als Freund privat ermitteln. Dr. Fried kommt damit den offiziellen Ermittlungen in die Quere, und sehr bald gehen seine Recherchen und sein Verdacht in eine ganz andere Richtung als die polizeilichen Untersuchungen. Es entwickelt sich eine ungewollte Konkurrenz zwischen dem jungen Kommissar Hechter und dem Kriminaloberinspektor Dr. Fried, welche die kollegiale Freundschaft der beiden auf eine harte Probe stellt. Als der wahre Täter verhaftet wird, lässt er mit seinem Geständnis eine Bombe platzen, die das Privatleben Dr. Frieds erschüttert.

Michael Ritter wurde 1967 in Wien geboren und arbeitet als Verleger und Literaturwissenschaftler. Zahlreiche literaturwissenschaftliche Veröffentlichungen sind von ihm erschienen, darunter eine Biografie über Nikolaus Lenau. Außerdem schreibt er historische Kriminalromane und Thriller. Zuletzt erschien im Gmeiner-Verlag der historische Kriminalroman »Die Bibliothekarin und der Tote im Park« rund um die Bibliothekarin Rita Girardi. 2023 erhielt Michael Ritter das Wiener Projektstipendium für Literatur.
Mehr Informationen zum Autor unter:
www.michael-ritter.eu

MICHAEL RITTER

Wiener Künstlermord

Historischer Roman

GMEINER

Im Ehnried 5, 88605 Meßkirch
Telefon 07575/2095-0
info@gmeiner-verlag.de

1. Auflage 2024

Herstellung: Julia Franze
Umschlaggestaltung: U.O.R.G. Lutz Eberle, Stuttgart
unter Verwendung eines Bildes von: © Josef Maria Auchentaller, aus »Ver sacrum: Mitteilungen der Vereinigung Bildender Künstler Österreichs« 1901
Universitätsbibliothek Heidelberg / vs1901 / S. 4
https://doi.org/10.11588/diglit.8878#0010
Druck: GGP Media GmbH, Pößneck
Printed in Germany
ISBN 978-3-8392-0740-6

Erstes Kapitel: 9. Dezember

Nun hatten sie auch im Deutschen Reich die verantwortlichen Personen für die Beschaffung von Rohstoffen und Munition ausgetauscht. Überall dasselbe! Menschen in leitenden Positionen, die sich bedienten und sich gegenseitig den Profit zuschoben. Und wenn sie einmal aufflogen, dann wusste keiner von nichts und suchte die Verantwortung beim anderen. Darin glichen sich das Deutsche Reich und die österreichische Monarchie anscheinend wie ein Ei dem anderen.

Ähnliche Veränderungen hatte es auch im österreichischen Kriegsministerium gegeben und indirekt war Kriminaloberinspektor Dr. Fried dafür mitverantwortlich gewesen. Natürlich verkaufte man diesen Wechsel der Öffentlichkeit als routinemäßige Rochaden, weil man eben immer die besten Männer an der Spitze haben wollte. Manchmal war Dr. Fried davon überzeugt, dass Frauen die Dinge besser anpacken würden. Wahrscheinlich befänden sie sich dann sogar nicht einmal im Krieg.

Seine Tochter zum Beispiel! Sie war zu einer unverzichtbaren Person in der Internationalen Psychoanalytischen Vereinigung geworden, der man die Lenkung der Alltagsgeschäfte längst in die Hände gelegt hatte. Und kein Mann hätte dies besser erledigt, als sie es tat.

Dr. Fried blätterte in seiner Lieblingszeitung. Nicht einmal drei Wochen war es her, dass der alte Kaiser gestorben war. Nun gab es einen neuen, jungen. Doch Dr. Frieds Hoffnungen in diesen waren nicht allzu groß. Zu sehr hatte sich die Kriegsmaschinerie verselbstständigt, als dass er dem unerfahrenen Monarchen zutrauen würde, den Lauf der Dinge zu ändern. Auch wenn er ihm ein ehrliches Streben nach Frieden durchaus zugestand.

Ein feierliches Hochamt war am Vormittag des Vortages abgehalten worden. »Die Thronbesteigung Kaiser Karls I. Hochamt mit Tedeum in der Stephanskirche«. Dr. Fried schlug mit der flachen Hand auf die Seite in der Neuen Freien Presse, auf der dies alles geschildert wurde. Wie gewohnt hatte er die Zeitung aus der kaffeehaustypischen Halterung herausgelöst. Damit rief er inzwischen nicht mehr den geringsten Ärger bei Herrn Johann, dem Kellner, hervor, weil dieser die Zeitung nachher wieder einspannen musste. Früher hatte Herr Johann immer wieder Bemerkungen fallen gelassen, doch nachdem sein Stammgast nie darauf reagiert hatte, hatte er sich zu guter Letzt mit der faktischen Macht der Realität abgefunden.

Der Bericht war ein richtiggehendes Who's who der feinen österreichischen Gesellschaft. Wohl mit dem Bestreben nach Vollständigkeit hatte der namentlich nicht genannte Journalist einen Namen der Gästeliste nach dem anderen aufgezählt, und so ging das über die gesamte Spalte auf die folgende Seite hinüber.

Dr. Fried ärgerte sich. Seine »Presse« war früher ein intellektuell ansprechendes, inhaltlich vielfältiges Druckerzeugnis gewesen. Sogar das Papier war, der Kriegswirtschaft geschuldet, inzwischen rauer und dünner. Jetzt war es ein Blatt wie alle anderen geworden, kriegspropagandistisch ausgerichtet und nur mehr in seltenen Fällen gewissen Ansprüchen genügend. Ab und zu im Feuilleton vielleicht. Vielleicht! Und dann die Anzeigenflut auf den letzten Seiten. War das vor dem Krieg auch so gewesen? Wenigstens legte man bei der Neuen Freien Presse noch einen gewissen Wert auf Niveau und Anständigkeit, nicht wie bei anderen Zeitungen, in denen unverhohlen und unverschämt für Gummiwaren für einschlägigen Gebrauch geworben wurde. Olla hieß eine solche Firma, die sich in der Praterstraße mit einem Geschäftslokal eingenistet hatte.

Dr. Fried konnte sich schon gar nicht mehr erinnern, wie das gewesen war, *vor dem Krieg*. Es klang wie eine Wendung aus altbiblischen Zeiten. Als Soldaten schmucke Männer in prächtigen Uniformen gewesen waren, Zinnsoldaten aus Fleisch und Blut, Soldaten zwar, aber irgendwie hatte das alles in jener Ziel nur wie ein Spiel gewirkt.

Es gab sie immer noch, diese farbenfreudigen Herzeige-Infanteristen, die man in Reih und Glied aufstellte, einfach nur damit sie wirkten. Ein Spalier vom Riesentor des Stephansdoms bis zum Presbyterium war aufgeboten worden, das den neuen Kaiser während des

Festaktes umrahmte und hervorhob wie ein goldplattierter Bilderrahmen einen Rembrandt oder einen von diesen neuen Künstlern, die sich vor nun auch schon beinahe zwanzig Jahren in einem aufmüpfigen Akt vom Kunstestablishment abgespalten und unter dem Namen »Secession« zu einer eigenen Vereinigung geformt hatten. Seitdem brodelte es im Suppentopf der Kunstschaffenden, und es gab immer wieder neue Abspaltungen oder Distanzierungen einzelner Künstler vom Rest der schöpferischen Welt. Es konnte anscheinend in keinem Bereich des Lebens mehr ein friedvolles Nebeneinander geben.

Der Kardinal-Erzbischof von Wien, Friedrich Piffl, hatte das Hochamt zelebriert, das wohl den offiziellen Krönungsakt ersetzen sollte. Der ungarische Reichsteil, so viel wusste man, gab sich mit solchen reduzierten Gesten nicht zufrieden. In Budapest würde Karl zu Jahresende zum ungarischen König gekrönt werden.

Dr. Fried hörte auf, den Artikel zu lesen, als eine scheinbar endlose Liste mit Namen folgte. Ach, auch Kriegsminister Krobatin fand sich unter den Gästen! Eigentlich nicht weiter verwunderlich, dachte sich Dr. Fried. Er hatte den Mann seit dem Jahr 1914 nicht mehr gesehen und auch kein Bedürfnis danach. Alte Zeiten soll man hinter sich lassen, besonders wenn ihnen der Geruch von faulem Kompromiss anhing. Dr. Fried hatte das Ritterkreuz des Franz-Josephs-Ordens – ein rotes Kreuz vor dem Hintergrund des goldenen Doppeladlers mit der Reichskrone darüber an einem roten Band –, das er Krobatin zu verdanken hatte, seit der Verleihung nicht mehr aus der Schublade hervorgeholt. Falls jemand es heimlich entwendet hätte, er hätte es nicht bemerkt und würde es auch in Zukunft nicht bemerken. Es interessierte ihn einfach nicht.

Nachdem er vor zwei Jahren den Fall rund um den toten unehelichen Sohn des Kriegsministers gelöst (und zugleich auch nicht gelöst) hatte, war sein Blick auf den eigenen Berufsstand verändert. Zwar hatte er den Mörder gefasst, aber Hintermänner und Korruptionsvorfälle in seinem Ministerium hatten es Dr. Fried unmöglich gemacht, diese ebenfalls zur Verantwortung zu ziehen. Politische Interessen waren anscheinend eben doch stärker als juristische. So, wie das alles abgelaufen war, war er mit dem Ergebnis nicht wirklich zufrieden. Natürlich, er hatte keine andere Wahl gehabt, aber sein Gefühl sagte ihm, dass er trotzdem hätte widersprechen müssen. Er war keineswegs stolz auf sich.

»Was macht der Herr Schwiegersohn?«, wandte sich Herr Johann an Dr. Fried.

Es gab nur wenige Gäste an diesem Samstag in Dr. Frieds Stammcafé am Graben im Trattnerhof, was ihn zu einem der durchschnittlichen Samstage machte, wie sie seit Kriegsbeginn typisch geworden waren.

»Er dient«, antwortete Dr. Fried in Ermangelung detaillierterer Informationen über Max. »Und Ihr Herr Sohn?«

»Dient«, murmelte Herr Johann, dem es anscheinend genauso erging wie Dr. Fried und dessen Tochter Amalia.

Man erfuhr nie genug von der Front. Ab und zu eine Postkarte, vielleicht ein Brief, aber was stand da schon drin? Was *durfte* überhaupt nach außen getragen werden? Alles wurde hinter einer Maske der Beschönigung versteckt, wusste Dr. Fried, wie im Fasching. Vorne ein keckes Grinsen unter einer roten Nase, dahinter das ernste Gesicht, dem schon längst kein Lächeln mehr abzuringen war.

»Was führt Sie eigentlich an einem Samstag zu uns?«, wagte Herr Johann es nachzufragen. Üblicherweise kam Dr. Fried am frühen Montagvormittag her, bevor er in sein Büro ging und die neue Woche in Angriff nahm. »Das zweite Mal hintereinander!«

Dr. Fried lächelte und faltete die Zeitung. Einmal. Zweimal. Der Schmerz war für Herrn Johann fast körperlich spürbar. »Auch ein Kriminaloberinspektor hat ein Anrecht auf Urlaub«, antwortete Dr. Fried und legte die Zeitung neben sich auf die Bank.

»Urlaub?« Die Frage des Herrn Johann klang so ungläubig, als wüsste er gar nicht, was mit diesem Begriff gemeint war.

»Nicht nur das«, fuhr Dr. Fried fort. »Im Gegensatz zu früheren Jahren kümmere ich mich diesmal um gar nichts. Früher bin ich in meiner freien Zeit ab und zu ins Büro gegangen, diesmal aber …« Er hob beide Hände und winkte ab, als hätte man ihm etwas Überflüssiges angeboten. »Der gute Hechter kümmert sich jetzt um alles.«

Kommissar Julius Hechter war ein junger Mann, den Dr. Fried bisher davor hatte schützen können, zum

Kriegsdienst beordert zu werden. Und das ganz ohne faule Kompromisse und zweifelhafte Beziehungen zu höhergestellten Personen, die man an unsichtbaren Rädern zu drehen bat und sich dafür in deren Schuld begab. Hechter war ein Mitarbeiter, auf den sie bei der Polizei nicht verzichten konnten, und das war nicht gelogen. Im Gegenteil: Angesichts des gewaltigen Personalschwunds, den sie in den letzten beiden Jahren auch bei der Polizei hatten erleben müssen, war es nicht allzu schwierig gewesen, den schlanken, hochgewachsenen und eleganten Kommissar vor der Einberufung zu bewahren. Und der hatte sich als derart fähig erwiesen, dass Dr. Fried ihm nun zum ersten Mal für die zwei Wochen seines Urlaubs die Leitung seiner Abteilung anvertraut hatte. Stellvertretend, verstand sich, aber doch offiziell und mit voller Verantwortung. Der Novak, Dr. Frieds rechte Hand, hatte zeitgleich mit ihm seinen Urlaub angetreten, denn die beiden alten Freunde hatten sich vorgenommen, einiges gemeinsam zu unternehmen.

»Ich hab's nicht früher geschafft!« Ein älterer Herr in einem sehr langen Mantel, der seine ohnehin schmale Gestalt noch mehr streckte, kam auf den Tisch von Dr. Fried zugehumpelt. Ein wollener Schal quoll aus dem Kragen heraus, als wäre er achtlos hineingestopft worden. Seinen Hut hielt er bereits in der Hand und war im Begriff, ihn auf einem der freien Stühle abzulegen, als Herr Johann herbeieilte und dem neuen Gast sowohl den Hut als auch den Mantel abnahm.

»Ich habe mich bei Dr. Schwerdtner mit der Assistentin verplaudert.« Der Novak nahm neben Dr. Fried Platz und setzte sich dabei auf die zusammengefaltete Zeitung, die er übersah. Er zog die Bank einem Stuhl vor, weil er so sein Bein von sich strecken konnte, ohne das Gefühl zu haben, jeden Augenblick von der Sitzfläche zu rutschen.

»Nun noch zwei, drei Monate Winter, dann wird sich das Knie wieder besser anfühlen«, stellte der Novak im Brustton der Überzeugung fest.

»Das sagt Ihnen die Assistentin?« Dr. Fried schmunzelte.

»Nein, das sagt mir die Erfahrung der Jahrzehnte, die ich mich mit dieser Kriegserinnerung bereits herumschleppe«, sagte der Novak und winkte Herrn Johann ungeduldig herbei.

»Für mich auch einen …« Er blickte ratlos auf die leere Tasse des Kriminaloberinspektors.

»Kapuziner«, vervollständigte Herr Johann die Bestellung.

Zum Glück hatte der Kellner nicht mitbekommen, wohin sich der Novak gesetzt hatte. Ob er die nun nicht einfach nur gefaltete, sondern zerknitterte und durch die Körperwärme des Novak völlig außer Form gebrachte Zeitung wieder glatt bekommen würde und sie in den Leserahmen einspannen würde können, war keineswegs gewiss.

»Eine hübsche, junge, sehr attraktive Assistentin, nehme ich an«, bohrte Dr. Fried weiter.

»Aber, Herr Doktor!«, zeigte sich der Novak künstlich empört. »Was denken Sie denn von mir?«

»Nur das Beste, mein lieber Novak, nur das Beste. Und so eine nette Assistentin … Das wäre doch ein Ausblick, nicht wahr?«

»In meinem Alter, Herr Doktor?«

»Ach, Alter … Da kommt Ihr Kapuziner.«

Herr Johann stellte die Tasse auf dem kleinen runden Tisch mit der marmorierten Platte ab und daneben ein Glas Wasser, ganz wie es sich für die Wiener Kaffeehaustradition gehörte. »Der Chef hat sich überlegt, für das Wasser ein paar Heller extra zu verlangen«, sagte er und grinste dabei, obwohl es sich nicht um einen Scherz handelte. »Die Kosten steigen und steigen … Das ist der Krieg.«

»Verdammt sollen sie sein, alle, die dafür verantwortlich sind«, murmelte der Novak und warf zwei Würfel Zucker in seinen Kaffee.

»Und alle, die der Krieg noch blöder gemacht hat, als sie vorher schon waren«, fügte Herr Johann hinzu und spielte mit seinem Hangerl, einer reinweißen größeren Stoffserviette, die er stets formvollendet über den linken Unterarm gelegt trug und mit der er immer wieder die eine oder andere leere Tischfläche abwischte. »Aber manchmal erwischt es dann doch auch mal den Richtigen.«

»Was meinen Sie?«, fragte der Novak nach. Er blickte an Herrn Johann vorbei in das Lokal hinein. »Haben Sie vielleicht noch ein Butterkipferl?«

Herr Johann brachte ihm eines und lieferte auch gleich die Antwort auf die Frage davor mit. »Den Stürgkh natürlich!« Er deutete mit dem Kinn auf das Butterkipferl, das auf einem weißen Tellerchen lag. »Ganz frisch, ist noch warm.«

Der Novak nickte und lächelte dankbar. »Sie meinen den Mord an ihm?«

»Ja, das Attentat!«, bestätigte Herr Johann, der das Wort »Mord« nicht in den Mund nehmen wollte.

Der sozialdemokratische Publizist und Politiker Friedrich Adler hatte Ende Oktober den Ministerpräsidenten Karl Graf Stürgkh erschossen. Es war seine Art gewesen, gegen den Krieg und die wachsende Verarmung der Bevölkerung zu protestieren.

»Sie werden ihn zum Tode verurteilen. Oder vielleicht zu lebenslänglich begnadigen. Was für eine Gnade …« Herr Johann zischte zwischen den zusammengebissenen Zähnen hindurch. »Der Mann hat eine Heldentat vollbracht, wenn Sie mich fragen. Sogar die Zeitungen schreiben es.« Herr Johann war in eine leichte Erregung geraten, sein Gesicht hatte mehr Farbe angenommen als normal.

»Kommt darauf an, welche Zeitungen man liest«, murmelte Dr. Fried kaum hörbar.

Es war schon richtig, dass Blätter wie die Arbeiterzeitung die Tat Friedrich Adlers mehr und mehr zu einer Heldentat und einem Akt politischer Befreiung hochstilisierten. Andere hingegen, wie seine Neue Freie Presse, sahen das Attentat unter einem vollkommen eigenen Blickwinkel. So betrachtet hatte Herr Johann schon recht: Die Welt war derart aus den Angeln gehoben, dass die Menschen sich nicht einmal im Falle eines Mordes darauf einigen konnten, dass dies ein Unrecht war und blieb, egal, wie die Motivlage aussah.

»Wenn jeder seinen politischen Protest auf diese Weise ausdrücken würde, sähen wir ganz schön alt aus«, wagte Dr. Fried einen Widerspruch.

»Na ja, völlig unrecht hat er nicht«, überlegte der Novak. »Unser Herr Johann, meine ich …«

»Novak!«, rief Dr. Fried aus und zog die Augenbrauen weit in die Höhe. »Wir reden von Mord! Sie wissen, auf welcher Seite wir dabei zu stehen haben. Und es ist vollkommen richtig so. Mord kann nie eine Lösung sein.«

Dr. Fried musste plötzlich an seinen Schwiegersohn Max denken. Mord war keine Lösung, ganz gleich, welche Umstände einen dazu trieben. Doch auch er musste sich eingestehen, dass man unter gewissen Umständen so etwas wie ein Verständnis entwickeln konnte. Keine Entschuldigung, kein Gutheißen, doch er hatte es nie verlernt, sich in die Gemütslage anderer Menschen hineinzuversetzen.

»Aber ist ein politisches Attentat mit den Maßstäben des Strafgesetzbuches zu messen?«, ließ der Novak seinen Gedanken freien Lauf und biss in die Spitze des Butterkipferls. Brösel fielen auf den Tisch und in seinen Kaffee.

»Stehen politische Akte automatisch *außerhalb* des Rechts?«, antwortete Dr. Fried mit einer Gegenfrage. Und er fügte bekräftigend hinzu: »Nein, das tun sie nicht.«

»Und wer zieht die Kriegstreiber zur Verantwortung?«, hielt Herr Johann dagegen.

Es gab außer Dr. Fried und dem Novak keine weiteren Gäste mehr im Lokal, sodass er ohne ein Blatt vor dem Mund vertraulich sprechen konnte. Es hätte gerade noch gefehlt, dass er sich zu den beiden an den Tisch setzte.

»Der Krieg geht dadurch nicht zu Ende«, meinte Dr. Fried. »Glauben Sie mir, Herr Johann, an einzelnen Personen liegt es nicht.«

»Woran dann?«, ereiferte sich der Kellner, während der Novak das bereits zur Hälfte verspeiste Butterkipferl mit der zweiten Spitze in den Kaffee tunkte.

»Ich sehe das in einem größeren Zusammenhang«, fuhr Herr Johann fort. »Es war nicht bloß ein Attentat auf Stürgkh, sondern ein Attentat auf die österreichische Moral. Und die liegt völlig darnieder. Die Menschen gehören aufgerüttelt. Wie lange sollen unsere Söhne noch an der Front darben? Bis jeder einzelne in einem Sarg zurückkehrt?«

Wie sollte, wie konnte Dr. Fried dem emotionsvollen Mann reinen Gewissens widersprechen? Er wollte ja selbst nicht, dass sein Schwiegersohn Max in einer billigen Holzkiste nach Wien zurückgeschickt wurde, wo seine Familie ihn begraben musste.

»Geh'n S', Herr Johann!«, war eine kräftige Frauenstimme aus jenem Bereich des Kaffeehauses zu hören, wo die Vitrine mit den Mehlspeisen stand. »Könnten S' mir kurz zur Hand gehen?«

Herr Johann zupfte sein Hangerl zurecht und schlurfte ohne Anzeichen von Eile davon. Der Novak schob gerade das letzte Stück des Butterkipferls in den Mund und sah Dr. Fried an, als hätte er vom Ende des Gesprächs nichts mitbekommen.

»Es gibt Dinge, die werden sich nie ändern«, sagte er kauend vor sich hin und schluckte kräftig. »Die Lernfähigkeit der Mensch zum Beispiel. Manche Fehler machen wir immer wieder, wenngleich auch stets in neuem Gewand. Aber besser aussehen tut's deswegen nicht.«

Dr. Fried holte aus der Innentasche seines Jacketts eine Brieftasche hervor und zählte ein paar Kronen ab. »Sie sind mein Gast, lieber Novak«, sagte er und klemmte die Scheine unter das Silbertablett, auf dem die leer getrunkene Tasse Kaffee und das nicht angerührte Glas Wasser standen.

»Wollen Sie es nicht?«, fragte Dr. Fried und zeigte auf das Glas.

Der Novak schüttelte den Kopf, und Dr. Fried trank es in einem kräftigen Zug leer.

»Wenigstens unser gutes Wiener Wasser haben sie bisher nicht rationalisiert und auf Lebensmittelmarken gesetzt«, sagte er, als er das Glas wieder absetzte.

Die beiden Männer zogen sich die Mäntel über und griffen nach ihren Hüten. Herr Johann eilte herbei, warf einen Blick auf die Geldscheine auf dem Tisch und nahm Dr. Frieds Worte »Stimmt so« wohlwollend entgegen.

»Sie kommen am Montag wieder?«, fragte Herr Johann, während er Dr. Fried in den zweiten Ärmel hineinhalf.

»Eher nicht, lieber Herr Johann!«, zeigte sich Dr. Fried erfreut. »Eine Woche Urlaub habe ich noch und es wird mich keine Kraft dieser Welt dazu bringen, in mein Büro zu gehen. Daher auch kein traditionelles Frühstück bei Ihnen. Aber danach schon wieder, keine Sorge!« Er nahm seinen Hut an der Krempe und wandte sich dem Novak zu. »Wir sehen uns morgen zum Adventsessen?«

»Wie ausgemacht, Herr Doktor.«

Langsam gingen sie auf den Ausgang zu.

»Gut«, brummte Dr. Fried zufrieden. »Gut.«

Sie hatten für dieses Jahr verabredet, dass der Novak an jedem Adventssonntag zu Dr. Fried und dessen Tochter zum Mittagessen kommen würde. Auch für den Heiligen Abend hatten sie es so geplant, und Amalia freute sich, ihren »Onkel Novi«, wie sie ihn als Kind genannt hatte, in der Adventszeit dieses Jahres häufiger zu sehen.

»Na dann …«

Die beiden Männer reichten einander die Hände und verabschiedeten sich. Als sie das Lokal verlassen hatten, fiel Herrn Johanns Blick auf die zerknitterte und zerdrückte Zeitung auf der Sitzbank. Schnaubend griff er danach und musste feststellen, dass es ihm diesmal besonders viel Mühe bereiten würde, sie auseinanderzufalten, zu glätten und in den Leserahmen einzuspannen. Die nächsten Gäste würden sich gewiss bei ihm beschweren über den Zustand des Blattes. Dabei konnte er gar nichts dafür. Immer wieder geriet man zwischen die Fronten als kleiner Mann.

Zweites Kapitel: 10. Dezember, mittags

Amalia hatte das Adventsgesteck aus Tannenzapfen mit silbrigen und goldenen Fäden durchwirkt und tiefrote Äpfel darumgelegt. Sechs Kerzen waren fest hineingesteckt, damit sie nur ja nicht umfallen und ein Feuer entfachen konnten. Als Kind hatte sie einen richtig großen Adventsleuchter bei entfernten Verwandten gesehen, vierundzwanzig auf einem großen Holzreifen angebrachte Kerzen. Das war ihrer Mutter zu aufwendig gewesen, aber sie war einverstanden gewesen, den Brauch eines Gestecks einzuführen. Amalia setzte diesen seitdem Jahr für Jahr fort und holte damit – unbeabsichtigt und unbewusst – ein wenig vom Geist ihrer Mutter zurück ins Haus.

Die ersten Jahre nach dem Tod der Mutter waren eine bedrückende Zeit gewesen. Keine Spur von Vorfreude auf den Tag, an dem der Herr geboren worden war. Amalias Vater hatte sich zwar alle Mühe gegeben, doch sie hatte gesehen und gespürt, wie er unter der Einsamkeit litt. Eine Form von Einsamkeit, gegen die sie als Tochter machtlos war. Zeitweise hatte sie sich sogar schuldig gefühlt, ihrem Vater nicht helfen zu können, doch schnell hatte sie gelernt, dass seine Gemütsverfassung nicht an ihr lag. Auch mit der Hilfe ihres Vaters, der mit ihr darüber sprach, was geschehen war. Nicht oft und schon gar nicht über seine Gefühle, niemals. Aber er ließ Amalia spüren, dass er für sie da war und alles tun wollte, um ihr die Mutter zu ersetzen, auch wenn sie nicht ersetzbar war. Zum Glück war sie kein kleines Kind mehr gewesen. Auch das hatte ihr Vater ihr einmal gesagt. »Du warst zum Glück schon eine junge Frau, jedenfalls auf dem Weg dorthin. Ohne deine Reife und deine erwachsene Art hätten wir es vielleicht nicht geschafft. Du warst mir immer eine große Stütze.«

Das waren Worte, die man ihm als Außenstehender nicht zugetraut hätte. Ein Kriminaloberinspektor, der die übelsten Verbrecher jagte. Oder jagen ließ, wie es inzwischen war, denn als Leiter seiner Abteilung kam es nur mehr sehr selten vor, dass er selbst Fälle übernahm. Er hatte seine Ermittler, die er koordinierte, denen er Vorgaben machte oder deren Arbeit er beobachtend begleitete, um da oder dort eine Korrektur vorzunehmen oder den Kollegen in seinem Tun zu bestätigen. Ärgerlich war nur, dass der Krieg ihren Personalstand derart ausgedünnt hatte.

Doch dieser Kriminalist war auch Vater, und er würde es bis zum letzten Tag seines Lebens sein. Manche Rollen im Leben spielte man nicht einfach nur, sondern sie waren ein organischer Teil von einem selbst.

»Kümmerst du dich um die Servietten, Paps?«

Die Stimme aus der Küche rüttelte Dr. Fried auf, der die Sonntagszeitung aufgefaltet auf den übereinandergeschlagenen Beinen liegen hatte und versonnen den Blick aus dem Fenster richtete. Der Lehnstuhl war gut gepolstert, als wäre er neu, und dementsprechend kämpfte er gegen die Verführung an, in ihm einzunicken. Das konnten auch die Geräusche der Geschäftigkeit aus der Küche nicht verhindern.

Dr. Fried stand auf und stöhnte dabei ausgiebig. Seit einiger Zeit plagte ihn ein Rückenleiden, das er tunlichst vor allen zu verbergen versuchte. Vor allem vor Amalia! Sie würde ihn wie ein Neugeborenes umsorgen, wenn sie davon erführe. Und auch der Novak musste nicht unbedingt Bescheid wissen. Der würde ihm sicher von seinen elektrotherapeutischen Behandlungen vorschwärmen – das brauchte Dr. Fried am allerwenigsten. Stattdessen verließ er sich auf gymnastische Übungen, die er regelmäßig in seinem Zimmer vor dem Schlafengehen heimlich durchführen wollte, aber dabei war er nachlässig, was er mit mangelnder Zeit begründete. Sobald er spürte, dass der Rücken ihm unangenehme Signale gab, nahm er die Übungen wieder auf und war bereits nach zwei, drei Tagen wieder der Alte. Vorerst jedenfalls noch.

Sein Stöhnen war eher ein Zeichen des Alters. Das machte man einfach so, wenn man bereits mehrere Jahrzehnte auf dem Buckel hatte. Und es tat gut, die Welt wissen zu lassen, welche Anstrengungen man auf sich nahm, sie in Bewegung zu halten. Ein Mann, der die sechzig erreicht hatte, durfte das.

Dr. Fried ging zur Anrichte und zog die mittlere der drei Schubladen auf, in der sich penibel genau gefaltet die weißen Stoffservietten befanden. Er nahm eine heraus und bewunderte, wie sehr sie gestärkt war. Die Hausarbeit hatte Amalia neben ihrer beruflichen Tätigkeit in der Psychoanalytischen Vereinigung fest im Griff, als wäre sie eine professionelle Haushälterin.

Er holte zwei weitere heraus. Frau Walter, die Nachbarin, die einen Stock über ihnen wohnte und schon länger Witwe war als er Witwer, hatte nicht aufgehört, sich Hoffnungen zu machen, Dr. Frieds Haushalt zu regeln – und das nicht nur als Haushälterin. Amalia hätte ihm ein neues, ein zweites Glück im Leben gegönnt, aber wie könnte er das jemals seiner geliebten Ehefrau – Gott habe sie selig – antun? Für manche Menschen galt die Treue über den Tod hinaus.

»Frau Walter hat mir übrigens einen grandiosen Tipp gegeben, wie ich das Rindfleisch vor dem Kochen behandeln soll«, sprach Amalia plötzlich den Namen aus, der sich in Dr. Frieds Gedanken geschlichen hatte. Konnten solche Dinge einfach nur Zufall sein oder waren sie doch ein Fingerzeig des Schicksals? Dr. Fried hätte jedem massiv widersprochen, der von höheren Zeichen und Hinweisen faselte, dazu war er ein viel zu nüchtern denkender Mann, der genau wusste, wo oben und unten war, und daher seine Füße immer fest auf dem Boden hatte. Und doch gab es manchmal eine Irritation des Gefühlslebens.

Amalia stand in der Küche und erzählte, worin der Kniff mit dem Fleisch bestand, doch Dr. Fried hörte nicht richtig zu. Die Kunst des Kochens hatte sich ihm nie erschlossen, das galt bei ihm sogar für einen simplen Kessel Wasser. Dass Frau Walter hingegen eine ausgezeichnete Köchin war, hatte sie speziell in der ersten Zeit nach dem Tod von Dr. Frieds Frau bewiesen, als sie ihm alle paar Tage etwas frisch Gekochtes hinuntergebracht und ihn mit strenger Miene aufgefordert hatte, alles aufzuessen. Dass er sich in jener Zeit damit so sehr gequält hatte, hatte keinesfalls an der Qualität von Frau Walters Gerichten gelegen.

»Und Löffel auch!«, ordnete Amalia unter Klappern von Töpfen und anderem Küchengerät an. »Es wird eine feine Rindssuppe geben. Onkel Novak mag die ja besonders gern.«

»Ich auch«, hätte Dr. Fried beinahe leicht eifersüchtig entgegnet, aber was sollte er sich beklagen? Er kam ja sowieso andauernd in den Genuss dessen, was Amalia kochte.

Behutsam legte er das Besteck auf und rückte die Trinkgläser, die Amalia bereitgestellt hatte, sorgfältig zurecht. Die Teller fehlten noch, die kamen ganz zum Schluss, denn die waren in einem Küchenschrank verstaut. Und die Küche war verbotenes Gebiet, solange Amalia dort hantierte. Das hatte sie von ihrer Mutter übernommen.

Es läutete. Ein lang gezogener Ton, als wollte jemand seinen Finger nicht mehr vom Klingelknopf nehmen. Der Novak machte das gerne so, und wenn man die Tür öffnete, war das Erste, was einem entgegenleuchtete, ein farbenfroher Blumenstrauß, selbst im tiefsten Winter.

Genau so war es auch jetzt.

»Ich geh schon!«, rief Dr. Fried, warf einen letzten, halb zufriedenen Blick auf den Tisch und ging in den Flur. Er ließ den Novak hinter einer wildwüchsigen Flora aus breiten, tiefgrünen Blättern und großen Blütenköpfen in Gelb und Orange eintreten. Es fehlte nicht viel, dass der ihm das Zeug ins Gesicht quetschte.

»Zum Glück bin ich kein Allergiker«, sagte Dr. Fried anstelle einer Begrüßung und bekam zusammengeknittertes Papier in die Hand gedrückt.

»Sie sind aber auch nicht die Dame des Hauses«, stellte der Novak vergnügt fest und machte keine Anstalten, den Mantel abzulegen. Das war wohl schwer möglich mit dem übergroßen Blumenstrauß in beiden Händen.

»Soll ich Ihnen das abnehmen?«, fragte Dr. Fried und starrte den Blumenstrauß an, der das Gesicht des Novak fast vollständig verdeckte.

»Wäre wahrscheinlich günstig«, meinte der Novak und belud seinen Vorgesetzten und Freund neben dem Papier nun auch mit den Blumen.

Er hängte den Hut auf, streifte die Handschuhe ab und steckte sie in eine der Manteltaschen. Den Mantel ließ er elegant an sich herabgleiten und fing ihn am Kragen auf. Dabei machte er eine fast jugendliche Hüftdrehung, die Dr. Fried auffiel.

»Heute habe ich endlich wieder einen absolut schmerzfreien Tag«, merkte der Novak an.

»Nun ja«, entgegnete Dr. Fried. »Sie haben es ja eigentlich auch nicht in der Hüfte oder doch auch schon?«

»Onkel Novak!« Amalia flog in einer großen blauen Schürze, die mit weißen floralen Mustern bedruckt war, herbei.

Sie fiel dem groß gewachsenen Mann um den Hals, der umfasste ihre Taille und hob sie sanft in die Höhe. Alles ging ihm mit einer Leichtigkeit von der Hand, durch die Dr. Fried sein vorheriges Stöhnen beim Aufstehen aus dem Lehnstuhl wie ein katastrophales Zeichen des rasanten körperlichen Niedergangs vorkommen ließ. Zwischen Blütenköpfen und breiten Blättern sah er zu, wie der Novak sich mit Amalia einmal um die eigene Achse drehte und die junge Frau danach absetzte.

»Kannst du dich um eine Vase kümmern, Paps?«, rief Amalia und eilte schon wieder in die Küche.

»Ich habe nur zwei Hände«, grummelte Dr. Fried und folgte dem Novak, der ins Zimmer trat.

»Ein stilvoll gedeckter Tisch, wie üblich«, kommentierte der Novak. »Wo finde ich eine Vase?«

»Anrichte, oben links«, sagte Dr. Fried. Auf dem linken Revers seines Jacketts hatte sich von den Blumenstielen ein kleiner Wasserfleck gebildet. »Nehmen Sie die mit den asiatischen Mustern.«

Der Novak holte eine bauchige weinrot-schwarze Vase heraus. »Die ist aber leicht«, stellte er bewundernd fest.

»Und wenn Sie sie fallen lassen, zerspringt sie in Millionen Scherben. Also aufpassen, das ist ein echtes chinesisches Stück.«

Der Novak verschwand kurz im Badezimmer, um die Vase mit Wasser zu befüllen, und kehrte zurück.

Dr. Fried stellte die Blumen hinein und drückte dem Novak das Papier in die Hand.

»Sie können es in der Küche entsorgen«, sagte er und grinste ihn an. »Ich habe dort keinen Zutritt, solange Amalia kocht.«

Der Novak verschwand kurz, und Dr. Fried vernahm ein heiteres Schäkern aus der Küche. Als der Novak zurückkam, trug er drei Suppenteller.

»Die Terrine kommt gleich, wir sollen bereits Platz nehmen«, erklärte er und stellte auf jeden Platz einen Teller.

Dr. Fried kramte nach Streichhölzern und zündete zwei der Kerzen auf dem Adventsgesteck an.

»Stimmungsvoll«, kommentierte der Novak. »Man kann so etwas gleich viel mehr genießen, wenn man sich nicht um den Alltag und irgendwelche laufenden Fälle kümmern muss.«

»Kein Wort davon!«, traf Amalias strenge Stimme die beiden Männer. Sie trug die Terrine, in der schon ihre Mutter zu Festtagen Suppen aufgetragen hatte, und stellte sie in die Mitte des Tisches. Der Griff des Schöpflöffels ragte unter dem Deckel hervor, rundherum dampfte es.

»Frittatensuppe«, erklärte Amalia stolz.

Die Augen des Novak wurden groß. Er kannte natürlich diese Spezialität Amalias, die eine Frittatensuppe zu kredenzen verstand, wie man sie im exklusivsten Gasthaus nicht besser bekommen konnte. Es musste an der richtigen Mischung von Gewürzen liegen, dachte er sich oft, aber Amalia verriet ihr Geheimnis nicht. Auch die schmalen Teigstreifen als Einlage hatten etwas ganz Spezielles an sich, ihr minimaler Eigengeschmack verband sich harmonisch mit der Rindssuppe.

»Greifen Sie zu, meine Herren!«, forderte Amalia auf, und Dr. Fried gab die Suppe in die Teller.

»Keine Sorge, Amalia«, beruhigte der Novak, der vor dem dampfenden Teller saß und darauf wartete, dass die Suppe ein wenig abkühlte, »ich habe wirklich nicht vor, auch nur das geringste Thema aus unserer Abteilung hier hereinzuholen. Büro ist Büro und das hier … Das hier ist Advent!«

Amalia lachte.

»Aber du kannst erzählen, was sich so bei dir in der Vereinigung tut.«

Amalias Position in der Psychoanalytischen Vereinigung hatte sich im vergangenen Jahr derart stark gefestigt, dass sie als die eigentliche Leiterin der Institution galt. Wenn auch nicht offiziell. Schließlich traute man es einer Frau nicht zu, eine solche Position zu bekleiden, schon allein im Umgang mit den männlichen Kollegen anderer Länder war nicht damit zu rechnen, dass einer Frau der entsprechende Respekt entgegengebracht würde. Also saß jemand anderer auf diesem Stuhl, allerdings weit entfernt von Wien, nämlich in Berlin, und ließ Amalia vertrauensvoll alles so handhaben, wie sie es für richtig erachtete. Der offizielle Vorsitzende der Vereinigung war sowieso nach wie vor Professor Sigmund Freud, die Untiefen der Alltagsrealität aber durchschritt er nur selten. Dafür gab es eben unter anderem Frau Dr. Amalia Becker. Oder Fräulein Dr. Fried, wie sie von einigen immer noch genannt wurde, denen ihre Hochzeit vor nun auch schon über vier Jahren gedanklich nicht präsent zu sein schien – was kein Wunder war angesichts des abwesenden Ehemannes.

»Das Spannende ist, dass unsere Idee immer weiter wächst«, erzählte Amalia, während der Novak den ersten Löffel zum Mund führte. Sie sah ihm an, dass er begeistert war. »Irgendwann wird Abraham einen Ableger in den USA gründen, wenn er wieder zurückkehrt. Falls er zurückkehrt …«

Dr. Fried, der gerade ansetzte, ebenfalls von seiner Suppe zu kosten, hielt inne. »Wieso? Hat er es sich anders überlegt und will in Österreich bleiben? Liegt es vielleicht daran, dass er schon zu viel von seinem Geld hier veranlagt hat?« Er spielte damit auf die Kriegsanleihen an, die Amalias Kollege im vergangenen Jahr gekauft hatte, weil sie ihm als gutes Investment empfohlen worden waren. Er hatte dabei eine Begeisterung an den Tag gelegt, die man mit Patriotismus erklären konnte, aber nicht musste.

»Das sicher nicht«, sagte Amalia und lächelte verschmitzt. »Was das angeht, hat er seine Meinung sogar geändert.«

»Wie? Dein Herr Kollege hat seine Begeisterung für Kriegsanleihen abgelegt? Wie kam es denn zu diesem Sinneswandel?« Dr. Fried hielt den Löffel auf halbem Weg zwischen Teller und Mund, die Suppe tropfte kontinuierlich herab.

»Es ist bereits die vierte Anleihe, die sie ausgeben«, erzählte Amalia, und Dr. Fried nahm das Löffeln seiner Suppe wieder auf. »Abraham …«

»Abraham?« Erst jetzt mischte sich der Novak in das Gespräch ein. Er wusste nicht, von wem hier die Rede war.

»Abraham Brill«, erklärte Amalia. »Er ist seit letztem Jahr bei uns in der Psychoanalytischen Vereinigung. Er ist Amerikaner und zugleich auch Österreicher, seine Familie stammt aus Wien. Er wurde sogar hier geboren, aber sie sind in die Staaten gezogen, als er noch ganz klein war. Nun will er die Methoden von Professor Freud nach Amerika bringen.« Amalia lächelte angetan.

»Und was ist nun mit der Anleihe?«, kehrte Dr. Fried zum Ausgangspunkt zurück.

»Abraham findet es etwas inflationär, dass in nicht einmal zwei Jahren bereits vier Anleihen ausgegeben wurden. Er fragt sich, ob man wirklich darauf vertrauen kann, dass das Geld zurückgezahlt wird. Denn die Auszahlung soll erst ab Dezember 1930 beginnen. Ein unglaublich langer Zeitraum, nicht wahr?«

»Und das stört ihn?«, fragte der Novak.

»Er hat die zweite Anleihe gezeichnet, letztes Jahr. Ich glaube, da beginnt die Tilgung Mitte der Zwanzigerjahre. Das fand Abraham noch in Ordnung. Er meinte, der Krieg wäre schnell vorüber, dann brauche der Staat noch für ein paar Jahre das Geld zur Reinvestition, dazu kämen die Zahlungen der Kriegsverlierer …« Amalia brach ab und löffelte schweigend ihre Suppe.

»Und das meint er jetzt nicht mehr?«, fragte der Novak weiter. »Worin liegen seine Zweifel? Dass das Geld nicht zurückkommt oder dass wir den Krieg nicht schnell gewinnen?«

Der Novak wollte hinzufügen, dass von schnell sowieso keine Rede mehr sein konnte, doch das war in dieser Runde, die den Krieg ablehnte, nicht notwendig. Und dass er von Kriegsanleihen genauso wenig hielt wie Dr. Fried, konnte man seinem leicht angewiderten Gesichtsausdruck ansehen.

»Nein«, fuhr Amalia fort. »Zu Beginn des Kriegs war er ziemlich begeistert gewesen, aber jetzt ... Das ist verflogen.«

»Wie der Pulverdampf im Wind«, stellte der Novak einen gewagten Vergleich an. Dann hob er die Augenbrauen und grinste breit. »Ein sympathischer junger Mann?«

»Onkel Novak!«, rief Amalia mit Empörung aus, doch diese wirkte eher gespielt als aus der Tiefe ihres Herzens kommend. »Vor allem ist er nicht jung. Na ja, auch nicht alt. Aber deutlich älter als ich.«

»Was kein Schaden sein muss«, murmelte der Novak nun leiser.

»Sie vergessen, dass Amalia verheiratet ist«, mahnte Dr. Fried mit der Strenge eines Familienoberhauptes.

»Verzeihung«, sagte der Novak kleinlaut und löffelte seine Suppe zu Ende.

»Nachschlag?«, fragte Amalia fröhlich, als würde sie die Anspielungen des Novak gar nicht ernst nehmen. Wahrscheinlich war es auch so.

»Wenn es nachher nichts mehr gibt ...«

»Natürlich gibt es etwas! Oder was denkst du, aus welchem Fleisch diese Suppe gemacht wurde?«

»Tafelspitz?«, fragte der Novak, und zum zweiten Mal an diesem Abend wurden seine Augen groß und größer.

»Mit Wurzelgemüse, Röstkartoffeln, Apfelkren und Schnittlauchsoße«, antwortete Amalia. »Ganz, wie es sich gehört.«

Sie brachte die Suppenterrine in die Küche und forderte den Novak auf, ihr zu folgen. Schließlich habe er sich darin bewährt, die Teller zu holen und auf den Tisch zu stellen.

Dr. Fried lehnte sich in der Zwischenzeit zurück und verschränkte die Hände vor dem Bauch. Den Kampf gegen die Veränderung seiner Figur hatte er mit den Jahren aufgegeben. Man musste das Alter akzeptieren. Und schließlich war er nicht dick. Lediglich ein wenig – wie konnte man das formulieren? – altersadäquat gebaut. Da war einfach nichts mehr zu machen. Jedenfalls nicht ohne gesteigerten Aufwand, und zu diesem war er nicht bereit.

Es läutete, gefolgt von einem vorsichtigen Klopfen an der Tür. Noch ein Besuch? Es war doch niemand mehr eingeladen, Amalia hatte jedenfalls nichts erwähnt. Sonst hätte sie auch die Suppe noch nicht serviert.

Dr. Fried stand ächzend auf und ging zur Tür. Die Schritte fielen ihm zwischen den beiden Gängen schwer, eigentlich wartete sein Körper nach der Suppe ruhig und entspannt auf das Hauptgericht. Er öffnete.

»Ferdinand?«, rief Dr. Fried aus. Seine Überraschung war gewaltig, und die Freude ebenso groß. »Wie lange ist es her?«

»Frag mich nicht«, schüttelte der Mann mit dem dichten, schwungvoll nach hinten gekämmten Haar den Kopf. »Etliche Jahre. Oder eine Ewigkeit?«

Kurz standen sie einander gegenüber, die Türschwelle zwischen ihnen. Der Mann namens Ferdinand strich sich mit Zeigefinger und Daumen über den Schnauzer, den Dr. Fried an ihm von früher kannte, dann fragte er leise: »Darf ich herein? Ich würde dich nicht am Sonntag überfallen, wenn es nicht wirklich dringend wäre.«

Und er trat ein, woraufhin sich die beiden Männer mit einem festen und lang andauernden Handschlag begrüßten, als hätte es die vielen Jahre, die sie sich aus den Augen verloren hatten, nicht gegeben.

Drittes Kapitel: 10. Dezember, nachmittags

Ein Fuhrwerk stand vor dem Eingang zu dem Gebäude, das bis zum Beginn des Kriegs einer der streitbarsten Kunsttempel der Stadt gewesen war. Nun diente es als »Vereins-Reserve-Spital Nr. 5 des Patriotischen Hilfsvereins vom Roten Kreuze für Niederösterreich«. Ferdinand Schmutzer war damit nicht glücklich, denn es zwang ihn und die Künstlervereinigung, die wenigen Ausstellungen, die sie noch organisieren konnten, in einem Ausweichlokal abzuhalten. Schmutzers Vorgänger als Präsident der Secession, Rudolf Bacher, hatte sich gemeinsam mit dem größten Teil der Künstler voller Begeisterung gleich zu Kriegsbeginn mit dem Land und seinen Soldaten solidarisch erklärt und die Secession umgewidmet. Es wäre ja sowieso nur für kurze Zeit, hatte er gemeint.

Das einzelne Pferd, das einem Holzwagen mit einem großen Fass auf der Ladefläche vorgespannt war, hob den Kopf und drehte ihn zu den drei Männern, die mit zügigen Schritten herankamen, als wollte es kontrollieren, wer Einlass in die Secession begehrte. Eine weiße

Fahne der Genfer Konvention mit dem roten Kreuz war über dem Gebäude aufgezogen und flatterte im leichten Wind. Ein Schild über dem Eingang wies auf die neue Funktion des Zentrums der Künstlervereinigung hin. Es war ebenso weiß wie die Fahne und die beiden Türflügel und drängte das Motto der Vereinigung aus dem Blick, das unter der vergoldeten Blätterkuppel in goldenen Lettern angebracht war: »Der Zeit ihre Kunst, der Kunst ihre Freiheit«. Vielleicht lag es daran, dass die Freiheit in diesen Jahren einen schweren Stand hatte.

»Das Lichtspieltheater dort vorne hätten sie auch verwenden können, aber nein, ein Tempel der Kunst musste es sein!«

Schmutzer deutete die linke Wienzeile hinunter. Zwischen der Secession und dem Theater an der Wien gab es die »Lichtspiele Wienzeile«, auch Conrad-von-Hötzendorf-Kino genannt, in dem zur Unterhaltung der Bevölkerung vor allem lustige, oft allzu schenkelklopfrige Filme gezeigt wurden. Sie wollten von den Nachrichten ablenken, die der Krieg trotz aller Bemühungen der Kontrolle von den Fronten in die kaiserliche Reichshauptstadt spülte.

»Nichts gegen den menschlichen Aspekt«, sprach Schmutzer weiter, »aber ein Ausstellungshaus wie die Secession? Da hätte man doch andere Gebäude oder Hallen wählen können. Aber wenn es unsere Leute so nachdrücklich anbieten …«

Er schnaubte wie das Pferd auf der Straße und passierte mit Dr. Fried und dem Novak die weißen Türflügel, auf die recht schlampig zwei rote Kreuze gemalt worden waren. Sie waren nicht exakt und leicht schief, auch Schlieren verlaufener Farbe waren zu sehen. Von einem Haus der Maler hätte man sich gründlichere Arbeit erwarten können, dachte sich Dr. Fried und folgte Schmutzer in die Halle, die dem Großen Saal vorgebaut war.

Schmutzer hatte ihm zu Hause nicht erzählen wollen, worum es ging. Aus Rücksicht auf das Fräulein Tochter, wie er beschämt anmerkte. »Frau«, hatte Amalia ihn korrigiert, und auf Schmutzers hohe Stirn waren ein paar Schweißperlen getreten.

Dr. Fried kannte Schmutzer aus seinen späten Schuljahren. Schmutzers Bruder war mit ihm in dieselbe Klasse gegangen, so war Dr. Fried dem jüngeren der beiden Schmutzers immer wieder begegnet und hatte das zeichnerische Talent bewundert, das für ihn eine ganz eigene, ferne Welt darstellte. Er selbst verfügte über keinerlei Begabung in musischen Dingen.

So hatte Dr. Fried den alten Freund zum Essen eingeladen. Der hatte sich zunächst gewunden, denn es sei sehr dringend, aber weder Dr. Fried noch der Novak waren willens, auf Amalias Tafelspitz zu verzichten. Und Schmutzer schien seine Bereitschaft, dann doch zu bleiben, am Ende nicht zu bereuen. Was ihn zu Dr. Fried geführt hatte, wollte er trotzdem nicht verraten.

Sie waren hier wegen eines Schlüssels.

»Den habe ich bei den anderen in meiner Schreibtischlade«, hatte Schmutzer auf dem Weg Richtung Naschmarkt erklärt. »Sonst kommen wir nicht ins Hagenbundhaus.«

»Wir müssen noch weiter?«, hatte der Novak ungläubig gefragt. Ein Glück, dass ihm sein Knie an diesem Tag pflichtgetreu diente.

»Nicht weit, nur zum Hagenbundhaus in der Zedlitzgasse.«

In der Halle vor dem Großen Saal, in dem früher die großartigsten Bilder oder Skulpturen zu sehen gewesen waren, war ein langer Tisch mit einem schmutzig weißen Tuch darüber aufgestellt, wohl eher ein Lein- als ein Tischtuch. Darauf standen alle möglichen Dinge wie Gläser, Krüge, Metallgefäße. Verbandsmull lag achtlos herum, den eine Rot-Kreuz-Schwester gerade in einen Karton zu verpacken versuchte. Doch der platzte bereits beinahe aus allen Nähten, und sie bemühte sich, die Rollen möglichst klein zu bekommen.

Die gläsernen Flügeltüren zum Großen Saal waren geschlossen, trotzdem drang ein gewisser Lärmpegel heraus: Stimmgemurmel, ab und zu ein Aufschrei, metallisches Klappern, Geschäftigkeit, die nie ein Ende zu finden schien. Die Schwester blickte von ihrer Tätigkeit auf und erkannte Schmutzer, also grüßte sie ihn freundlich.

»Wenigstens ist mein Raum bisher verschont geblieben«, sagte Schmutzer, ohne den Gruß zu erwidern.

Er ging nach links und blieb vor der Tür zu seinem Büro stehen. Gegenüber gab es ein Sitzungszimmer, wie er Dr. Fried und dem Novak erklärte, in dem sich zurzeit ein Lager für diverses medizinisches Material befinde. Und praktisch waren die sanitären Anlagen, die links und rechts noch vor dem Eingang zum Großen Saal gelegen waren.

»Besprechungen halten wir meistens hier bei mir ab«, erzählte Schmutzer und schloss auf. »Es sind sowieso viel weniger Leute als früher.«

Ja, der Krieg schluckt sie alle, dachte sich der Novak, sprach es aber nicht aus. Schmutzer ließ sie in sein Büro eintreten und schloss die Tür hinter sich. Es gab einen mächtigen Schreibtisch vor dem einzigen Fenster, das den Blick in Richtung Wienzeile und Naschmarkt eröffnete.

Auf dem Schreibtisch herrschte jene Art von kreativem Chaos, wie man es einem Künstler wohl zuschrieb. Ein aufgeschlagener Zeichenblock fiel dem Novak sofort auf, er zeigte einen in einem Lazarettbett liegenden Soldaten. Es war eine schnelle Bleistiftskizze, die trotz aller vermeintlichen Flüchtigkeit den Schmerz und die Ratlosigkeit des Patienten zum Ausdruck brachte.

»Von Ihnen?«, fragte der Novak.

Schmutzer lächelte und schüttelte den Kopf. »Nein, das hat tatsächlich jene Rot-Kreuz-Schwester gezeichnet, die Sie draußen gesehen haben. Sie leitet den gesamten Pflegebereich hier, aber ihre eigentliche Berufung scheint die Kunst zu sein.« Für einige Sekunden ruhte sein Blick auf der Zeichnung, dann blätterte er den Block durch. Auf fast jeder Seite gab es in flotten Bleistiftstrichen entworfene Szenen, jede davon schien sich mit dem Lazarett und verwundeten Soldaten zu befassen.

»Man kann sogar die seelischen Wunden in diesen Skizzen erkennen«, meinte Schmutzer demütig. »Wenn diese Frau es möchte, werde ich ihr anbieten, sie bei einer Bewerbung an der Akademie zu unterstützen.«

Dr. Fried und der Novak nahmen vor dem Schreibtisch auf zwei harten Stühlen Platz, Schmutzer zog eine Lade auf und holte einen Schlüssel hervor.

»So, wir können«, sagte er und wollte zur Tür gehen.

»Vielleicht erzählst du uns vorher, worum es geht?« Dr. Fried machte keine Anstalten, sich zu erheben.

»Ich dachte ...« Schmutzer verharrte zwischen Tür und Schreibtisch in der Bewegung, ebenso flüchtig wie ein Entwurf auf den Blättern im Zeichenblock.

Als Dr. Fried und der Novak nichts weiter sagten, kehrte er zu seinem Tisch zurück und setzte sich. Die Hände verschränkte er auf der Tischplatte und starrte auf die Fingerknöchel, die leicht weiß wurden.

»Es geht um einen Toten«, begann er mit leiser Stimme. »Jemand hat Michael Sterner getötet.«

Dr. Fried und der Novak zeigten keine Reaktion. Sollte ihnen der Name etwas sagen? Beide waren sie mit Kunst und Künstlerkreisen nicht sehr vertraut.

Schmutzer bemerkte, dass er eine Erklärung schuldig war, und begann zu erzählen. »Sterner ist ... war ein junger Künstler. Er hat vor allem Skulpturen angefertigt. Einiges in Bronze, wirklich gut. Aus dem Mann wäre ein ganz Großer geworden. Allerdings hat er mit seiner Persönlichkeit immer wieder Türen, die sich ihm öffneten, zugeschlagen. Sagen wir so: Er war ein schwieriger Charakter. Ich habe mich redlich bemüht, ihn zu unterstützen, aber manchmal hatte ich das Gefühl, dass er allem gegenarbeitete, was ich für ihn zu erreichen versuchte.«

»Was heißt: getötet?«, fragte Dr. Fried nach, als würde ihn die Geschichte rund um das Opfer vorerst nicht interessieren.

»Erstochen. So viel Blut habe ich bis dahin mein Lebtag nicht gesehen. Wusstest du, dass Blut richtiggehend riecht?« Schmutzer sah Dr. Fried mit weit aufgerissenen Augen an. »Natürlich weißt du das«, stellte er fest. »Ich jedenfalls nicht. Mir wurde beinahe übel. Ich habe sofort die Polizei gerufen.«

»Das bedeutet, dass du ihn gefunden hast?«

Schmutzer nickte. »Ich weiß, das rückt mich in den Augen der Polizei in kein gutes Licht. Der Kommissar hat mich die ganze Zeit so komisch angesehen. Und seine Fragen waren auch – wie soll ich es nennen? – belastend für mich. Als hätte er mich im Verdacht.«

»Wer hat denn die Ermittlungen übernommen?«, fragte Dr. Fried.

»Ich hab mir den Namen nicht gemerkt, ich war so aufgeregt«, antwortete Schmutzer. »Er ist recht groß gewachsen, jung, schlank und – ja – er hat ein wenig gelispelt.«

»Hechter!«, riefen Dr. Fried und der Novak wie aus einem Mund.

Schmutzer zuckte mit den Schultern. »Kann sein, er hat sicher seinen Namen genannt, aber ich war völlig durcheinander.«

»Und der Tote war also ein komplizierter Mensch«, kehrte Dr. Fried zur Beschreibung des Opfers zurück.

»Ein Künstler eben«, meinte Schmutzer wie zur Entschuldigung. »Die sind alle ein wenig eigenartig.«

»Du auch?«, fragte Dr. Fried und lachte.

»Wahrscheinlich!« Schmutzer erwiderte das Lachen und löste die Finger. Nun griff er erneut nach dem Zeichenblock. »Das müssen andere beurteilen.«

»Und wir müssen zum Hagenbundhaus, weil dort der Tatort ist«, fügte der Novak die Einzelteile zusammen. »Beziehungsweise der Ort, an dem das Opfer gefunden wurde. Das muss nicht zugleich der Tatort sein.«

»Doch, doch!«, sagte Schmutzer. »Der Gerichtsmediziner hat sich alles genau angesehen und gemeint, dass Sterner erst wenige Stunden zuvor erstochen worden sei. Das viele Blut weise darauf hin, dass es dort geschehen ist.« Schmutzer schüttelte wie ungläubig den Kopf. »Dabei haben wir noch so viel zu tun. In einer Woche eröffnen wir eine neue Ausstellung.«

Dr. Fried machte eine skeptische Miene. »Es könnte sein, dass ihr das verschieben müsst, wenn die Polizei den Tatort nicht freigibt.«

Nun war Schmutzers Blick ganz verzweifelt. »Darum geht es doch!«, rief er viel zu laut aus. »Ich dachte, du könntest mir helfen. Du bist doch die Polizei!«

Dr. Fried hob abwehrend die Hände. »So geht das nicht«, warf er ein. »Erstens bin ich im Urlaub, zweitens hat daher jemand anderer, in diesem Fall Kommissar Hechter, die Leitung, und drittens kann auch ich nicht willkürlich über Regeln und Notwendigkeiten bei den Ermittlungen hinweggehen. Diese Entscheidungen hängen ab von den Leuten, die die Spuren sichern, vom Gerichtsmediziner, vom Untersuchungsrichter und erst zuletzt vom ermittelnden Kommissar.«

Schmutzers Verzweiflung schien sich zu steigern. »Sie wollten die Räume versiegeln und mir damit den Zutritt unmöglich machen«, berichtete er. »Aber ich habe mich so aufgeregt, dass unsere Arbeit sowieso schon behindert genug sei, da haben sie dann wohl ein Einsehen gehabt. Oder Mitleid mit mir, wer weiß. Na, egal, Hauptsache, ich kann hinein. Allerdings soll ich nichts verändern. Wegen der Spuren und so. Und niemand sonst soll die Räume betreten, hat mir dieser Hechter eingeschärft.«

»Ja«, bestätigte Dr. Fried. »So ist das, Hechters Vorgehen ist korrekt.«

»Aber wozu hatten sie denn ihre Spurensicherung dabei?«, fand Schmutzer kein Einsehen. »Damit alles nur noch länger dauert? Sie haben sogar fotografiert. Damit haben sie doch alles, was sie brauchen!«

Wenn es so einfach wäre, dachte sich Dr. Fried und stand, statt dem Freund alles bis ins kleinste Detail zu erklären, auf, um sich auf den vorgesehenen Weg zu machen.

»Ach!«, warf der Novak plötzlich ein, der noch sitzen geblieben war. »Wann war das eigentlich? Ich meine, wann haben Sie den Toten gefunden?«

Schmutzer schlug sich mit der Handfläche auf die Stirn. »Natürlich! Die wichtigste Frage! Wegen Alibi und so, nicht wahr?«

Der Novak folgte den beiden anderen zur Tür, die Schmutzer noch nicht öffnete. »Gestern am späten Vormittag. Ich war zuerst hier, um den Schlüssel zu holen, dann bin ich in die Zedlitzgasse und … Ja, den Rest habe ich erzählt.«

»Sie bewahren den Schlüssel immer hier auf?«, hakte der Novak nach. »Das bedeutet, Sie bringen ihn immer hierher zurück, nachdem Sie im Hagenbundhaus waren?«

Schmutzer nickte. »Genau so ist es. Ich habe ihn auch gestern zurückgebracht. Fragen Sie die Schwestern. Sicher hat mich eine gesehen, auch als ich den Schlüssel am Vormittag geholt habe. Das hoffe ich jedenfalls …«

»Ich glaube nicht, dass Hechter dich als einen Verdächtigen führt«, versuchte Dr. Fried ihn zu beruhigen. Er hatte bemerkt, dass Schmutzer sich Gedanken machte, bei jeder seiner letzten Äußerungen war die Sorge spürbar gewesen.

»Es ist reine Routine, jeden abzuklopfen und niemanden auszulassen. Schließlich kann man nie wissen … Aber nein, das bedeutet nicht, dass du automatisch ein Verdächtiger bist!«

Schmutzer zog die Tür auf, und Dr. Frieds Blick fiel auf ein gerahmtes Foto neben dem Türstock. Es zeigte Schmutzer, als er noch ein paar Jahre jünger gewesen war, in einer dunklen Jacke und mit feierlichem Gesichtsausdruck. Professionelle Fotos von einem renommierten Studio waren die repräsentativen Gemälde des kleinen Mannes geworden. Schließlich war es nicht billig, sich bei einem guten Fotografen ablichten zu lassen.

Am schmalen dunkelbraunen Holzrahmen hing an einem Band ein Kreuz, weiß gerahmt, in der Mitte rot, umkränzt von einem grünen Lorbeerkranz. In der Mitte prangte ein Medaillon mit dem Symbol des Roten Kreuzes, das umschrieben war mit dem Schriftzug »Patriae ac humanitati« – »Für Vaterland und Menschlichkeit«.

»Das haben sie mir letzten Oktober verliehen«, erklärte Schmutzer, der Dr. Frieds Blick bemerkt hatte. »Es ist das Offizierskreuz des Roten Kreuzes mit der Kriegsdekoration. Alice, meiner Frau, haben sie das Ehrenzeichen zweiter Klasse mit der Kriegsdekoration verliehen. Sie hat sich auch viel engagiert hier im Lazarett.«

»Ich habe etwas Ähnliches«, brummte Dr. Fried und ging weiter. Kaum noch hörbar für Schmutzer fügte er hinzu: »Aber ich habe es ganz hinten in einer Schublade im Schlafzimmer vergraben.«

Orden waren für ihn ein Ausdruck von Ideologie und Vereinnahmung der Ausgezeichneten. Bei ihm war diese Vereinnahmung nicht gelungen, das bildete er sich zumindest ein oder hoffte es. Ob es allerdings wirklich so war? Umgekehrt wollte er Schmutzer keine unlauteren Absichten unterstellen, also begrub er das Thema sofort tief in seiner Seele, und die drei Männer verließen die Secession.

Der Weg zum Hagenbundhaus in der Zedlitzgasse 6 dauerte etwa eine Viertelstunde und führte sie größtenteils über die Ringstraße. Der Hagenbund war eine der zahlreichen Künstlervereinigungen Wiens, die rund um die Jahrhundertwende wie Pilze aus dem Boden geschossen waren. Die Secession war eine der bekanntesten und fand Zulauf von vielen Hagenbund-Künstlern. Für konservative Künstlerkreise wie jenen rund um das Wiener Künstlerhaus war der Hagenbund der Gottseibeiuns der bildenden Kunst, denn es fanden dort so radikale junge Künstler wie Oskar Kokoschka oder Anton Kolig Aufnahme, die die Künstlerszene richtig aufmischten. Das ging sogar vielen in der Secession zu weit.

Das Hagenbundhaus war eine ehemalige Markthalle, die für die Künstlergemeinschaft Anfang des neuen Jahrhunderts umgestaltet worden war. Ohne die kräftige Mithilfe der Stadt Wien wäre das nicht möglich gewesen, doch schon längere Zeit brodelten missgünstige Stimmen, die erzählten, dass die Stadt den Künstlern den Mietvertrag kündigen wolle. Der konservative Kunstgeschmack vieler Bürger schien sich nach und nach durchzusetzen, jedenfalls bei den politisch Verantwortlichen.

Warf man nur einen flüchtigen Blick auf das Gebäude, erinnerte es an die Secession, lediglich der Aufbau mit der Blätterkuppel fehlte. Es war kleiner, ein halbrundes Vordach war über dem Haupteingang angebracht. Ein mehrfarbiges Relief zierte den Eingang. Es stammte von Wilhelm Hejda, der – bis 1912 selbst Mitglied des Hagenbundes – dieses Werk zur Eröffnung der neuen Ausstellungshalle beigesteuert hatte. Das Halbrund vermittelte damit beinahe den Eindruck eines Kirchentors.

Schmutzer holte den Schlüssel hervor, sperrte auf und ließ die beiden Polizisten in die lichtdurchflutete Halle eintreten. Hinter sich schloss er wieder ab.

Das Licht fiel durch eine von Glasfenstern umgebene Flachdachkonstruktion, und Dr. Fried verstand sofort, warum sich das Gebäude so gut für Ausstellungen eignete. Schmutzer führte sie durch einen Raum in einen weiteren. Ihre Schritte hallten, außer ihnen gab es hier niemanden. Die Luft war trocken, von den einstigen Gerüchen einer Markthalle war nichts mehr geblieben.

»Hier!«

Schmutzer blieb in einem rechteckigen Raum stehen, an dessen Wänden Bilder hingen und in dessen Mitte zwei Podeste für kleinere Skulpturen standen. Auf einem war eine Gipsbüste zu bewundern, das andere war leer.

»Dort habe ich ihn gefunden.« Schmutzer deutete in eine Ecke, wo ein Blutfleck deutlich zu erkennen war.

Schmutzer vermied es, dorthin zu blicken. Stattdessen nahm er neben dem leeren Podest Aufstellung und kehrte der Stelle, an der der Toten gelegen hatte, den Rücken zu.

Dr. Fried und der Novak hingegen gingen näher. Viel zu sehen gab es nicht mehr, die Leiche war natürlich abtransportiert worden, alles, was er wissen wollte, würde Dr. Fried den Akten entnehmen müssen. Aber was ging es ihn an, jetzt, im Urlaub?

»Dies ist einer von zwei Räumen, in denen Sterner ausgestellt ist«, erläuterte Schmutzer. »Er ist mit vier kleineren Skulpturen vertreten. Dort eine Kinderbüste aus Gips, nebenan ...«

»Wieso ist das hier leer?« Der Novak, dem das leere Podest sofort aufgefallen war, nahm kein Blatt vor den Mund.

»Wir befinden uns in der Vorbereitung«, wand sich Schmutzer sichtlich.

»Das heißt, hier sollte noch etwas kommen?«, fragte der Novak misstrauisch. Dass er Schmutzer nicht ganz glaubte, ließ er in den Schwingungen seiner Stimme durchklingen.

»Nun ja«, wurde Schmutzer unsicher. »Das habe ich zumindest dem Kommissar erzählt. Als er sich umgesehen hat, habe ich ihm gleich gesagt, dass die Ausstellung noch in Vorbereitung ist, sozusagen die letzten Schliffe, bis sie in einer Woche eröffnet wird. Hoffentlich ...«

»Aber?« Nun war Dr. Fried an die Seite des Novak getreten.

Schmutzer atmete durch. »Auf dem Podest stand eine bronzene Gämse«, gab er zu. »Ein selten raffiniertes Kunstwerk, das kannst du mir glauben. Aber sie ist weg.«

»Weg?« Der Novak schüttelte den Kopf.

»Weg. Sie war schon weg, als ich Sterner tot gefunden habe.«

»Und das haben Sie Kommissar Hechter nicht mitgeteilt?«

Schmutzer verneinte, und der Novak stieß einen Ton der Missbilligung aus.

»Genauso wenig wie vom zuletzt gestörten Verhältnis zwischen Sterner und mir«, gestand Schmutzer. »Aber was hätte ich tun sollen? Zum einen war ich völlig verschreckt, nachdem ich Sterner tot aufgefunden hatte, und dann hat mich euer Kommissar auch noch eingeschüchtert!«

Dr. Fried fand nicht, dass Hechter etwas Einschüchterndes an sich hatte, und doch konnte er nachvollziehen, in welcher Situation Schmutzer sich befunden hatte.

»Dann wäre es gut, wenn du uns jetzt alles berichten würdest. Und zwar die Wahrheit, mein Freund!«

Schmutzer nickte einsichtig. »Nun ja, ich habe euch doch erzählt, dass ich mich für Sterner eingesetzt habe und wie schwierig es mit ihm war.«

»Hast du darüber auch mit Hechter gesprochen?«

»Ja, doch. Mehr oder weniger.« Schmutzer machte den Eindruck, dass er nicht weitersprechen wollte, obwohl es da noch etwas gab.

»Wohl eher weniger«, äußerte Dr. Fried den Verdacht, dass Schmutzer etwas verschwieg.

»Du hast schon recht«, gestand Schmutzer und stützte sich auf das leere Podest, auf dem sich früher die Gämse befunden hatte. »Wir haben uns zuletzt zerstritten. Sterner hat die Secession verlassen, mit Pauken und Trompeten, trotzdem wollte er seine Ausstellungsstücke nicht zurückziehen. Er war der Meinung, dass ihm die Teilnahme an der Ausstellung zustünde, weil die ja noch *vor* seinem Austritt organisiert worden war.«

»Irgendwie logisch«, murmelte der Novak vor sich hin und sah sich das eine und andere Bild an.

»Oder auch nicht«, widersprach Dr. Fried. »Entweder ich haue den Hut drauf oder nicht. Aber dann mache ich keine halben Sachen.«

»Das kann man so und so sehen«, schien Schmutzer zwischen den beiden Kollegen und Freunden vermitteln zu wollen. Doch in Wirklichkeit gab es da nichts zu beschwichtigen, der Novak schritt neugierig durch den Raum und sah sich die sehr unterschiedlichen Kunstwerke an, die an den Wänden hingen. Es befanden sich nur wenige Skulpturen in dem Raum.

»Ich habe ihn um äußerste Diskretion gebeten«, sagte Schmutzer. »Kommissar Hechter, meine ich. Sonst bekommen wir noch eine mörderische öffentliche Meinung zu unserer Ausstellung.« Er lächelte schief über sein nicht ganz geglücktes Wortspiel. »Ich hatte allerdings den Eindruck, dass ihm meine Bitte ziemlich egal war.« Er setzte einen Unschuldsblick auf. »Kannst du nicht vielleicht mit ihm reden? Oder am besten gleich selbst den Fall übernehmen? Du weißt doch, wie schwer es die Kunst in Zeiten wie diesen hat. Noch schwerer als sonst schon.«

Dr. Fried atmete tief durch. Er hatte wirklich keine Lust, seinen Urlaub abzubrechen, abgesehen davon, dass das dienstrechtlich gar nicht so einfach war, und der Novak würde sicher auch nicht begeistert sein. Noch dazu: weshalb? Wegen eines völlig normalen Mordfalles, wie ihn jeder durchschnittliche Kommissar aufklären konnte? Und Hechter war dabei alles andere als durchschnittlich.

»Denk wenigstens darüber nach«, bat Schmutzer, der

Dr. Fried die Skepsis anzusehen schien. »Ich werde dir dafür ewig dankbar sein.«

Viertes Kapitel: 11. Dezember

»Wir sind doch kein Detektivbüro!«, wehrte Dr. Fried heftig ab. »Wir können nicht einfach außerhalb unserer Polizeifunktion ermitteln!«

Amalia hatte den Gedanken spannend gefunden, für einen alten Schulfreund – oder eben den Bruder eines Schulfreundes – kriminalistische Ermittlungen anzustellen. Schon allein mit dem Ausblick auf die Zukunft. Was würde ihr Vater tun, wenn er in einigen Jahren in Pension sein würde? Er sei nicht der Charakter für einen Ruhestand.

»Und schon gar nicht im Auftrag eines …«, ereiferte sich Dr. Fried weiter.

»Verdächtigen?«, warf der Novak ein, der am Frühstückstisch saß und die letzten Krümel von Amalias Biskuitkuchen aufpickte.

»Nein«, widersprach Dr. Fried. »Generell im Auftrag, meinte ich. Das führt zu einem Interessenskonflikt, Novak!«

»Detektive haben auch keine Interessenskonflikte«, meinte Amalia und stapelte die leeren Kuchenteller aufeinander, um sie in die Küche zu bringen.

»Wir sind aber Polizisten, keine Detektive!«

Es war für Dr. Fried schwer erklärlich, dass seine Tochter das nicht verstand, aber noch viel weniger konnte er sich damit abfinden, dass anscheinend auch der Novak dem Gedanken, sich den Fall zumindest näher anzusehen, etwas abgewinnen konnte.

»Und einem Freund Hilfestellung zu geben? Das ist doch auch kein schlechtes Motiv«, meinte der Novak.

»Er ist der Bruder eines Klassenkollegen von mir.«

»Ist doch egal! Sie kennen sich, Sie hatten miteinander zu tun, Sie scheinen einander nicht unsympathisch gewesen zu sein, wenn ich das anmerken darf.«

Der Novak hatte ein scharfes Auge, was zwischenmenschliche Verbindungen anging. Das hatte er schon oft unter Beweis gestellt, wenngleich Dr. Fried seine empathischen Fähigkeiten manchmal als zu stark empfand. Schließlich und endlich bestand immer die Gefahr, sich zu sehr einer Seite zuzuwenden und sich zu verstricken.

»Was werden Sie ihm sagen, wenn er kommt?«, wollte der Novak wissen.

Dr. Fried und Schmutzer waren am Vortag so verblieben, dass der Kriminaloberinspektor sich eine Bedenkzeit erbeten hatte. Wenigstens einen Tag lang, zumindest einmal darüber schlafen. Schmutzer war damit sofort einverstanden gewesen und würde Dr. Fried heute im Laufe des Tages noch einmal aufsuchen.

»Ihr beide seid dafür, dass ich ihm helfe«, fasste Dr. Fried zusammen.

»Wir«, korrigierte der Novak. »Wir helfen ihm.«

Natürlich! Es ging nichts ohne den Novak, und so war es immer gewesen, seit Dr. Fried in seine aktuelle Abteilung gekommen war, damals als noch unerfahrener Kriminalist. Der Novak, der selbst gar kein Polizist war, sondern eine organisierende und helfende Hand in der Abteilung, hatte sich schnell zu einem Mentor Dr. Frieds entwickelt, wenngleich er nicht in der entsprechenden höheren Stellung dafür war. Aber sein Wissen, sein Talent, seine Fertigkeiten waren derart entwickelt, dass Dr. Fried viel von ihm hatte lernen können. Und ihn, sobald er dazu in der Position war, zu seinem persönlichen engsten Mitarbeiter gemacht hatte, zu seiner rechten Hand.

»Dann …« Dr. Fried zögerte noch. »Gut, wir können uns ja ein wenig umhören. Und sobald Hechter den Mörder hat, ist die Sache sowieso erledigt. Ich denke nicht, dass es lange dauern wird. Vielleicht können wir ihn ja um besondere Diskretion bei den Ermittlungen bitten.«

»Ich kann gleich nachher bei ihm vorbeischauen«, bot der Novak an, der sich langsam in Richtung Flur bewegte. Dort griff er nach dem Mantel, den er mit bedächtigen Bewegungen anzog. »Womöglich kann er mir schon erste Informationen geben, vor allem über den Toten.«

»Das wäre nicht schlecht«, bestätigte Dr. Fried, der dem Novak gefolgt war. Er nahm dessen Hut vom Haken und hielt ihn ihm entgegen. »Ich werde Schmutzer zusagen.«

Die beiden Freunde verabschiedeten sich, und

Dr. Fried kehrte ins Zimmer zurück, wo Amalia das Geschirr vom Tisch räumte.

»Ich bin gleich weg«, sagte sie und klapperte in der Küche herum. »Wir haben eine Teambesprechung. Das hat Abraham eingeführt, in den Staaten macht man das so, hat er erzählt. Also sich regelmäßig zusammensetzen und über die wichtigsten Dinge sprechen, um sich abzustimmen.«

»Aha.« Dr. Fried fand daran nichts Besonderes, er machte das mit seinen Leuten ebenfalls. Lediglich das Wort »Team« war ihm nicht geläufig, außer im Sport vielleicht, wo es Mannschaften bezeichnete. Aber so war das in diesen Zeiten: Aus Amerika kamen fast täglich neue Dinge zu ihnen und die wenigsten waren wirklich gut zu gebrauchen. Oder sie waren eben nicht neu, sondern es war nur ein Neuanstrich des Alten.

»Wenn du willst, mache ich in der Küche weiter«, bot er an und trat an die Schwelle.

Die rehartigen Augen seiner Tochter wurden groß. Sie strahlte ihn an. »Das würdest du tun?«

»Das wäre ja nicht das erste Mal!« Schließlich war Dr. Fried keiner dieser alten Patriarchen, die sich von Ehefrau und Tochter bedienen ließen. So war es in ihrer Familie nie zugegangen.

»Stimmt!«, rief Amalia aus, drückte ihm einen Kuss auf die Wange und rauschte in ihr Zimmer, um sich umzukleiden.

Dr. Fried holte die Küchenschürze hervor, die an einem Haken an der Küchentür hing, und schnürte sie sich um. Sein Bauch kam dadurch deutlicher zur Geltung, als wenn er einen seiner Anzüge mit Weste trug. Als Hausmann machte er keine gute Figur, nicht nur optisch.

»Es kann heute spät werden!«, rief Amalia aus ihrem Zimmer durch die angelehnte Tür. »Entweder wärmst du dir am Abend Reste aus der Speisekammer auf oder du gehst auswärts essen.«

»Ja, ist in Ordnung«, murmelte Dr. Fried und griff nach einem frischen Küchentuch. Das alte war bereits zu feucht. Teller und Schüsseln kamen in ein hölzernes Gestell, wo sie abtropften, aber Gläser und Besteck wurden gleich abgetrocknet.

Es läutete an der Tür. Hatte der Novak etwas vergessen?

»Nicht jetzt!«, hörte Dr. Fried die klagende Stimme seiner Tochter. »Immer im falschen Augenblick.«

»Ich gehe schon!«, rief Dr. Fried und verließ mit dem Tuch in der Hand die Küche.

Schmutzer würde es doch nicht schon sein? Der hatte gemeint, am Vormittag auf keinen Fall kommen zu können, da müsse er im Zusammenhang mit der geplanten Ausstellung noch ein ernstes Wort mit einem der Künstler sprechen. Aber vielleicht hatten sich seine Pläne ja kurzfristig geändert.

Dr. Frieds Erscheinung in der blauen Schürze mit dem weißen Blumendruck wirkte nicht annähernd so lächerlich wie der Gesichtsausdruck, den er unbewusst aufsetzte, weil er die Muskeln nicht mehr unter Kontrolle hatte. Vor ihm stand weder der Novak noch Schmutzer, sondern eine magere Gestalt, die sich auf eine Krücke stützte. Ein junger Mann, der alt aussah und den Dr. Fried kannte.

Es war genauso eine Überraschung wie zwei Tage zuvor, als Schmutzer bei den Frieds angeläutet hatte. Nein, es war eine viel, viel größere! Niemals hätte Dr. Fried damit gerechnet, plötzlich in das ausgemergelte, aber Glück ausstrahlende Gesicht von Max zu blicken. Maximilian Ritter von Becker, einst Ingenieur bei den österreichischen Eisenbahnen mit besten Aussichten auf eine glanzvolle Karriere. Und Ehemann seiner Tochter.

»Wer ist es denn, Paps?«

Amalia trat gerade aus ihrem Zimmer. Sie hatte sich einen knöchellangen dunkelgrauen Rock angezogen, eine schlichte weiße Bluse und trug darüber das kleine Jäckchen, das einst ihrer Mutter gehört und das sie für sich hatte umarbeiten lassen. Ihre Silhouette strahlte Strenge aus, die sie wahrscheinlich auch brauchte, wenn sie mit den Männern in der Psychoanalytischen Vereinigung zu tun hatte.

Dr. Fried brachte kein Wort hervor. Mit fest aufeinandergepressten Lippen machte er einen Schritt zurück, als müsse er einer Übermacht weichen, die in seine Wohnung drängen wollte. In Wirklichkeit war es nur ein schwacher Mann, in dessen Gesicht mehr Falten lagen, als es in seinem Alter üblich war, der leicht unrasiert war und sichtlich Mühe hatte, gerade zu stehen. Das linke Bein stand fest auf dem Boden, das rechte hingegen hielt er leicht angewinkelt in die Höhe. Er trug eine graue Uniform, die keinen Deut besser aussah als er selbst. Das Eiserne Verdienstkreuz prangte an einem rot-weißen Band mit zwei überkreuzten Schwertern an seiner Brust, und Dr. Fried ertappte sich dabei, dass er diesem für einen Augenblick mehr Aufmerksamkeit widmete als dem Mann ihm gegenüber.

»Es ist besser, ich trage es«, erklärte eine schwache Stimme, die fremd wirkte. »Da halten sie einen weniger oft auf, um zu überprüfen, ob man auch hier sein darf.«

Amalia stand nun im Rücken ihres Vaters. Dr. Fried sah nicht, wie ihr die Tränen in die Augen traten. Schließlich fiel sie ihrem Mann in den einzigen Arm, den er frei hatte, und Dr. Fried fürchtete schon, sie würden beide stürzen. Doch Max balancierte alles mit dem rechten Arm und der Krücke unter der Achsel geschickt aus.

Behutsam zog Amalia Max in die Wohnung, Dr. Fried schloss die Tür. Ihre Hand tastete Max von oben bis unten ab, als müsste sie sich vergewissern, nicht einem Trugbild aufzusitzen.

»Ich bin real«, sagte die schwache Stimme, und Max zwang sich, mit seinen Lippen so etwas wie ein Lächeln zu formen.

Schließlich fixierte Amalias Blick die Krücke und das Bein, das scheinbar funktionslos neben dem anderen hing.

»Das wird wieder«, beeilte sich Max, den Sorgen seiner Frau zuvorzukommen. »Ich muss es nur einige Zeit lang noch schonen. Keine Belastung und so.«

Amalia schob und zog Max ins Zimmer, während sie ihn mit einer Flut von Fragen überschüttete, die alle nur auf das eine hinauswollten: wie es ihm ergangen war in den vergangenen beiden Jahren.

»Du hast sicher Durst«, bremste Dr. Fried Amalia. Ein Schritt nach dem anderen, dachte er sich, der Mann musste sich ja schrecklich fühlen, wenn man seinen körperlichen Zustand betrachtete.

»Und Hunger!«, rief Amalia aus und lief in die Küche.

Dr. Fried half Max, sich auf einen Stuhl zu setzen, und lehnte die Krücke an die Wand. Es war eine durchschnittliche Stütze aus Holz, oben, wo die Achselhöhle auflag, gepolstert. Der einstmals weiße Stoffbezug war grau und bräunlich, durchgeschwitzt vom Gebrauch vieler Wochen und Monate. Und wohl nicht nur vom Gebrauch durch Max.

»Es war die Hölle«, flüsterte Max seinem Schwiegervater zu, der sich, ohne die Schürze abzunehmen, ebenfalls setzte. »Aber sag es ihr nicht.«

Amalia stellte einen Krug Wasser auf den Tisch und ein paar Gläser. »Kuchen?«, fragte sie. »Etwas Warmes? Wir haben nichts, aber ich könnte …« Sie lief in die Küche zurück.

»Und die Psychoanalytische Vereinigung?«, rief ihr Dr. Fried hinterher, der am liebsten zuerst einige Zeit mit Max alleine gesprochen hätte. Er wollte mit ihm gemeinsam planen, wie sie Amalia am besten schonten.

»Mein Gott!« Amalia stand wieder im Raum und starrte erschrocken auf die beiden Männer. »Die Besprechung! Das geht nicht ohne mich.«

»Geh«, forderte Dr. Fried seine Tochter milde auf. »Geh, bring die Sitzung hinter dich und komm danach wieder. Max wird sicher nicht davonlaufen, nicht wahr, Max?«

Der schüttelte den Kopf und quälte sich erneut ein Lächeln ins Gesicht.

»Zwei Stunden«, versprach Amalia, die verwirrt im Flur nach ihrem Hut suchte, obwohl der breitkrempig und mit einer auffälligen Feder bestückt direkt vor ihren Augen hing.

Erneut eilte sie in ihr Zimmer, holte eine Aktentasche, wie sie normalerweise Männer trugen, und küsste Max ein zweites Mal. Er roch und er schmeckte anders, als sie ihn in Erinnerung hatte, aber wie hätte es auch anderes sein sollen. Der Dampf und der Dunst der Kriegsfront saßen in jeder Pore seiner Haut. Amalia wirkte hektisch, unorientiert, sie wollte nicht aus dem Haus, aber es stimmte schon: Max würde nicht weggehen. Es sei denn, er musste?

»Nein«, antwortete er tröstend und ergriff die kalte Hand, die sie ihm hinhielt, »ich muss nirgendwohin. Ich kann hierbleiben, wenn es euch recht ist.«

Sie würde ihn also wiedersehen, wenn sie zurückkam.

»Wir ändern unsere Pläne für Mittag!«, rief sie noch rasch ihrem Vater zu, dann fiel die Tür ins Schloss und trippelnde Schritte klangen gedämpft aus dem Stiegenhaus in die Wohnung.

»Hierbleiben?«, fragte Dr. Fried, der Max' Äußerung anders verstanden hatte als Amalia.

»Ich hoffe es«, sagte Max wie ein schüchterner Junge. »Ich könnte auch in die Kaserne, aber sogar denen ist es lieber, wenn sie möglichst viele verletzte Kameraden außerhalb unterbringen können. Es herrscht Platzmangel.«

»Du musst in kein Lazarett oder Spital zurück?«, fragte Dr. Fried, winkte jedoch gleich ab.

»Natürlich bleibst du hier, mein Sohn!«, sagte er mit Bestimmtheit, stand auf und blickte an sich herunter. Ja, er sah lächerlich aus in der vorn ausgebeulten Schürze. »Und bevor ich noch weitere dumme Fragen stelle, erzählst du mir am besten alles von Anfang an.«

Der Anfang war nicht die Freilassung Max' aus dem Gefängnis. Der Anfang war auch nicht die Fahrt mit dem Zug ins Kriegsgebiet. Und nicht einmal die ersten Tage an der Front konnten als Anfang gelten. Max wusste nur, dass die Tage und Wochen und Monate etwas mit ihm gemacht hatten.

»Einen kaputten Mann«, sagte er und blickte an seinem Bein hinunter. Aber das meinte er gar nicht.

Dr. Fried wickelte sich aus der Schürze heraus, die er über die Stuhllehne hängte. Er schenkte Max ein Glas Wasser ein und schob es zu ihm. »Vielleicht fangen wir wirklich mit dem Kuchen an«, meinte er und ging in die Küche. »Anderes habe ich jetzt nicht auf die Schnelle, und du weiß ja, wenn man kein Brot hat …«

Als er zurückkam, hatte Max das Glas geleert. Er schenkte sich nach und vermied den direkten Blickkontakt mit Dr. Fried, als er nach einer Flasche Wein fragte. Oder auch etwas anderes. Aber natürlich! Zu dieser frühen Stunde schon Alkohol? Das sei nicht angebracht, ja, das sehe er schon ein. Er hätte nur so gerne wieder einmal diesen Geschmack auf der Zunge. »Man bekommt ja fast nichts an der Front.«

Dr. Fried stellte den aufgeschnittenen Kuchen auf dem Tisch ab. Max begaffte das gelbe Biskuit, als wäre es eine verbotene biblische Frucht.

»Das mit dem Wein verschieben wir vielleicht auf später«, meinte Dr. Fried peinlich berührt.

Er stellte Max ein Tellerchen und eine Kuchengabel bereit, doch der hatte sich bereits ein Stück mit den Fingern geschnappt und nahm respektvoll den ersten Bissen.

»Ich kann mich nicht erinnern, wann ich zum letzten Mal so etwas gegessen habe«, sagte er glücklich wie ein Kind. »Auch im Spital haben sie nicht so etwas Gutes. Nun ja, Amalia war schon immer eine ausgezeichnete Köchin.«

Es schien Dr. Fried wie eine Ewigkeit, in der sie einander schweigend gegenübersaßen und sich ansahen. Max' Finger waren knochig, die Haut rissig. Die ganze Gestalt schrie nach einem Bad. Die Haare waren heller als früher, gewissermaßen farblos, nicht weiß, nicht grau, nicht blond, nicht braun. Und kurz und schütter. Was zwei Jahre wie jene, die hinter ihnen lagen, doch ausmachen konnten!

»Ich war fast drei Wochen im Spital«, fuhr Max fort. »Sie haben meinem Bein eine riesige Schiene verpasst, da konnte ich nur liegen. Im Liegen essen, im Liegen pinkeln, im Liegen schei… Entschuldigung!«

»Wann ist das passiert?«, fragte Dr. Fried.

»Anfang November«, antwortete Max. Dann lachte

er rau auf. »Du hast nicht gesehen, wie es den anderen ergangen ist. Ich hatte richtig Glück, dass mich gleich zu Beginn unserer Attacke eine Kugel erwischt hat. Da kannst du nichts mehr tun. Da landest du in der Erde und wünschst dir nur noch, dass dieser Schmerz aufhört. Und wenn es sein muss, durch den eigenen Tod. In diesen Stunden hätte ich nichts dagegen gehabt, wenn ich gestorben wäre. Wenn nicht Josef ein paar Meter neben mir gelegen wäre, ich weiß nicht, ob ich mir nicht selbst das Bajonett in den Leib …« Max zog lautstark durch die Nase hoch.

»Du darfst das niemals Amalia erzählen!« Dr. Fried schüttelte den Kopf. »Wo warst du überhaupt zuletzt stationiert?«, fragte er beiläufig, als würden sie Urlaubserinnerungen austauschen. »Aus deinen Karten ging ja nicht viel hervor.«

»Das sollte es auch nicht, wir durften ja kaum etwas schreiben. Damit wir keine Geheimnisse preisgeben. Vor allem die Geheimnisse des Sterbens.« Max griff nach einem weitere Stück Biskuit. »Wir waren eigentlich ganz gut gegen die Russen vorangekommen, aber mussten schon spüren, dass es uns an Mannstärke fehlte. Die Werbeaufrufe an polnische Wehrfähige haben einfach keinen Zulauf gebracht. Am 9. November haben sie uns bei Baranawitschy hinausgejagt. Unsere Division sah sich einer vier Kilometer breiten Front gegenüber. Unter Einsatz von Flammenwerfern sind wir vorgerückt. Der Feind wurde hinter den Skrobowa-Bach zurückgeworfen, aber ich hatte eine Kugel unter dem Knie und Josef zwei verbrannte Hände. Und er ist Maler!«

»Dann haben sie dich nach Wien zurückgeholt?«, stellte Dr. Fried irgendeine Frage, um Max weitererzählen zu lassen. Er hatte das Gefühl, dass es seinem Schwiegersohn guttat, vielleicht hatte er noch nicht viele Menschen getroffen, denen er seine Geschichte mitteilen konnte, und Kameraden zählten sicher nicht.

»Josef ist nur weniger Meter neben mir gelegen und hat wahrscheinlich größere Schmerzen gehabt als ich, aber er hat mich die ganze Zeit aufgefordert, nicht aufzugeben. Durchzuhalten. So lange, bis Hilfe käme. Und die würde kommen, hat er gesagt. Er hat es mir geradezu versprochen! Recht hat er gehabt.« Nun wirkte Max' Lächeln weniger gezwungen, es schien aus seiner Seele zu kommen.

»Ich wollte euch unbedingt so schnell wie möglich wiedersehen«, sagte er und strahlte seinen Schwiegervater an. »Und Amalia … Sie hat keinen anderen?«

»Wo denkst du hin!«, verneinte Dr. Fried. »Wir haben gemeinsam auf dich gewartet. Sie hat alles mit sehr viel Würde ertragen.«

»Gut …« Max drehte sein Glas zwischen den Fingern. »Die Flasche Wein heben wir uns bis zum Mittag auf?«

»Richtig«, sagte Dr. Fried sanft. »Und bis dahin können wir für dich das kleine Zimmer herrichten. Es ist keine Luxussuite wie im Sacher, aber das weißt du ja.«

»Es ist der größte Luxus, den ich mir nur wünschen kann«, meinte Max und fuhr sich über die Augen. »Alles ist besser als das Lazarett oder gar unsere Gräben an der Front.«

»Komm!«

Dr. Fried stand auf und ging voraus. »Wie lange kannst du überhaupt bleiben?«, fragte er nach hinten.

Max' Schritte waren nicht zu hören, als wäre er in den beiden Jahren des Kriegs gewichtslos geworden. »Vorerst einmal gilt mein Genesungsurlaub für eineinhalb Monate. Es hängt alles von der Heilung ab, sagt der Stabsarzt. Und ich muss mich regelmäßig im Spital melden, damit sie sich mein Bein ansehen können. Ich werde später noch einmal hingehen und meine Sachen holen. Dann kann ich dort auch bestätigen, dass ich unter dieser Adresse hier aufhältig bin. Ich glaube, dass es sie ganz schön beeindrucken wird, wenn ich sage, dass es sich um die Wohnung eines Kriminaloberinspektors handelt. Du weißt, Ränge und Titel gelten viel bei denen!«

»Und Orden«, sagte Dr. Fried vor sich hin, ohne auf Max' Auszeichnung zu deuten.

Zu Orden hatte er eben sein ganz eigenes schlechtes Verhältnis.

Fünftes Kapitel: 11. Dezember

Es hatte alles keinen Sinn, wenn sie sich nicht die wichtigsten Informationen besorgten, die nur in der Polizeiakte zu finden war. Also bei Hechter. Der Novak hatte ein eigenartiges Gefühl, als er die Kaiserin-Elisabeth-Promenade entlangging, auf das Polizeigebäude zu, das er und Dr. Fried eigentlich erst eine Woche später wieder hatten aufsuchen wollen.

Die »Liesl«, wie das Gebäude von der Wiener Bevölkerung nach dem Vornamen der ehemaligen Kaiserin genannt wurde, zog sich mit ihrer ausgedehnten Fassadenfront am Donaukanal entlang, der vor allem im Frühjahr und im Sommer zum Flanieren einlud. Man zeigte sich, führte die neuesten Kleider aus und ließ die Welt wissen, dass es einem gut ging. Selbst in Zeiten des Kriegs war das nicht anders. Und jene Menschen, die sich so ein Leben nicht leisten konnten, hatten es auch vor dem Krieg nicht gekonnt.

Obwohl man die Polizei personell deutlich ausgedünnt hatte, weil der Krieg Menschen fraß wie ein Raubtier, gab es immer noch ein lebendiges Kommen und

Gehen, das sich im Foyer konzentrierte. Das Ziel des Novak war das erste Stockwerk, wo das Büro lag, das Dr. Fried und er sich teilten, seit sie in dieses Gebäude umgezogen waren. Dr. Fried hatte einen entsprechend großen Raum für sich beansprucht und darauf bestanden, dass der Novak mit seinem Schreibtisch bei ihm einzog. Die beiden waren ein Team, von dem man den Eindruck haben musste, dass einer ohne den anderen nicht konnte. Oder wollte. Alle wussten das und alle akzeptierten es, nicht zuletzt, weil Dr. Frieds Aufklärungsquote ausgezeichnet war.

Julius Hechter war vor über zwei Jahren zu ihnen gekommen. Ein junger Kommissar, still, ruhig, voller Tatendrang, den man ihm auf den ersten Blick gar nicht ansah. Er war eine stattliche Gestalt, groß gewachsen, stets elegant gekleidet, seine Anzüge waren fast immer vom Feinsten. Und er lispelte. Das fiel normalerweise nicht so stark auf, doch sobald er etwas erregter wurde, verstärkte es sich. Hechter hatte gelernt, damit umzugehen, und zeigte ein starkes Selbstbewusstsein in Bezug auf seinen Sprechfehler. Jedenfalls nach außen.

Hatte Dr. Fried es geschafft, Hechter vor dem Kriegsdienst zu schützen, war ihm das trotz Bemühens bei Dr. Marcin Pollack, dem Dolmetscher für Polnisch und Dichter an der Nebenfront seines Lebens, nicht gelungen. Allzu sehr hätte Frau Pollack, Marcin Pollacks Ehefrau, es sich gewünscht, aber das Schicksal hatte anders entschieden.

Der Novak begrüßte die junge Sekretärin, früher Fräulein Klager, als die sie vor vier Jahren im Vorraum zu Dr. Frieds Büro begonnen hatte, herzlich. Die Erinnerung daran, wie sie verzweifelt in Tränen ausgebrochen war, als sie von der Einberufung ihres Mannes erfahren hatte, trat ihm jedes Mal deutlich vor Augen, wenn er der immer noch beinahe mädchenhaft aussehenden Frau begegnete.

Dass der Alltag Wunden heilen und Schmerzen dämpfen würde, war eine der vielen Lügen, die der Krieg und die mit ihm verbundene Propaganda mit sich gebracht hatten. Nur weil Menschen nach außen hin gefasst, vielleicht sogar fröhlich wirkten, musste das nicht bedeuten, dass es in ihrem Inneren tatsächlich so aussah. Auch Frau Pollack trug ihr Herz nicht auf der Zunge, aber der Novak hatte sie immer wieder einmal still weinend an ihrem Tisch sitzen gesehen, wenn sonst niemand im Raum war. Er hatte sie nie darauf angesprochen und war sich unsicher, ob sein Verhalten richtig oder falsch war.

»Ja, der Herr Novak!«, wurde er von der jungen Frau begrüßt, die mit einem Tuch über die Tasten der Schreibmaschine wischte. »Haben Sie denn nicht noch Urlaub?«

»Und ob!«, bestätigte der Novak. »Und eigentlich bin ich gar nicht hier, also nicht offiziell, wenn Sie verstehen.«

Frau Pollack verstand natürlich nicht und faltete das Tuch fein säuberlich zusammen. Sie verstaute es in einer der Laden ihres Schreibtisches. »Der Herr Kriminaloberinspektor ist nicht hier«, meinte sie, weil sie wohl vermutete, dass der Novak ihn suchte. »Der hat nämlich auch Urlaub.«

»Ich weiß«, sagte der Novak und lächelte.

»Ach, natürlich«, gluckste Frau Pollack, als wäre ihr eben wieder eingefallen, wie unzertrennlich Dr. Fried und der Novak doch waren.

»Sieht aus wie neu.« Der Novak deutete auf die Schreibmaschine.

»Selbstverständlich! Ich pflege sie ja auch. Sogar ab und zu mit einem Tröpfchen Öl an der richtigen Stelle. Damit die Hebel besser gehen und der Wagen leichter gleitet. Ich lasse niemanden sonst ran an meine Ultima.«

»Wenn das so weitergeht, können Sie sich sogar noch an unseren Kraftwagen versuchen«, scherzte der Novak.

Normalerweise gab es zwei Sekretärinnen im Vorraum zum Büro, doch an diesem Tag war Frau Pollack alleine. Der zweite Schreibtisch war penibel sauber aufgeräumt, sogar die Bleistifte lagen in exakter Parallelität nebeneinander, als wäre es ausgemessen worden. Frau Scherzer war ein Neuzugang ohne jede Erfahrung – berufliche wohlgemerkt, denn an Lebenserfahrung durfte es der Mittvierzigerin nicht mangeln. Eigentlich hatte Dr. Fried beziehungsweise die Abteilung nach jemandem gesucht, wie es der Novak vor vielen Jahren gewesen war: einen Assistenten, den man für die verschiedensten Belange einsetzen konnte. Einen Mann. Doch der Arbeitsmarkt bot keine große Auswahl mehr, und Frauen waren leichter zu bekommen als Männer.

Frau Scherzer war beherzt aufgetreten, hatte ein lockeres Mundwerk und scheute sich nicht, ins Fettnäpfchen zu treten. Ob bewusst oder in Unkenntnis der Umstände, konnte der Novak nicht immer beurteilen. Naiv oder gar dümmlich war diese Frau nämlich definitiv nicht und daher sehr gut in der Rolle zu verwenden, für die sie eingesetzt wurde. Lediglich ihres Geschlechts wegen galt sie offiziell als Sekretärin und wurde auch als solche entlohnt, aber sie war damit zufrieden.

»Eigentlich suche ich Hechter«, offenbarte der Novak nun den Grund seines Erscheinens. »Soviel ich weiß, hat er einen neuen Fall.«

Frau Pollack staunte nicht schlecht. »Woher wissen Sie das denn?«, fragte sie bewundernd. »Ihnen entgeht anscheinend nichts.«

»Dr. Fried schickt mich, ich muss kurz mit ihm reden. Also mit Hechter.«

»Dann weiß der Herr Kriminaloberinspektor ebenfalls von dem neuen Fall? Wie machen Sie beide das nur?« Frau Pollack stand auf und trippelte um ihren Tisch herum. Der konnte in Sachen Ordnungssinn nicht annähernd mit dem von Frau Scherzer mithalten, was aber vielleicht auch daran lag, dass Frau Pollack ihn jeden Tag benutzte und mit dem gesamten Papierkram befasst war. Frau Scherzer hingegen war oft im Haus oder außerhalb unterwegs. »Hier, die habe ich soeben erst fertig getippt.«

Eine neue, fast unberührte Akte! Schlagartig fiel dem Novak ein, was er in der zurückliegenden Woche auf gar keinen Fall vermisst hatte.

»Der Fall Sterner.«

»Genau der«, sagte der Novak und ließ sich den noch dünnen Umschlag geben.

»Oder der Künstlermord, wie Herr Kommissar Hechter ihn nennt. Das war jedenfalls am Freitag der Fall.«

»Ich nehme an, es gibt noch keinen Obduktionsbericht?«

Nun lächelte Frau Pollack breit. »Er liegt seit einer halben Stunde bei.«

Na also! Was wollte er mehr? Außer mit Hechter reden, aber das konnte warten, zuerst wollte der Novak die paar Seiten durchgehen. Er hauchte Frau Pollack einen Dank entgegen und betrat sein Büro. Dort herrschte Leere und Stille, der Raum wirkte völlig verändert ohne die Geschäftigkeit seines Vorgesetzten und die aktuellen Fälle, die zwischen Schränken und Tischen schwebten wie die Geister der Verstorbenen. Auch wirkte die Luft abgestanden, wohl weil niemand in den letzten Tagen gelüftet hatte.

Der Novak warf die Akte auf seinen Schreibtisch und ging zum Fenster. Er riss es auf. Draußen hatte es einige Grade über null, die Sonne schien, es war gerade noch nicht frühlingshaft, dazu hätte die Temperatur noch etwas höher steigen müssen, aber viel fehlte nicht. Vielleicht waren es ja auch die Sonnenstrahlen, die, obwohl sie kaum wärmten, die Stimmung hoben.

Der Novak wartete ein paar Minuten, sah vereinzelte Passanten unten auf der Promenade gehen, von spazieren konnte dabei aber keine Rede sein. Der Winter war nicht die richtige Jahreszeit, um sich zu präsentieren und in Szene zu setzen. In drei, vier Monaten würde das schon anders aussehen.

Die Akte war dünn wie bei jedem neuen Fall. Das konnte gar nicht anders sein, denn es lagen ja nur wenige Informationen vor. Der Novak las sich zuerst die Tatortbeschau durch. Die Namen der Beamten, die vor Ort gewesen waren, waren aufgelistet, allen voran jener des leitenden Kriminalpolizisten: Julius Hechter.

Alles war gut strukturiert aufgeführt. Als Person, die die Leiche gefunden hatte, wurde Ferdinand Schmutzer angegeben, der den Toten auch gleich vor Ort als Michael Sterner, Künstler, Mitglied der Secession, identifizierte. Fotografische Aufnahmen und eine Skizze des Tatortes lagen bei.

Der Novak legte diese vorerst beiseite und nahm sich den Bericht des Gerichtsmediziners vor. Der stammte von Dr. Bernhard Wallentschek. Sie hatten immer wieder mit dem kleinwüchsigen, dicklichen, kahlköpfigen Mann zu tun, der oft schweratmig daherkam und dem man nicht zutraute, seiner Arbeit so schnell nachzukommen wie in diesem Fall. Es lag ein vollständiger Autopsiebericht vor, was vielleicht daran lag, dass sich die Sache als klar darstellte. Jedenfalls den Worten Wallentscheks zufolge.

Michael Sterner war am Vormittag des 9. Dezember ermordet worden, Wallentschek schränkte die Tatzeit von den späten Morgenstunden bis spätestens mittags ein. Also sagen wir mal, acht bis zwölf, murmelte der Novak vor sich hin. Es gab zwei tiefe Stichwunden, beide von vorne zugefügt, eine in den Oberbauch, die zweite in den Hals. Abschürfungen auf den Händen, den Unterarmen und im Gesicht ließen auf ein Handgemenge schließen, Wallentschek ging davon aus, dass auch der Täter entsprechende Spuren davongetragen haben musste. Immerhin, dachte sich der Novak, ein erster konkreter Hinweis. Die weiteren Angaben des Gerichtsmediziners beschrieben den Toten als Mann von guter Gesundheit und Kondition, es gäbe keine sonstigen Auffälligkeiten.

Der Novak sah sich die Fotos an. In dunklem Schwarz umrahmte das Blut die Leiche, verteilte sich um Kopf und Oberkörper. Eine Aufnahme zeigte das Gesicht des Toten und den Einstich im Hals aus nächster Nähe. Der Gesichtsausdruck war friedlich wie bei den allermeisten Toten, was an der schlagartigen Entspannung der Muskeln lag. Nur im Blick der leblosen Augen lag etwas Anklagendes, das letzte Anzeichen, dass es in ihnen einmal Leben gegeben hatte.

Die Tatortskizze war akkurat und gab die Räumlichkeiten exakt wieder, wie der Novak sie gesehen hatte. Sogar die angrenzenden Räume waren eingezeichnet, sodass sich ein Gesamtbild der Ausstellungsfläche ergab.

Der Novak nahm noch einmal die Fotos zur Hand. Auf einem war im Hintergrund das leere Podest zu sehen, auf dem sich die Skulptur der Gämse befunden hatte. Im Bericht wurde das Fehlen der Skulptur nicht erwähnt. Wie auch, wenn Schmutzer es dem Kommissar verschwiegen hatte.

Brummend blätterte der Novak weiter. Als er ansetzte

zu lesen, klopfte es kräftig an die Tür, die sogleich aufgerissen wurde. Ein hochgewachsener schlanker Mann in einem grauen Anzug trat ein. »Herr Novak! Frau Pollack sagte mir, dass Sie da sind.«

Der Novak zuckte erschrocken zusammen, beinahe hätte er dabei die Bilder vom Tisch gefegt.

»Und dass Sie mich sprechen wollen«, fügte Hechter irritiert hinzu. »Ich dachte, Sie sind im Urlaub, oder?«

»Ja, schon …«

Der Novak sammelte die Fotos ein und legte sie zurück in die Akte. Er schloss sie und schob sie von sich weg.

»Sie interessieren sich für den Künstlermord«, stellte Hechter fest und zeigte auf die Akte. »Frau Pollack hat es mir verraten.«

»Ja, allerdings«, sagte der Novak. Er fühlte sich unwohl, weil Hechter auf ihn herabblickte, und stand auf. Nun war er der etwas Größere von beiden. »Dr. Fried bat mich, Sie um ein besonders diskretes Vorgehen zu ersuchen. Vor allem keine zu ausführlichen Informationen an die Zeitungen, na ja, Sie wissen ja, wie das geht.«

»Ach so?«, zeigte sich Hechter verwundert. »Der hat doch auch Urlaub, wenn ich nicht irre.«

»Hat er, hat er, und weder er noch ich werden den Urlaub unterbrechen«, sagte der Novak.

»Ich werde mit dem Fall schon fertig«, entgegnete Hechter wie zur Bestätigung. »Herr Dr. Fried muss sich keine Sorgen machen. Woher weiß er denn überhaupt …?«

»Das ist es ja, mein Lieber, worum es eigentlich geht. Ein Schulfreund hat ihn um einen Gefallen gebeten, also genauer gesagt der Bruder eines Schulfreundes. Ferdinand Schmutzer, Sie wissen ja.«

»Schmutzer!« Hechters Stimme überschlug sich beinahe, als er den Namen ausrief. »Der Mann ist mein Hauptverdächtiger! Wissen Sie, Herr Novak, im Grunde liegt alles auf der Hand. Ich muss nur mehr die Beweiskette zusammenstellen.«

Das hatte der Novak befürchtet – beziehungsweise Schmutzer hatte das, deswegen hatte er Dr. Fried auch um Unterstützung gebeten.

»Vielleicht sind Sie etwas vorschnell«, versuchte der Novak, den jungen Kollegen einzubremsen.

»Vielleicht«, sagte der gedehnt. »Vielleicht aber auch nicht.« Er trat an den Schreibtisch des Novak heran und klopfte mit dem Zeigefinger auf die Akte. »Was nämlich zum Beispiel nicht hier drinsteht ...« Sein Gesichtsausdruck wurde gewichtig. Gleich würde er eine besondere Mitteilung machen. »... ist, dass ein Kunstwerk entwendet wurde.«

»Die Gämse.«

Hechter riss die Augen auf. »Das wissen Sie?«

»Ja«, gab der Novak kleinlaut zu.

»Nun, jedenfalls ist der Punkt jener, dass Schmutzer es mir verschwiegen hat. Nicht einfach nur verschwiegen, Herr Novak! Er hat mir eine erfundene Geschichte aufgetischt von wegen letzte Vorbereitungen der Ausstellung und so. Doch damit konnte er mich nicht täuschen.«

»Ich weiß«, sagte der Novak und rief damit als Reaktion ein Kopfschütteln Hechters hervor.

»Wenn Sie schon alles wissen, was wollen Sie dann noch von mir? In wenigen Tagen habe ich den Fall abgeschlossen, Schmutzer sitzt im Gefängnis, und wenn Sie und Herr Dr. Fried aus dem Urlaub zurückkommen, haben Sie mit dieser Sache gar nichts mehr zu tun. Der reinste Luxus, nicht?«

»Ich möchte nur nicht, dass Sie zu vorschnell agieren«, meinte der Novak.

»Es sind meine Ermittlungen«, hielt Hechter dagegen. »Oder wollen Sie sie mir wegnehmen? Also der Herr Kriminaloberinspektor. Möchte Dr. Fried seinen Urlaub abbrechen und den Fall selbst übernehmen?«

Nun schüttelte der Novak heftig den Kopf. »Nein, nein, keineswegs! Das ist Ihr Fall und bleibt es auch. Und wir sind im Urlaub und bleiben es genauso. Wir wollten nur ein paar Informationen haben, um eben unser eigenes Bild abzurunden.«

»Das verstehe ich zwar nicht«, sagte Hechter, »aber bitte. Fragen Sie!«

Der Novak nahm die Akte erneut zur Hand und blätterte sie rasch durch, um sich zu vergewissern, nichts übersehen zu haben. »Können Sie mir etwas über den Toten sagen, über Sterner? Dazu habe ich nichts in der Akte gefunden.«

»Ja, da sind wir gerade dabei. Keine Frau, keine Kinder. Irgendwelche Verwandte in Wien. Wir ermitteln derzeit ihre Anschrift. Das Opfer war Künstler, wie Sie ja wissen. Vor allem Skulpturen, kaum Bilder. Gehört zur Secession.«

»Gehörte«, fiel der Novak ihm ins Wort.

»Ja, eben!«, fühlte sich Hechter bestätigt. »Das ist auch so eine Sache. Sterners Verhältnis zu Schmutzer war zuletzt gar nicht gut. Um es beschönigend zu formulieren.«

Bevor der Novak etwas einwenden konnte, fügte Hechter hinzu: »Aber das wissen Sie sicher auch bereits. Haben Sie mit der Oberschwester im Spital gesprochen, das in der Secession eingerichtet wurde?«

Der Novak ersparte sich eine Bestätigung, stattdessen bat er Hechter, fortzufahren.

»Wir wissen von einem Kollegen von Sterner, dass diese Ausstellung seine letzte größere Chance war, sich einem breiten Publikum zu präsentieren. Die hätte Schmutzer ihm beinahe genommen. Nun ja, im Endeffekt ist es nun dennoch so gekommen. Sie sehen, Herr Novak, Motiv um Motiv reiht sich aneinander.«

Nun war es höchstens ein einziges Motiv in kleinen Abwandlungen, doch der Novak wollte sich auf eine solche Haarspalterei nicht einlassen. »Und wer ist dieser Kollege?«

»Konstantin Stoitzner, er ist ebenfalls in der Ausstellung vertreten. Landschaftsbilder, Idyllen und so.«

Der Novak erinnerte sich, bei seinem Rundgang Bilder gesehen zu haben, auf die die Beschreibung passte. Ob darunter auch welche von diesem Stoitzner gewesen waren, wusste er natürlich nicht. »Sie haben mit Stoitzner bereits gesprochen? Davon steht nichts in der Akte.«

»Wie auch?« Hechter grinste. »Ich komme gerade von meinem Gespräch mit ihm. Der Mann hat ein feines Atelier in der Längenfeldgasse. Vollgestellt mit Stillleben, Blumenbildern, Landschaftsansichten. Also mir wäre das zu viel, aber seine Kunden erfreut es anscheinend. Er hat für sein Gemälde ›Der untere Ortnergletscher‹ im Jahr 1909 den Staatspreis erhalten. Der Mann ist eine Größe in der Kunstszene.«

Größe oder nicht, dem Novak sagte der Name genauso wenig, wie es bei jenem von Sterner der Fall gewesen war. Er war eben nie ein Besucher von Galerien, Ausstellungen und Museen gewesen, insofern bewegte er sich jetzt in einer ihm unbekannten Welt.

»Streit mit Schmutzer, Ausschluss aus der Secession und beinahe auch Ausschluss von der Teilnahme an der Ausstellung, die wiederum Schmutzer federführend kuratiert«, fasste Hechter zusammen. »Das reicht für einen schweren Verdacht, meinen Sie nicht?«

Der Novak konnte sich der Logik nicht ganz entziehen, wenngleich er und Dr. Fried sich niemals bereits am ersten Tag von Ermittlungen auf einen Hauptverdächtigen festgelegt hätten. Für Hechter schienen die Zeichen allerdings eine deutliche Sprache zu sprechen.

»Vielleicht geben Sie Frau Pollack die Adresse von diesem Stoitzner? Und sobald Sie sie haben auch die der Familie von Sterner. Das würde mir sehr helfen, also uns, Herrn Dr. Fried und mir.«

»Wozu denn das?«, fragte Hechter und wirkte leicht pikiert.

Der Novak ging nicht darauf ein. »Ich sehe mir noch

ein wenig die Akte durch, danach hole ich mir die Adressen bei Frau Pollack. Und was Sie jetzt noch nicht haben, gibt sie mir einfach bei nächster Gelegenheit.«

»Wie Sie meinen«, sagte Hechter, und es war das erste Mal, dass der Novak etwas wie Übellaunigkeit in seiner Stimme mitschwingen hörte.

Sechstes Kapitel: 12. Dezember

Dr. Fried nutzte den großen Tisch in Dr. Frieds Wohnung als Ersatz für sein Büro, das zu betreten er sich für die laufende Woche fest untersagt hatte. Urlaub war Urlaub, auch wenn er ihn nun mit einem Mordfall zubrachte. Aber das war keine Arbeit, es war ein Freundschaftsdienst, der ihn vielleicht nicht einmal zwei, drei Tage kosten würde. Außerdem blieb ihm der ganze bürokratische Irrsinn rundherum erspart und somit die unangenehmen Begleiterscheinungen seiner kriminalistischen Tätigkeit.

Der Novak hatte ihm davon erzählt, dass Hechter sich nicht gerade begeistert gezeigt hatte, dass sie sich für den »Künstlermord« interessierten, wie der junge Kommissar ihn nannte.

»Schmutzer steht an erster Stelle auf seiner Liste der Verdächtigen, und zwar weil er der einzige ist.«

Dr. Fried rieb sich das Kinn. Konnte es sein, dass Schmutzer sich an ihn gewandt hatte, obwohl er der Täter war? Vielleicht als eine Art Verwirrungstaktik? Als einen Versuch der Ablenkung? Oder es ging ihm tatsächlich darum, den Start der Ausstellung und alle seine Künstler nicht unter den schlechten Stern einer Berichterstattung rund um einen Mord zu stellen?

Max war früh aufgestanden, ebenso wie Amalia, die sich aber rasch in die Psychoanalytische Vereinigung begeben hatte. Max hatte sich gewünscht, mit ihr den Tag zu verbringen und am besten auch gleich den nächsten, sie hätten sich zu viel zu erzählen, so viel an verlorener Zeit nachzuholen, aber Amalia hatte ihn auf das Wochenende vertröstet. Schließlich und endlich hätten sie jetzt einige Wochen vor sich, die ihnen niemand nehmen konnte, und sie konnte nicht so mir nichts, dir nichts von ihrem Arbeitsplatz fernbleiben.

Nun saß Max mit ihnen am Tisch, das verletzte Bein von sich gestreckt, die Krücke angelehnt in Griffweite. Der Novak hatte ihm die Geschichte von seinem Knie erzählt und ihm jene Elektrotherapie empfohlen, die er selbst seit unzähligen Jahren in Anspruch nahm. Sie half ihm, davon war er überzeugt, auch wenn es immer wieder Phasen gab, in denen ihm sein Knie zusetzte. Ein radikaler Wetterwechsel war eine Ursache dafür.

Er sah schon besser aus, frisch rasiert und ausgeschlafen. Die Ärmel seines Hemds hatte er bis zu den Ellenbogen hochgekrempelt und lauschte neugierig dem Gespräch der beiden Männer. Noch nie zuvor hatte er Kriminalisten bei der Arbeit beobachtet.

»Ein guter Freund, ein Kamerad von mir, ist ebenfalls Künstler«, ließ er einmal einen Kommentar einfließen. »Es ist der, von dem ich dir erzählt habe, der Josef.«

Dr. Fried nickte abgelenkt. »Jaja, ich erinnere mich«, sagte er, wollte aber nicht weiter darauf eingehen.

»Und was malt er?«, fragte der Novak, der interessierter zu sein schien. »Oder erstellt er auch ausschließlich Skulpturen?«

»Nein, nein, er malt«, war Max froh, etwas beitragen zu können. »Vor allem Porträts von wohlhabenderen Kunden. Jedenfalls bis zu dem Zeitpunkt, als er eingezogen wurde.«

»Das Leben kann ungerecht sein«, meinte Dr. Fried wenig einfühlsam, weil er sich gemeinsam mit dem Novak den Überlegungen ungestört widmen wollte.

»Ich mache mich mal in der Küche nützlich«, meinte Max, der bemerkt zu haben schien, dass er überflüssig war.

»Mit dem Bein?«, fragte Dr. Fried plötzlich sorgenvoll.

»Stehen kann ich ja«, lachte Max, »und die paar Dinge in die Schränke einräumen ebenfalls. Es dauert bei mir länger als bei euch, aber ich habe ja Zeit.« Er zog sich an der Tischkante hoch, klemmte sich die Krücke unter die Achsel und humpelte in die Küche. »Demnächst möchte ich versuchen, einige Schritte ohne die Krücke zu machen. Jedenfalls hier zu Hause.«

Zu Hause? Dr. Fried hatte Max gerne aufgenommen, aber dass der Schwiegersohn seine Wohnung als »Zuhause« bezeichnete, fand er doch einigermaßen befremdlich.

»Recht hat er«, kommentierte der Novak. »Je früher man diese Hilfsmittel von sich wirft, desto rascher kann man eine Besserung erreichen.«

»Und desto rascher kann man zurück an die Front«, brummte Dr. Fried.

»Auch wieder wahr ...«, sagte der Novak. »Ich habe einige Tipps, wie er den Ärzten gegenüber seine Genesung ausdehnen kann, aber ich denke mal, die ganzen Tricks kennen die Militärärzte genauso gut.«

»Apropos Ärzte«, versuchte Dr. Fried, zum Fall Sterner zurückzukehren. »Wir sollten vielleicht zuerst mit der Schwester in der Secession sprechen. Lassen wir uns einfach mal ihre Eindrücke schildern von dem, was sie mitbekommt von Schmutzers Gesprächen mit den Künstlern. Und was sie über das Verhältnis Schmutzers zu Sterner weiß.«

Hechter hatte auf die Schwester hingewiesen. »Ich habe ihn aber nicht weiter gefragt, was sie ausgesagt hat«, berichtete der Novak. »Wahrscheinlich hat sie ihm einiges erzählt. Ja, Herr Doktor, ich denke, es ist gut, bei ihr zu beginnen.«

In diesem Augenblick drang das spitze Geräusch eines zerbrechenden Tellers aus der Küche, gefolgt von einem wütenden »Verdammt!«. Dr. Fried sprang auf.

»Hast du dich verletzt?«, fragte er, als er in die Küche trat.

Max balancierte einbeinig vor einem Scherbenhaufen, die Krücke lag auf dem Boden. »Ich bin zu gar nichts mehr zu gebrauchen«, schimpfte er über seine Ungeschicklichkeit.

Dr. Fried holte einen Kehrbesen und eine Schaufel hervor. »Unsinn«, sagte er, während er sich ächzend auf den Boden kniete und die Scherben und Splitter zusammenfegte. Er bemühte sich redlich, sich nicht anmerken zu lassen, dass sein Rücken ihm diese Bewegungen am liebsten verweigert hätte. Zum Glück konnte niemand sein Gesicht sehen und wie er die Zähne zusammenbiss.

Der Novak nahm Dr. Fried die Schaufel ab und warf die Scherben in den Abfalleimer. »Haben Sie etwas, Herr Doktor?«, fragte er besorgt. »Sie sehen aus, als hätten Sie Schmerzen.«

Also war es ihm doch nicht gelungen, es zu verbergen.

»Nur ein kleiner Stich, nichts weiter, das ist einfach das Alter, das geht gleich vorüber«, gab sich Dr. Fried locker und bemühte sich, besonders schwungvoll aufzustehen.

»Das kann man nie wissen«, seufzte Max und dachte dabei wohl an seine eigene Verletzung. Er ließ sich von Dr. Fried die Krücke reichen.

»Bei mir waren es Monate, bis ich wieder halbwegs normal laufen konnte«, versuchte der Novak Max Mut zuzusprechen. »Und bis heute gibt es einzelne Tage, da frage ich mich, ob ich mir meine Verletzung gerade erst vor wenigen Tagen zugezogen habe. Aber keine Sorge, bei Ihnen wird sicher alles ohne Spätfolgen verheilen.«

»Mach einfach weiter«, forderte Dr. Fried seinen Schwiegersohn auf. Er wollte auf keinen Fall, dass Max aufgab. »Es sind ja nur mehr wenige Teller und Gläser, die weggeräumt werden müssen.« Er brachte Schaufel und Handbesen an ihren Platz zurück. »Wir gehen los«, sagte er. »Hast du etwas vor?«

Nun erschien ein friedliches Lächeln auf Max' Lippen. »Ich werde meine Mutter und meine Schwester besuchen. Vielleicht nehme ich noch ein wenig mehr Gewand von ihnen mit. Das kann ich ja nachher bei euch lassen, wenn ich wieder an die Front muss? Einen ordentlichen Mantel könnte ich wirklich gut gebrauchen.«

Dr. Fried nickte. »Falls du das musst. Es kann sehr lange dauern mit so einer Beinverletzung, nicht wahr, Novak?«

»Und ob!«, sagte der und lachte. »Ich muss zugeben, dass ich meine vielen Monate um einige verlängert habe. Dabei war der Krieg sowieso schon zu Ende. Nun ja, der Staat musste mich bezahlen und für meine Behandlungen aufkommen. Ich fand, er war es mir schuldig.«

Dr. Fried und der Novak machten sich auf den Weg. Es war ein trüber Tag, die Wolken schienen den Himmel nicht mehr freigeben zu wollen, aber zu einem Regenguss war es bisher auch nicht gekommen. Für Schneefall war es nach wie vor zu warm, was Dr. Fried nicht bedauerte, denn Schnee in der Stadt war ihm ein Gräuel. Hier waren keine idyllischen Impressionen zu erwarten, am liebsten wäre es ihm gewesen, jedes Jahr schneefrei durch die Wintermonate zu kommen.

»Wenn das so weitergeht, werden die ersten Blüten und Blätter treiben, noch lange bevor der Frühling kommt«, meinte der Novak, während sie zügig voranschritten. »Wir können rüber zum J-Wagen und bis zur Secession fahren.«

»Oder wir gehen zu Fuß«, meinte Dr. Fried. »Dauert ja nur eine halbe Stunde, und es wird uns nicht schaden, wenn wir uns bewegen.«

»Schadet keineswegs!«, strahlte der Novak und klopfte auf sein Knie. »Ich würde Sie sogar zu einem Wettlauf herausfordern!«

Er zog ein paarmal ruckartig die Augenbrauen in die Höhe, dann fügte er hinzu: »Aber für gesetzte Herren wie uns würde es sich nicht gehören, im Laufschritt durch die Stadt zu hetzen. Gemessenes Schreiten ist wesentlich angebrachter.«

Und so schritten die beiden Männer in ihren Wintermänteln über den größten Teil der Ringstraße, ließen dort etliche Straßenbahnen an sich vorüberfahren und unterhielten sich über das durchmischte Panoptikum an Menschen, das ihnen begegnete. Die Zahl an Soldaten im Stadtbild wuchs von Halbjahr zu Halbjahr stärker an, aber es waren längst nicht mehr die auf Hochglanz polierten Präsentationsfiguren in ihren schmucken Uniformen, sondern fast ausschließlich graue Gestalten, die auf Fronturlaub in der Stadt weilten oder, wie Max, Verletzungen auskurierten.

Auch die Zahl der stark Versehrten war angewachsen bis hin zu jenen, die man bettelnd an Straßenecken stehen sah. Oder nicht einmal mehr stehen. Besonders nah gingen Dr. Fried jene Männer, die beinlos auf Brettern saßen, die mit Rädern ausgestattet waren. Sie hatten nur mehr ihre Arme, um sich vorwärtszubewegen, die Jacken, die sie trugen, schleiften oft auf dem Boden und sammelten den Staub und den Dreck der Straße ein, der sich mit jedem Tag, den sie ihr neues Leben fristeten, auch in ihren Seelen festsetzte.

»Zum Glück hat es Max nicht so schlimm erwischt«,

meinte Dr. Fried, als sie von der Operngasse kommend in die Friedrichstraße einbogen.

»Er ist in seinem Inneren viel mehr versehrt als sein Körper«, stellte der Novak fest.

»Das haben Sie gesehen?« Eigentlich hätte Dr. Fried damit rechnen müssen, denn die Menschenkenntnis des Novak war sehr ausgeprägt, und obwohl er Max insgesamt erst wenige Stunden erlebt hatte, konnte er derartige Aussagen treffen.

Natürlich war es ihm selbst auch schon aufgefallen. Und Amalia? Dr. Fried konnte sich nicht vorstellen, dass für sie alles war wie früher. Wobei ... Was hieß schon früher? Nach all dem, was nach Max' und Amalias Hochzeit passiert war ... Die beiden hatten nie die Gelegenheit gehabt, eine richtige Ehe zu führen. Entfremdete so etwas nicht?

Sie standen vor den Stufen, die zum Eingang der Secession hinaufführten. Zwei Männer hielten sich vor der Flügeltür auf. Sie sahen genauso aus wie Max, als er vor Dr. Frieds Wohnung aufgetaucht war: grau, unscheinbar und ausgezehrt. Beide hielten Zigaretten zwischen den Fingern und sie wechselten kein Wort miteinander. Es gab wohl nichts, was der eine dem anderen hätte sagen können, was dieser nicht bereits wusste, weil er es selbst erlebt hatte.

»Verzeihung«, sprach der Novak die Männer an.

Langsam nahmen sie von ihm Kenntnis, mit matten Augen, die durch ihn hindurchzusehen schienen.

»Wir suchen die leitende Schwester hier«, erklärte der Novak.

»Schwester Beata?«

»Ich weiß nicht«, antwortete der Novak. »Heißt sie so? Ja, Schwester Beata.«

»Die ist da«, sagte der andere Mann und deutete mit einer Kopfbewegung nach innen. »Sie müssen sie halt suchen, die ist dauernd irgendwo unterwegs.«

Der Novak bedankte sich.

»Haben Sie vielleicht eine Zigarette für uns?«

Der Erste deutete auf den Stummel, der beinahe ganz heruntergebrannt war.

»Tut mir leid«, sagte der Novak und meinte es ehrlich. »Ich rauche nicht, der Herr Doktor ebenfalls nicht.«

»Herr Doktor? Natürlich, die Ärzte wissen schon, wie man gesund lebt.«

Die Männer rangen sich ein kurzes gemeinsames Lachen ab, das sich heiser anhörte und aus dem keine wirkliche Heiterkeit klang.

Der Novak stellte nicht richtig, dass es sich bei Dr. Fried nicht um eine solche Art von Doktor handelte. Schweigend betraten sie das Gebäude. Sie durchquerten den Vorraum und kamen in den Großen Saal, in dem es ihnen für einen Augenblick die Sprache verschlug.

An den Wänden entlang reihten sich dicht an dicht Pritschen, die als Krankenbetten dienten. Auch in der Mitte des Raumes hatte man zwei Reihen aufgezogen. Helligkeit fiel durch die Oberlichte herein, doch es war ein trübes Licht, milchig, verwaschen, als blicke man durch eine Brille, deren Gläser beschlagen und verschmiert waren. Ein Arzt saß bei einem Patienten und war mit diesem in einem heftigen Gespräch. Die Hände beider flogen wild gestikulierend durch die Luft, zwei-, dreimal sprang der Arzt auf, als wollte er davoneilen, dann setzte er sich wieder an den Rand der Pritsche und die Auseinandersetzung ging weiter.

Bei einem anderen Bett saßen vier Männer in abgetragenen grauen Uniformen beisammen und machten einen fröhlichen Eindruck. Sie spielten Karten, als Einsatz hatten sie ein paar schäbige Münzen vor sich liegen, die nach jeder Runde ihren Besitzer wechselten. In einer anderen Ecke wiederum herrschte eine Stille, die an den nahenden Tod gemahnte. Schlafende lagen neben Hellwachen, Beschäftigte neben Apathischen.

Mehrere Schwestern waren mit den Patienten beschäftigt. Welche von ihnen die Oberschwester war, war beim besten Willen nicht auszumachen. Wie ein dichter Klangteppich lag Stimmgemurmel über den Krankenlagern, sodass der Novak und Dr. Fried die dünne Stimme, die sie von hinten ansprach, zunächst gar nicht wahrnahmen.

»Sind Sie Schwester Beata?«, fragte Dr. Fried, als die Frau ihre Frage, was die Herren wünschten, lauter wiederholte. Jetzt erst erkannte er in ihr die Frau, die sie vor zwei Tagen, als Schmutzer sie hergeführt hatte, gesehen hatten.

Sie hatte eine weiße Schürze vor das schwarze Kleid geschnürt und trug eine Armbinde mit dem Zeichen des Roten Kreuzes. Auch auf der weißen Haube prangte das Symbol der Hilfsorganisation.

»Ja.« Sie musterte die beiden Männer, als würde sie

in ihren Erinnerungen nach ihren Gesichtern suchen. »Kennen wir uns?«

»Ich glaube, wir haben uns vor zwei Tagen kurz gesehen«, erklärte Dr. Fried und holte seine Polizeimarke hervor.

Schwester Beata reagierte nicht darauf, und auch als Dr. Fried das Wort »Kriminalpolizei« hinzufügte, blieb sie ruhig. Das brachte vielleicht ihr Beruf mit sich, der mehr eine Berufung sein musste, denn der Umgang mit diesen Männern, die der Krieg ausgespuckt hatte, war mit Sicherheit kein einfacher. Vor allem nicht für eine Frau.

»Sie haben großes Talent«, versuchte Dr. Fried, das Eis zu brechen. »Herr Direktor Schmutzer hat uns Ihre Zeichnungen gezeigt. Ich bin wirklich beeindruckt.«

Schwester Beata errötete leicht. Es war ihm also gelungen, die richtige Saite anzuschlagen.

»Könnten wir irgendwo in Ruhe reden? Nur ein paar Minuten, wir wollen Sie nicht lange abhalten von Ihrer wichtigen Arbeit.«

Schwester Beata führte sie in die Vorhalle, von der aus sie das letzte Mal in Schmutzers Büro gelangt waren.

»Die Zeichnungen helfen mir, mit dem ganzen Elend besser fertigzuwerden«, erklärte die Schwester wie zur Entschuldigung. »Herr Schmutzer meint, ich sollte aus meiner Gabe etwas machen.« Sie lächelte, als fände sie den Gedanken völlig abwegig.

»Er wird sicher recht haben«, meinte Dr. Fried. »Schließlich ist er ein Fachmann. Er kennt sich aus mit Kunst und Künstlern.« Der letzte Satz sollte sie zum eigentlichen Grund des Besuches hinführen. »Ich würde mit Ihnen gerne über das sprechen, was Sie bereits unserem Kollegen Kommissar Hechter erzählt haben.«

»Ein gut aussehender Mann«, bemerkte Schwester Beata und ihre Errötung wurde noch einen Hauch intensiver. »Und ich glaube, ein wenig schüchtern? Er hat gelispelt.«

Der Novak grinste. »Das ist weniger Schüchternheit als vielmehr ein Sprachfehler, den er von Kindheit an hat. Aber er arbeitet daran.«

»Das habe ich bemerkt«, meinte Schwester Beata. »Er hat sich redlich bemüht, das Lispeln zu vermeiden.«

»Sie haben ihm etwas erzählt über das letzte Aufeinandertreffen von Schmutzer und Sterner.« Dr. Fried wollte nun endlich zur Sache kommen.

»Sterner, ja ...« Die Krankenschwester hing für einen Augenblick ihren Gedanken nach, die Dr. Fried nicht erraten konnte. »Ich glaube, die beiden konnten einander nicht ausstehen. Aber sagen Sie Herrn Schmutzer bitte nicht, dass Sie das von mir haben. Er hat mich dezidiert darum ersucht, nichts von seinem Streit mit Sterner zu verraten, als er mir vorgeschwärmt hat, wie großartig meine Zeichnungen sind. Und da hat er mir auch angeboten, mich bei einer Bewerbung an der Akademie zu unterstützen.«

»Haben Sie Herrn Kommissar Hechter davon erzählt?«

»Ja, allerdings nur in groben Zügen«, zierte sich Schwester Beata.

»Dann wäre ich Ihnen sehr dankbar, wenn Sie für uns ins Detail gehen würden.«

Die zwei Soldaten, die vor dem Eingang geraucht hatten, kamen zurück. Sie rochen nach billigem Tabak und schritten ebenso schweigsam an den dreien vorbei, wie sie zuvor draußen gestanden hatten. Als sie im Großen Saal verschwanden, blieben übel riechende Schwaden zurück.

»Es war am Freitagabend«, begann Schwester Beata zu erzählen. »Abends und über Nacht arbeiten wir immer mit einer kleinen Besetzung, zwei Schwestern, oft gar kein Arzt, weil der auch in anderen Notspitälern eingesetzt ist. Normalerweise ist das kein Problem, es gibt keine akuten Fälle bei uns. Die meisten könnte man sogar in häusliche Pflege entlassen, wenn Sie mich fragen, aber viele wollen gar nicht nach Hause. Ich glaube, sie haben Angst, ihre Frauen und ihre Kinder wiederzusehen oder ihre Mütter und Väter. Es ist schwierig, wenn man von der Front hierher zurückkommt, wo von der Wut und der Zerstörung nichts zu sehen ist.« Sie hielt inne und zupfte an der Haube auf ihrem dunklen Haar herum. »Plötzlich kam dieser Mann hereingestürzt.«

»Wie? Zu Ihnen in den Saal?«

Schwester Beata schüttelte den Kopf. »Nein, ich war gerade hier, an dem Tisch. Ich habe eine kleine Pause gebraucht. Draußen war es mir zu kalt. Ich bin immer wieder hier. Einfach nur so oder um einige Dinge zu ordnen, Verbandsmaterial nachzuschlichten und solche Dinge. Das lenkt ab. Er kam hereingelaufen, ich glaube, er hat mich gar nicht wahrgenommen, und ist sofort in Direktor Schmutzers Büro hinein. Die Tür hat geknallt wie ein Schuss. Na ja, ich weiß natürlich nicht, wie sich ein Schuss wirklich anhört. Und dann ging es los. Worüber sie gestritten haben, kann ich Ihnen nicht sagen, ich habe nicht an der Tür gelauscht. Aber es war so laut, das konnte ich nicht überhören. Und es war heftig. Als der Mann aus dem Büro herausgerannt kam, war er noch wütender als vorher. Und der Herr Direktor hat ihm hinterhergerufen: ›Das wirst du bereuen!‹ Dann war der Mann weg.«

Dr. Fried und der Novak wechselten einen flüchtigen Blick.

»Wann hat Schmutzer eigentlich mit Ihnen über Ihre Zeichnungen gesprochen und Ihnen seine Unterstützung angeboten?«, fragte der Novak. »War das am selben Abend?«

»Nein, das war am Vormittag darauf, als er den Schlüssel für die Ausstellungsräume holen wollte. Er blätterte mit mir meine Skizzen durch und meinte, dass ich an der Akademie jenen technischen Schliff bekommen würde, der aus mir eine große Künstlerin machen könnte. Und er fragte mich, ob ich von dem Streit mit Sterner am Vorabend etwas mitbekommen habe. Ich sagte ihm, dass ich kein einziges Wort verstanden habe und mich das auch gar nicht interessiere. Das ist ja auch die Wahrheit.«

»Und da hat Schmutzer Sie um Verschwiegenheit ersucht«, wiederholte der Novak, was Schwester Beata zuvor gesagt hatte.

»Ja, und er hat mir versprochen, dass er mit einigen Herren an der Akademie sprechen würde. ›Lassen Sie uns diese unangenehme Szene heute vergessen und blicken wir in die Zukunft‹, hat er gesagt. Dann ist er gegangen.«

Siebtes Kapitel: 13. Dezember, vormittags

Dr. Fried fand es gar nicht so unangenehm, seine Recherchen außerhalb des Büros zu koordinieren. Er fühlte sich weit weniger abgelenkt, es gab den ganzen Trubel rundherum nicht, allerdings war das Wohnzimmer mit dem großen Esstisch nicht jener Ort, der dauerhaft als Büroersatz dienen konnte. Und er beklagte das Fehlen der Ressourcen, die er als Leiter seiner Abteilung jederzeit zur Verfügung hatte.

Aber es sollte sowieso nur für wenige Tage sein, vielleicht konnten der Novak und er gegen Ende der Woche den Urlaub wieder aufnehmen – und einfach nichts tun. Obwohl das nicht tagesfüllend war, wie Dr. Fried zugeben musste.

Früher, als Amalia jünger war oder gar ein Kind, da waren seine Urlaubszeiten ausreichend mit Aufgaben ausgefüllt gewesen. Auch als seine Frau noch lebte. Da hatten sie ein Familienleben gehabt, und es wäre Dr. Fried nicht den Bruchteil einer Sekunde lang in den Sinn gekommen, sich mit einem Kriminalfall zu befassen. Jetzt war das anders. Amalia lebte ihr eigenes Leben, die Wohnung war den ganzen Tag lang leer – sollte er sich wie ein alter Mann in den Lehnstuhl setzen und den Vormittag mit Zeitunglesen zubringen, bis es Zeit für das Mittagessen war? Um nach einem ausführlichen Mittagsschläfchen nahtlos zur Jausenzeit überzugehen? Auch wenn er bereits sechzig Jahre alt war, so fühlte er nach wie vor das Feuer in sich, wenn er Geheimnisse, Hintergründe, Verwicklungen aufdecken konnte. Es war wie ein Spiel, ein Rätselspiel.

Doch seit zwei Tagen war die Wohnung nicht mehr so leer und unberührt, wie Dr. Fried sie in der vergangenen Woche erlebt hatte. Natürlich war es gut, dass Max bei ihnen wohnte, vor allem, damit die beiden Eheleute einander wieder näher kommen konnten. Dr. Fried hatte befürchtet, dass die Jahre der Trennung die beiden einander entfremden könnten, und erst recht die Erlebnisse, die Max in dieser Zeit gehabt hatte.

Und nun schien es gerade Amalia zu sein, die diese Gelegenheit nicht wirklich nutzen wollte. Mehr als einmal schob sie ihre Arbeit als Grund vor, keine Zeit für Max zu haben. Wäre es nicht am besten, sie würde sich für einen Tag freinehmen? Und diesen Tag nur Max widmen und – ja – dem erneuten Kennenlernen? Womöglich hatte sie genau davor Angst, schließlich konnte man nie wissen, wen man da aufs Neue kennenlernte. Es konnte zu einer riesigen Enttäuschung werden.

Amalia war Psychologin, sie wusste um diese Dinge besser Bescheid als ihr Vater. Und sie war eine reife Frau, die sich selbst sehr gut kannte und einzuschätzen wusste.

Die Zeiten hatten sich gewandelt oder sie waren zumindest dabei, Dr. Fried beobachtete das immer häufiger.

»Er hat die Auseinandersetzung nie bestritten«, gab der Novak zu bedenken und holte Dr. Fried aus seinen abschweifenden Gedanken. »Er hat uns von sich aus erzählt, dass er mit Sterner Probleme hatte.«

Dr. Fried tauchte wie aus einem tiefen Schlaf auf, nach dem man sich erst langsam bewusst werden musste, dass man sich nicht mehr in dem Traum bewegte, sondern wieder in der Realität. Er fand jedoch schnell zu dem Thema zurück, über das der Novak und er sich gerade berieten: die Glaubwürdigkeit Ferdinand Schmutzers.

»Aber warum sollte Schmutzer die Schwester dann um Verschwiegenheit ersuchen?« Das erschien Dr. Fried widersprüchlich.

»Vielleicht war ihm der ganze Auftritt einfach nur unangenehm, vor allem sein eigener«, mutmaßte der Novak. »Er ist laut geworden, er hat geschrien, das macht keinen guten Eindruck. Und da er wusste, dass jemand alles mitbekam, war es ihm peinlich.«

»Sie psychologisieren, Novak«, meinte Dr. Fried. Dabei hatte er in Gedanken soeben dasselbe getan, nur eben in Bezug auf Amalia und Max.

Max war zu seiner Mutter und zu seiner Schwester gegangen, um sich von dort Hemden und Hosen und ein weiteres Paar Schuhe zu holen. Nach seiner Verurteilung im Jahr 1912 und erst recht nach seiner Freiwilligenmeldung an die Ostfront im Jahr 1914 hatten sowohl seine Mutter als auch Amalia seine älteren Kleidungsstücke aussortiert und nur die besten und wichtigsten aufgehoben. Seine ganze Garderobe hätte in einem schmalen Schrank Platz gefunden, ohne dass dieser überladen gewesen wäre. Kein Vergleich zu der Riesensammlung an Kleidung, wie Amalia sie angehäuft hatte.

»Ach, Herr Doktor, es braucht keine großartige psychologische Ausbildung, um so etwas zu erkennen. Schmutzer hat Sie um Hilfe gebeten, weil er genau weiß, wie schlecht er dasteht. Er möchte einfach nur einem Kommissar, von dem er meint, dass er es auf ihn abgesehen hat, etwas entgegensetzen.«

»Es ist nur ärgerlich, dass es gerade Hechter und mich betrifft«, zeigte sich Dr. Fried über die Umstände unglücklich.

»Sehen Sie es als Wettstreit!«, lachte der Novak auf. »Wer den Täter zuerst findet, schenkt dem anderen eine Flasche ausgezeichneten Weins. Was meinen Sie, Herr Doktor? Vielleicht sollte man Hechter das vorschlagen? Es wäre für beide Seiten motivierend.«

Dr. Fried schüttelte verständnislos den Kopf. Manchmal hatte der Novak Ideen, bei denen man sich fragen musste, ob er noch alle Sinne beisammenhatte. Die Jagd nach einem Mörder war kein Wettkampf. Andererseits musste man natürlich nicht alles im Leben bierernst nehmen. Aber es ging hier um Mord, und für Schmutzer konnte die Angelegenheit sehr ernst werden.

»Wir brauchen einen Plan«, versuchte Dr. Fried, sich wieder auf die Ebene der Seriosität zu begeben. »Wir benötigen einen Einblick in die Künstlerszene. Wir müssen herausfinden, wie Sterner zu den anderen Künstlern der Secession und überhaupt zu seinen Kollegen stand. Das gilt auch für Schmutzer, leider. Und für die Familie von Sterner.«

»Da warte ich weiterhin auf die Adressen. Die bekomme ich von Frau Pollack, das habe ich mit Hechter abgesprochen.«

Dass er es eher einseitig beschlossen hatte, wollte der Novak nicht erwähnen. Es drückte ihn immer noch, dass er und Hechter sich zuletzt sichtlich nicht in einstimmiger Harmonie getrennt hatten. Vielleicht galt es da wieder etwas ins Lot zu bringen. Auch daher wäre es aus seiner Sicht womöglich eine gar nicht so schlechte Idee, aus der Suche nach dem Täter einen kleinen Wettbewerb zu machen. Und so eine Flasche Wein war nun weder finanziell belastend noch ehrenrührig.

»Stoitzner würde ich übernehmen, wenn Sie einverstanden sind, Herr Doktor.«

Dr. Fried brummte und wollte gerade vorschlagen, dass sie das auch gemeinsam machen könnten, da klickte das Schloss der Wohnungstür und ein begeistert »Grüß dich, Schwiegervater!« rufender Max stürzte herein. »Oder ist keiner da?«

»Doch, doch!«, rief Dr. Fried zurück, ohne sich vom Tisch zu erheben. Erneut wurden er und der Novak in ihren Gedankengängen gestört. Nein, arbeiten von zu Hause aus war keine einfache Angelegenheit.

»Ich bringe jemanden mit!«

Max stolperte mit einem großen Packpapierpaket unter dem Arm ins Zimmer und sah den Novak. »Oh, störe ich etwa?«

»Aber nein …« Was hätte Dr. Fried auch anderes antworten sollen.

»Das hier …«, Max zog einen Mann weiter, der ebenso dürr und grau aussah wie er selbst, »… ist Josef. Josef Wurmer, ich habe dir von ihm erzählt.«

Das Auffallendste an dem Mann mit dem glatt rasierten, schmalen Gesicht, in dem die Augen dicht beieinanderlagen, waren die Hände, die geradezu strahlend weiß eingebunden waren. Dr. Fried hatte sich die Verbände dicker vorgestellt, fast so wie Boxhandschuhe, doch das war hier nicht der Fall.

»Die Verbrennungen«, sagte Dr. Fried, stand auf und streckte dem Mann die Hand entgegen. Erschrocken zog er sie sogleich zurück, entschuldigte sich betroffen und bot den beiden Männern an, Platz zu nehmen.

»Kein Grund zur Entschuldigung, Herr Doktor«, nahm Wurmer es locker. »Früher oder später werde ich wieder allen die Hand drücken können. Und auch malen. Nur dann eben nicht mehr mit so schönen Händen wie früher.« Er grinste breit. Der Mann war gut gelaunt und schien sein Schicksal nicht weiter schwer zu nehmen. Sicher war ihm bewusst, dass es ihn weitaus schlimmer hätte treffen können. Wenn ihn die Flammen zum Beispiel mit voller Wucht im Gesicht getroffen und ihm womöglich das Augenlicht geraubt hätten. Ein blinder Maler … Das war nicht vorstellbar.

»Ich bringe das nur schnell in mein Zimmer«, sagte Max und klopfte auf sein Paket. »Ich habe mir Hemden und Hosen eingepackt und ein paar andere Dinge.

Meine Mutter bat mich übrigens, dich von Herzen zu grüßen. Sie bedauert es, dass der familiäre Kontakt seit …«, Max sprach es nicht aus, »… abgerissen ist.«

Mit »seit« meinte er nicht sein Einrücken in die Armee des Kaisers, das war Dr. Fried schon klar. Max formulierte es nicht als Vorwurf, aber es stimmte schon: Der Kontakt zum angeheirateten Teil der Familie hätte nicht so schlagartig abreißen müssen. Aber Amalia und er waren in jener Zeit viel zu sehr mit sich selbst beschäftigt gewesen.

»Max erzählte mir, dass Sie ein beruflicher Verbrecherjäger sind?« Wurmer formulierte anscheinend gerne locker und nonkonformistisch.

»Kriminaloberinspektor, ja.«

Dr. Fried wusste nicht so recht, wie er den Mann einordnen sollte. Aber vielleicht war das ja normal bei Künstlern, bei denen eben nichts »normal« war. Die Augen waren glänzend, die Farbe der Iris beim besten Willen nicht zu bestimmen. Irgendetwas zwischen Grün und Blau und Grau und Braun.

»Wir sind gerade mit einem Fall in Künstlerkreisen beschäftigt«, fuhr Dr. Fried fort, allerdings nicht, um etwas von seinen Ermittlungen preiszugeben (wobei es da auch noch nicht allzu viel gab), sondern um mehr über Wurmer zu erfahren. »Sie sind also auch Künstler?«

»Allerdings! Die große Hoffnung der Zukunft!« Der Mann hatte den Schalk im Nacken. Er sagte es, als sei er von seiner Aussage überzeugt und als sei es ihm zugleich nicht wichtig, ob die anderen es genauso sehen. Die Fältchen an den äußeren Augenwinkeln waren lang gezogen und für einen Mann seines Alters ziemlich tief. Er schien viel zu lachen, viel zu zwinkern, die Augen oft zusammenzukneifen, fast konnte man den Eindruck gewinnen, dass es mit ihm sogar im Schützengraben beinahe heiter zuging.

»Momentan kann ich mit den Händen noch nicht viel machen, geschweige denn einen Pinsel führen. Aber so etwas verlernt man zum Glück nicht, das ist wie Radfahren. Einmal Maler, immer Maler. Das hat man im Blut, im Herzen, in der Seele, das kann einem durch nichts genommen werden.«

»Apropos Maler«, warf der Novak ein und deutete seine Bereitschaft zum Aufbruch an. Er stand langsam auf. »Wie gesagt, Herr Doktor, ich kann Stoitzner alleine aufsuchen, gar kein Problem.«

Dr. Fried sah sehnsuchtsvoll zu ihm hoch, als er neben ihm stand. Am liebsten wäre er mit ihm gegangen. Warum auch nicht?

»Stoitzner?« Wurmers Stirn legte sich in Falten. »Sie meinen nicht zufällig Konstantin Stoitzner?«

Der Novak nickte.

»Das ist doch ein reaktionärer Sack!«, brach es aus Wurmer heraus. Er wirkte ärgerlich. »Der hat keine Ahnung, was sich in der Kunst heutzutage abspielt. Der malt seine Bilder, wie man sie schon vor fünfzig oder hundert Jahren gemalt hat.«

»Nun ja, jeder hat seinen eigenen Stil«, versuchte der Novak, den Ausbruch Wurmers abzumildern. Der aber war in Fahrt geraten.

»Das hat mit Stil nichts zu tun. Seinen Bildern fehlt Leben. *Heutiges* Leben! Der Blick hinter die Fassade. Was ist der Mensch wirklich? Was ist *in* ihm? Wo ist er echt, wo falsch? An Stoitzner ist alles falsch, jeder einzelne Pinselstrich.«

»Sie scheinen ihn ja gut zu kennen«, zeigte sich der Novak mit einem Mal interessiert und setzte sich wieder.

»Ich kenne die meisten Künstler.« Wurmer lehnte sich zurück und wirkte dadurch ein wenig anmaßend.

»Ich hole uns Wasser«, sagte Dr. Fried, der sich auf interessante Informationen einstellte.

»Kann auch gerne etwas Härteres sein!«, entgegnete Wurmer lachend, verstummte jedoch, als er Dr. Frieds Gesichtsausdruck sah. »Wasser tut's natürlich auch.«

Wurmer wartete, bis Dr. Fried mit einem großen Krug und Gläsern zurückkehrte, und ließ sich sein Glas randvoll einschenken. Überrascht beobachtete Dr. Fried, wie nicht Wurmer, sondern Max nach dem Glas griff und dem Kriegskameraden zwei, drei kleine Schlucke einflößte. Sofort begriff er: Wurmer konnte mit seinen eingebundenen Händen nicht selbst zugreifen.

»Stoitzner ist ein missgünstiger Charakter. Die Energie, die er in die Malerei stecken sollte, lässt er lieber in die Denunzierung von Kollegen fließen. Er macht andere schlecht, um selbst besser dazustehen. Auf diese Weise hat er schon so manches Mal versucht, jemanden aus der Vereinigung zu ekeln.«

»Aus der Secession?«, hakte der Novak nach.

»Genau. Aber ich gebe zu, dass ich nicht mehr ganz auf dem Laufenden bin. Die letzten beiden Jahre hat mir unser verehrter Kaiser einen längeren Urlaub von der Kunst und ihren Vertretern verordnet.«

Da war es wieder, sein schalkhaftes Grinsen. Er sprach den Seitenhieb auf Staat und Kaiser völlig locker aus, als würde er seine Zeit an der Front genauso sehen, aber dem Novak war inzwischen klar, dass hinter diesen Formulierungen eine Bitterkeit steckte, die er gut nachvollziehen konnte.

»Dann kennen Sie vielleicht auch Michael Sterner?«, fragte Dr. Fried. Er tat es im Plauderton, weil er nicht davon ausging, dass Wurmer wirklich über alle etwas sagen konnte.

»Natürlich«, kam es wie aus der Pistole geschossen. »Besser, als Sie denken!«

Jetzt wurde das Grinsen schmierig. »Ich bin da nämlich total offen«, fügte Wurmer hinzu und ließ sich wieder einige kleine Schlucke verabreichen. Dr. Fried kam der Gedanke, dass der junge Maler ein Glas voll mit Schnaps wohl in einem schnellen Zug geleert hätte.

Max räusperte sich, als wolle er Wurmer zu besserem Benehmen gemahnen.

»Ich habe ihn allerdings ebenfalls seit zwei Jahren nicht mehr gesehen«, fügte Wurmer an. »Davor hatten wir sein sehr … inniges Verhältnis, wenn Sie verstehen, was ich meine.«

Dr. Fried verstand nicht und ein Blick hinüber zum Novak verriet ihm, dass es diesem genauso erging. Wurmer sprach gerne in Andeutungen, das war anstrengend und nicht zielführend. »Ich wäre Ihnen dankbar, wenn Sie sich deutlicher ausdrücken würden. Wir sind hier ja keine Rätselgesellschaft.«

Wurmer schob die Unterlippe vor. »Wie Sie meinen, Sie haben es so gewollt.« Wieder breitete sich sein Grinsen aus, diesmal wurde das ganze Gesicht davon erfasst. »Ich bin conträrsexuell.«

In den Mienen des Novak und Dr. Frieds bewegte sich nichts.

»Homosexuell, Sie verstehen? Ich liebe Männer.« Wurmer wandte sich Max zu, der stierte unangenehm berührt an ihm vorbei auf den Boden.

»Ja, das ist ein empfindliches Thema«, fuhr Wurmer fort, »aber in Künstlerkreisen geht man damit offener um.«

»Unzucht wider die Natur«, murmelte der Novak. So stand es im Strafgesetzbuch. Homosexualität wurde als Sodomie mit schwerem Kerker bis zu fünf Jahren bestraft.

»Ja, so wird es in unseren Gesetzen genannt«, sagte Wurmer, der den Novak gehört hatte. »Ziemlich unmenschlich, finden Sie nicht auch?« Er begann vor sich hin zu summen. Es war eine typische Couplet-Melodie, wie sie auf der Bühne in Stücken von Johann Nestroy vorkam. Plötzlich sang Wurmer:

»Ja, uns're Zeit bringt immer Neuch's,
Das sieht ma klar und hell,
Es san sogar die Kürassier'
Schon homosexuell!«

Max rutschte auf seinem Sitz hin und her. Auch Dr. Fried fand das schamlose Verhalten Wurmers geradezu körperlich unangenehm.

»Was ich damit sagen will, Herr Kriminaloberinspektor …«

Sprach er seinen Amtstitel spöttisch, abfällig aus? Dr. Fried fühlte sich in der Gegenwart dieses Mannes immer unsicherer.

»Michael Sterner und ich hatten eine innige Affäre bis zu jenem Zeitpunkt …«

»… als der Kaiser Sie zu den Waffen rief«, beendete der Novak den Satz.

Wurmer nickte und grinste. »Das hat unsere Beziehung sozusagen auf Eis gelegt, auch wenn es an der Front vielmehr heiß herging.«

Der Novak zog die Augenbrauen zusammen. »Dann muss ich Ihnen eine betrübliche Mitteilung machen, Herr Wurmer. Der Fall, an dem wir arbeiten, hat mit Michael Sterner zu tun. Er wurde vor vier Tagen erstochen aufgefunden. Ihr Freund lebt nicht mehr.«

Achtes Kapitel: 13. Dezember, nachmittags

Wenn es schon nicht ein ganzer Tag war, den Amalia ihrem Mann widmen konnte oder wollte, so hatte sie sich doch für einen halben entschieden. Spontan kam sie nach Hause und schlug vor, man könnte gemeinsam etwas unternehmen. Und mit gemeinsam meinte sie auch ihren Vater. Also keine Rede von einer ersten Annäherung oder Aussprache des Ehepaars, dachte sich Dr. Fried. Aber jeder Anfang war wertvoll.

Der Novak hatte sich auf den Weg zu Stoitzner gemacht. Dr. Fried hatte sich ziemlich alleingelassen gefühlt und das Gespräch mit den beiden Kameraden auf deren Kriegserfahrungen gelenkt. Es war weiterhin Josef Wurmer, der das Wort führte und von schrecklichen Fronterlebnissen in einem Ton berichtete, als wären sie Bestandteil eines harmlosen Kindertheaterstücks. Jeder hatte so seine Strategie der Verdrängung, doch diese Art ertrug Dr. Fried nur schwer.

Josef Wurmer wohnte lediglich wenige Straßen entfernt bei seiner Schwester, es bestanden also gute Chancen, dass Max ihn öfters mitbringen würde. Wobei »gut«

für Dr. Fried in diesem Zusammenhang ein relativer Begriff war. Er hätte auf die Gesellschaft des Künstlers gerne verzichtet.

»Das Leben kommt, das Leben geht.«

Mehr Worte waren es nicht, die Wurmer sich als Kommentar abrang, als er vom Tod Sterners erfuhr. Niemand hatte etwas darauf erwidert, und der Novak hatte das kurze Schweigen, das entstanden war, für seinen Aufbruch genutzt. Dr. Fried hingegen war sitzen geblieben und ließ sich von Wurmer erzählen, wie das Leben als Homosexueller in der Armee aussah.

»Gar nicht«, tat Wurmer so, als würde er intensiv darüber nachdenken, wie er es formulieren sollte. »Uns gibt es eigentlich gar nicht. Natürlich sind wir unerwünscht, aber was sollen sie machen? Wir haben keinen Stempel auf der Stirn, und glauben Sie mir, Herr Dr. Fried, meinen Vorgesetzten oder Kameraden gegenüber würde ich nicht so freizügig sprechen wie hier bei Ihnen. Max sagte mir, dass Sie und Ihre Tochter sehr aufgeschlossene Menschen sind.«

Aufgeschlossen, soso. Dr. Fried war sich nicht sicher, ob das auf ihn bei dieser Thematik zutraf. Auf Amalia hingegen schon.

»Das Militär hat großes Interesse an der Kontrolle der ihm anvertrauten Männer«, fuhr Wurmer fort. »Aber gewisse Dinge lassen sich nicht kontrollieren, nicht einmal von einem selbst. Wichtig ist denen nur, dass man sich keine Geschlechtskrankheit zuzieht. Deswegen gibt es regelmäßig Kundgebungen, dass man einen Gummiüberzug verwenden soll. Mit wem, da sehen sie weg. Hauptsache, die Kampfkraft bleibt erhalten.«

Max hatte sich in die Gesellschaft Amalias geflüchtet, als diese irgendwann während des Gesprächs nach Hause gekommen war. Dr. Fried war es aufgefallen, dass das Thema seinem Schwiegersohn noch viel unangenehmer war als ihm selbst. Und doch hatten diese beiden so unterschiedlichen Männer Freundschaft geschlossen, eine kameradschaftliche Freundschaft wohl, deren Kitt die gemeinsame Erfahrung der Kriegsverletzung war, vielleicht sogar der Todesangst.

Dr. Fried hielt diesen Kitt für unbeständig, so wie bei alten Fenstern. Wenn er nicht regelmäßig erneuert wurde, bröckelte er ab und kalte Luft zog in den Raum. Erneuert werden konnte er allerdings nur, solange es welchen gab. In diesem Fall war der Kitt der Krieg. Was würde sein, wenn der einmal vorüber war? Konnte eine solche Freundschaft darüber hinaus Bestand haben? Oder war ihr eigentlicher und einziger Zweck nur der, dass Menschen sich über Wasser hielten, dass die das alles aushielten?

»Wie bitte?« Dr. Fried hatte die letzten Sätze Wurmers nicht mitbekommen, weil er so tief in seine Gedanken versunken gewesen war. Der hatte wieder den frechen Schalk im Gesicht sitzen, nachdem er bei seinem Bericht über die Fronterfahrung als Homosexueller ernster geworden war.

»Ob wir uns gemeinsam die Kriegsausstellung im Prater ansehen wollen? Sie haben noch Urlaub und sicher nie in Ihrem Leben einen Schützengraben gesehen. Einen richtigen, sozusagen. Na ja, natürlich ohne Blei, das Ihnen um die Ohren fliegt. Die Ausstellung ist zurzeit sehr angesagt in der Stadt!«

Dr. Fried hatte nur zufällig davon gehört. Im Kaisergarten und auf der Galitzinwiese hatte man ein riesiges Areal so ausgestaltet, dass man der Bevölkerung eine Leistungsschau des Militärs bieten konnte. Die Menschen in der Stadt sollten einen Einblick in die professionelle Kriegsführung der kaiserlichen Armee gewinnen und unmittelbar erleben können, wie es an der Front zuging. Dazu hatte man sogar ein ausgedehntes System an Schützengräben ausgehoben, durch die man im Sonntagsanzug und eleganten Kleid hindurchspazieren könnte. Als ob Krieg jemals ein Spaziergang sein könnte.

Wie hatte Karl Kraus anlässlich der Eröffnung der Ausstellung geschrieben? »Ich würde eine Friedensausstellung besuchen, in der aber nichts zu sehen sein dürfte als aufgehängte Kriegsgewinner.« Auch wenn er drastische Worte und Bilder gewählt hatte, konnte Dr. Fried seine Empörung voll und ganz nachvollziehen. Umso mehr verwunderte es ihn, dass Wurmer voller Begeisterung diesen Vorschlag machte, dem sich Max anschloss, als wäre es für einen Kriegsversehrten das Selbstverständlichste der Welt, sich in der Zeit der Genesung an den Schauplatz seines Leidens zu begeben, auch wenn es nur ein nachgestellter Theaterzauber war. Sogar Amalia fand die Idee großartig, wie sie es nannte, sodass sich Dr. Fried den jungen Leuten mit innerem Widerwillen anschloss.

Den Anzug, den Amalia für ihn im Schrank aufbewahrt hatte, füllte Max bei Weitem nicht mehr so aus wie früher. Es sah aus, als wäre an allen Stellen zu viel Stoff verwendet worden. Wurmer wollte sich nicht extra herausputzen, auch wenn er sich nur wenige Straßen entfernt bei seiner Schwester hätte umziehen können. Er blieb in lockerer Hose, Hemd und Jacke, über die er seinen abgenutzten Militärmantel trug. Im Gegensatz zu Max sah man ihm den Soldaten damit noch ein wenig an.

Propaganda funktioniert stets nach dem Prinzip »nicht kleckern, sondern klotzen«. Das Areal am Prater war riesig, der Zustrom an Publikum für Dr. Fried überraschend groß. Er hatte sich nicht vorstellen können, dass es tatsächlich so viele Menschen gab, die sich den »Krieg anschauen« wollten.

In fünfundzwanzig Hallen hatten Industrie und Gewerbe des ganzen Kaiserreichs eine Schau auf die Beine gestellt, die die Älteren an die Weltausstellung des Jahres 1873 erinnerte. Der Pfad war vorgegeben und begann mit einer Ehrenhalle, in der auf alle für den Krieg bedeutenden Persönlichkeiten verwiesen wurde. Natürlich stand dort eine Büste des verstorbenen Kaisers, und zahlreiche Gemälde von verherrlichten Persönlichkeiten, die man als Kriegshelden betrachtete, wurden ausgestellt. Auf einem der Bilder erkannte Dr. Fried Alexander Freiherr von Krobatin, den Kriegsminister, mit dem er vor zwei Jahren eine so unangenehme wie unbefriedigende Bekanntschaft gemacht hatte. Weiter ging es durch die Trophäenhalle, in der erbeutete Fahnen und Kriegsgerät der Feinde präsentiert wurden.

Die ganze Schau war eine einzige Selbstbeweihräucherung. Jedem Thema war eine Halle gewidmet, bevor der Besucher in den Freiluftbereich kam, der unter dem Titel »Im Felde« lief. Moderne Kriegstechnologie sollte zeigen, welch beeindruckende Ausrüstung den Soldaten zur Verfügung stand.

Wurmer hielt sich längere Zeit vor dem Holznachbau eines Mörsers auf, von dem er behauptete, ihn selbst bedient zu haben. Einen echten an der Front natürlich. Auch eine Panzerkuppel bestaunte er mit den großen Augen eines Kindes. Überhaupt Kinder! Dr. Fried staunte, wie viele von ihnen von ihren Familien hierhergeschleppt wurden. Oder kamen sie freiwillig, waren wirklich so beeindruckt, wie ihre Gesichter es vermuten ließen?

Auch das Thema »Kriegsgefangene« wurde nicht ausgespart, wobei es hier vor allem Fotografien waren, die eine sehr einseitige Sicht auf das Lagerleben boten. Der Rundgang in Halle XVII begann mit einem Diorama, das das Kriegsgefangenenlager Grödig bei Salzburg abbildete. Das Durchscheinbild zeigte das »Russenlager«, in dem über 32.000 Gefangene zusammengepfercht wurden. Eine Übersichtskarte gab es, die alle Lager auswies, und jede Menge an Fotografien, die nichts von dem Leiden, aber viel von der Ordnung der Lager verrieten.

Dr. Frieds Blick fiel auf zehn Gipsmasken, die anhand genauer anthropologischer Vermessungen durch Universitätsprofessor Rudolf Pöch die »interessantesten russischen Rassetypen« darstellen sollten. Was das hier zu suchen hatte, erschloss sich ihm nicht, ganz abgesehen von der herabwürdigenden Betrachtungsweise von Menschen, die er abstoßend fand, auch wenn sie als »der Feind« definiert wurden.

Amalia und Max gingen die meiste Zeit schweigend nebeneinanderher. Zwischen ihnen hätte immer eine halbe Person Platz gehabt, näher kamen sie einander kaum, es sei denn, sie mussten sich ab und zu durch das Gedränge zwängen. Wurmer pendelte zwischen ihnen und Dr. Fried hin und her und berichtete von seinen Erfahrungen, die Max wohl kaum interessierten, hatte er doch vermutlich genau dieselben gemacht. Dr. Fried selbst hätte auf Wurmers Ausführungen dankend verzichten können. Eigentlich, dachte er sich, hatten Max und Amalia unter diesen Umständen gar keine Chance, einander wieder näher zu kommen.

»Beeilen wir uns, damit wir endlich das freie Gelände erreichen!«, rief Wurmer freudig aus, als sie in die Halle XXI traten. Hier gab es nicht so viele Menschen, das Interesse an dem dort ausgestellten Thema schien geringer. Es ging um Kunst und ihren Einsatz für die Sache des Kriegs.

»In reicher Fülle löst der Krieg Tat- und Schaffenskraft aus«, las Dr. Fried in seinem Ausstellungsführer, den er an der Kasse für eine Krone erstanden hatte. Es war ein dickes, mehr als dreihundert Seiten umfassendes Buch, wobei die letzten hundert Seiten mit Inseraten jener Firmen und Personen gespickt waren, die

die Ausstellung überhaupt erst ermöglicht hatten und finanzierten. Eine Namensliste am Beginn des Buches wies sie alle aus, einer von ihnen war Arthur Krupp, ein österreichischer Industrieller, der in Berndorf in Niederösterreich eine Metallwarenfabrik betrieb. Krieg und Schaffenskraft! Dr. Fried hätte den Katalog am liebsten in die nächstbeste Ecke geschleudert.

Wurmer schien ihm den Zorn anzusehen, denn er näherte sich mit besorgt-neugierigem Blick und wollte wissen, ob Dr. Fried diese Abteilung lieber überspringen wollte. »Wenn Sie für meine Kollegen hier nichts übrighaben, dann kann ich das sogar verstehen«, meinte er und grinste dabei wieder so schief und voller Andeutungen, die niemand wirklich entschlüsseln konnte.

»Warum machen die das?«, fragte Dr. Fried und deutete in einer halbrunden Bewegung auf die vielen Bilder und Skulpturen. »Warum stellen sie sich in den Dienst dieser … Sache?«

Nun zeigte sich zum ersten Mal Ernsthaftigkeit und Seriosität auf Wurmers Gesicht. »Mir gefällt das auch nicht«, sagte er mit leiserer Stimme, während Amalia und Max sich von ihnen entfernten und sich mehrere Bilder ansahen. »Es sind einige sehr gute Leute dabei. Sehen Sie dort! Dieses Bild stammt von Eduard Braunthal.« Er wusste es, ohne näher zu gehen und die Beschriftung zu lesen. »Die Farben, die er verwendet, sind hell und doch deckend. Das ist irgendwie sein Stil. Ich kenne ein Ölgemälde von ihm, das hat er noch vor dem Krieg gemalt. Es zeigt Grado und seinen Badestrand. Ausgesprochen gut, glauben Sie mir. Er hat das südliche Sonnenlicht in einer Weise eingefangen, da wird Ihnen allein beim Betrachten warm.«

Kurz umspielte wieder das schalkhafte Lächeln Wurmers Lippen. »Der Mann ist eigentlich gut im Geschäft.«

Dr. Fried schien ihn mit einem Blick zu bedenken, der ihm eine weitere Erklärung entlockte.

»Ja, es ist ein Geschäft, Herr Dr. Fried. Wir alle leben nicht von Luft und Licht. Braunthal arbeitet genauso aufgrund von Aufträgen, wie ich es getan habe. Und hoffentlich wieder tun werde …« Er blickte auf seine bandagierten Hände hinunter.

Dr. Fried überlegte einen Augenblick lang, ein Wort des Trostes zu sprechen, aber er hütete sich schließlich, einen dieser Gemeinplätze zu formulieren wie »Das wird schon wieder« oder »Sie werden sehen, alles wird gut«. Der Mann hatte an der Front Dinge erlebt, angesichts derer solche Worte auf ihn wie eine Verhöhnung hätten wirken müssen.

»Sie haben sich arrangiert«, sagte Wurmer in einer Neutralität, die nicht zu seiner sonst so ausschweifenden Art passte. Wollte er seine Kollegen damit anklagen, ihnen einen Vorwurf machen? »Sehen Sie das Porträt dort an der Stirnwand?«

Sie gingen näher. Es stellte den Erzherzog Friedrich dar, einen Mann mit einem ähnlichen Bartwuchs wie der selige Franz Joseph, allerdings war sein Gesicht viel rundlicher. Als Feldmarschall hatte man ihm den »Allerhöchsten Oberbefehl« übergeben, wie es offiziell hieß, doch tatsächlich war es General Franz Conrad von Hötzendorf, der die Leitung im alltäglichen Kriegsgeschäft innehatte.

»Ich glaube, er und die vielen anderen hier haben es geschickter gemacht als ich«, sinnierte Wurmer und wurde erneut ernsthaft und nachdenklich. »Sie haben sich als Kunstmaler in der Kunstgruppe des k. u. k. Kriegspressequartiers aufnehmen lassen. Das erspart ihnen die Front.«

Dr. Fried dachte an Marcin Pollack, den polnischen Dolmetscher und Übersetzer, der für seine Abteilung gearbeitet hatte, der Ehemann seiner Sekretärin. Zu Beginn des Kriegs hatte er, weil er auch Dichter war, versucht, sich mit kriegsverherrlichenden Texten einzubringen, um einer Einberufung zu entgehen. Das hatte ebenso wenig funktioniert wie Dr. Frieds Versuch, ihn als unabkömmlichen Mitarbeiter zu positionieren. Die Kriegspropaganda schien sich sehr genau auszusuchen, wen sie in ihre Dienste stellte und wen nicht.

»Warum haben Sie es nicht versucht?«, fragte Dr. Fried und sie schlenderten zu einem Bild, das einen wilden Reiterkampf zeigte. Die Beschriftung wies als Urheber Karl Ludwig Hassmann aus.

»Ach, sehen Sie?«, rief Wurmer aus. »Sie sind alle dabei. Secessionisten, die Leute rund um Klimt, Hagenbund … Hassmann ist einer vom Hagenbund.«

Dr. Fried erinnerte sich, wie Schmutzer sie durch die Ausstellung und an den Tatort geführt hatte. Die Secession und der Hagenbund schienen sich auch in Sachen Krieg nahezustehen.

Das etwa ein mal eineinhalb Meter große Bild war in düsteren blutbraunen Farben gemalt und zeigte laut Beschreibung österreichische Dragoner, die eine russische Stellung angriffen. Der Himmel war nicht blau, sondern von Wolken bedeckt, in deren schmutziges Weiß sich leichte Brauntöne mischten. Das gesamte Bild drückte eine wilde Dynamik aus, mit der die von links heranstürmenden Dragoner die sich verteidigenden russischen Soldaten überrollten.

»Warum ich nicht ...?« Wurmer gab ein Geräusch zwischen Lachen und Husten von sich. »Sehen Sie mich an, Herr Doktor! Nein, nicht die Hände! Diesmal ausnahmsweise mein Gesicht, meine Augen. Sie haben es mit einem grundanständigen Menschen zu tun. Ich finde diesen Krieg ungerecht, menschenverachtend, ich lehne ihn ab. So wie ich jeden anderen Krieg ablehne, es geht gar nicht allein um diesen hier. Und es geht nicht um Österreich, nicht um das Kaiserhaus. Sind Sie jetzt entsetzt? Als Künstler und noch dazu als Homosexueller stehe ich bereits so sehr abseits der ›normalen‹ Gesellschaft, dass ich mir solche Ansichten erlauben kann. Auch wenn sie«, er winkte mit beiden Händen, »mir das hier eingebracht haben.«

Dr. Fried wollte einwenden, dass Wurmers verbrannte Hände keine Folge seiner politischen oder weltanschaulichen Ansichten waren, aber er sprach es nicht aus. Er war sich mit einem Mal gar nicht so sicher. »Ich glaube nicht, dass man ›abseits der normalen Gesellschaft‹ stehen muss, Herr Wurmer, um das alles abzulehnen.« Natürlich meinte er nicht alleine die Ausstellung, sondern genauso den Krieg. »Ich halte mich für durchschnittlich und bürgerlich, aber dieser Krieg … Er ist die größte Schande unseres Landes.« Die letzten Worte hatte er sehr leise gesprochen.

»Wollen wir uns ansehen, wie sich die Schande vergräbt?«, fragte Wurmer und war mit einem Mal wieder der schalkhafte junge Mann, als der er meistens auftrat.

Er winkte Max und Amalia herbei und sie verließen den Raum. Sie gelangten in den Freiluftbereich der Ausstellung, der mit der Bezeichnung »Im Felde« versehen war. Hier tummelten sich viele Menschen. Sie kamen an einer Feldbäckerei vorbei, auch eine Feldwäscherei war aufgebaut worden, sehr zum Vergnügen einiger jüngerer Frauen. Amalia zog desinteressiert daran vorüber, Max in ihrem Schlepptau.

Dr. Fried hatte kaum darauf geachtet, wie die beiden miteinander umgingen. Zu sehr war er mit Wurmer beschäftigt gewesen, der mit seinen Kenntnissen über die Künstlerszene nicht geizte. Dr. Fried kam das sehr zugute, er würde noch jede Menge Hintergrundwissen benötigen, wenn er den Fall lösen wollte, und mit Wurmer hatte er eine große Hilfe an der Seite. Auch wenn Wurmers Verhalten ziemlich mühsam war.

»Die Fahrzeuge und Fluggeräte lassen wir aus«, bestimmte Wurmer für die ganze Gruppe, und so verließen sie den vorgegebenen Pfad, der sie durch zwei weitere Hallen geführt hätte.

Im Bereich der Schützengräben begann es sich zu stauen. Damen- und Herrenhüte schaukelten durch die Versenkung, allesamt bedeckten sie heitere Gesichter.

Die Menschen schienen die Anlage für einen Abenteuerspielplatz für Erwachsene zu halten, und die Gruppe von drei Offizieren, die erhaben am Rand stand und hinunterblickte, verfolgte amüsiert das Spiel der erwachsenen Kinder.

Man konnte nur mehr hintereinandergehen. Wurmer führte sie an, gefolgt von Dr. Fried, dahinter Amalia und abschließend Max. Der kannte solche Anlagen natürlich und bemerkte nur kurz, wie sauber und aufgeräumt diese hier war. Und dass es nicht stank, wie es an manchen Tagen an der Front vorkam.

»Sei kein Spielverderber!«, rief Wurmer lachend nach hinten, und der Wurm von Menschen kroch durch das ausgehobene Erdreich. Laufgänge, Unterstände, Artilleriedeckungen – alles bekamen sie zu sehen. Dr. Fried dachte an den Novak, der beim Anblick wohl angemerkt hätte, wie sehr sich die Kriegsführung in den zurückliegenden Jahrzehnten verändert hatte. Damals, als man ihn ins Feld geschickt hatte, war man dem Feind noch von Antlitz zu Antlitz gegenübergestanden.

Einmal drehte sich Dr. Fried kurz um und blickte in das Gesicht seiner Tochter. Er konnte nichts darin erkennen. Nicht, ob sie den Ausflug interessant fand, nicht, wie es ihr mit Max erging. Ein flüchtiges Lächeln tauchte auf ihren Lippen auf, von dem Dr. Fried das Gefühl hatte, dass es gleich wieder verschwinden würde, wenn er sich umwandte, um dem Rücken Wurmers zu folgen.

Neuntes Kapitel: 13. Dezember, nachmittags

Der Novak bedauerte es nicht im Geringsten, Familie Fried und Wurmer nicht in die Ausstellung begleitet zu haben. Er brauchte eine solche Zurschaustellungen kollektiver Verdummung nicht, er hatte in seinem Leben genug erlebt, um zu wissen, dass Krieg nichts war, womit man Menschen unterhalten konnte. Und jene, die darin tatsächlich Unterhaltung fanden, verdienten nur die tiefste Verachtung.

Natürlich brauchten Staat und Kaiserhaus ihr positives Bild in der Bevölkerung, und je länger dieser Krieg andauerte, je mehr tote Söhne, Brüder und Ehemänner die Familien zu betrauern hatten, desto größer wurde die Notwendigkeit einer makellosen Selbstdarstellung. Doch der Novak wusste: Alles, was vonseiten der Politik zum Thema Krieg gesagt wurde, war eine Lüge. Eine simple, menschenverachtende Lüge.

Aber was kümmerte es ihn! Er hatte mit diesen Dingen nichts mehr zu tun, nicht nur, weil er längst zu alt war, um noch einmal zu den Waffen gerufen zu werden, sondern weil er sich innerlich von diesem Staat verabschiedet hatte. Nicht von seinem Staat Österreich, aber vom Kaiserreich. Ginge es nach ihm, könnte man die Habsburger zum Teufel jagen und eine Republik ausrufen. Schlechter als jetzt konnte es auch nicht sein, aber das Land wäre dann wenigstens nicht mehr von den wirren Gedanken und Ideen einer einzelnen Person abhängig.

Der Novak musste sich in die Nähe des Hagenbundhauses begeben. Konstantin Stoitzner hatte sein Atelier in einem Haus am Kaiser-Wilhelm-Ring. Den Namen hatte der Ringabschnitt im Jahr 1910 anlässlich des Besuchs des deutschen Kaisers erhalten, sehr zum Missfallen vieler Wiener Bürger, die nach wie vor die alte Bezeichnung »Parkring« benutzten. Er selbst tat es genauso. Denn direkt gegenüber lag die ausgedehnte Anlage des Stadtparks, auf den die Fassade des Gebäudes hin ausgerichtet war.

Das Haus war prächtig und verfügte über einen Fahrstuhl, den der Novak aber nicht nutzen durfte. Er stand ausschließlich den Bewohnern zur Verfügung und konnte nur mit einem eigenen Schlüssel in Betrieb genommen werden. Also musste der Novak sich bis in den letzten Stock hinaufquälen und hoffen, dass sein Knie nicht beleidigt reagieren würde.

Oberstes Stockwerk, bestes Licht, so einfach war das. Das Auge des Malers benötigte bestimmte Umstände, die am besten waren, je näher man sich dem Himmel und der Sonne befand. Nur alt werden durfte man dabei nicht, es sei denn natürlich, man lebte in einem so luxuriösen Haus mit Fahrstuhl. Der würde Stoitzner auch noch hoch- und herunterfahren, wenn er gebrechlich und nicht mehr gut zu Fuß wäre.

Der Novak geriet außer Atem, lange bevor er oben angekommen war. Er hatte zügigen Schrittes begonnen und war ab der Hälfte der vier Stockwerke schlagartig langsamer geworden. Wobei vier Stockwerke eine dieser typischen Wiener Lügen war, denn es waren de facto fünf, da das erste Stockwerk nicht als solches gezählt wurde, sondern mit der Bezeichnung »Mezzanin« als Zwischengeschoss fungierte.

Sein Herz klopfte wild, der Atem ging rasch, er pumpte regelrecht, als er das Ende der Treppe erreicht hatte. Dass sein Knie sich nicht mit einem ansteigenden Schmerz beschwerte, erfüllte ihn hingegen mit Stolz, obwohl es ja nicht sein Verdienst war. Und dass er in seinem Alter nicht mehr der Fitteste war, konnte er sich leicht verzeihen.

Der Novak wartete eine Minute ab, bevor er an der einzigen Tür im letzten Stockwerk läutete. Was würde ihn erwarten? Hohe, helle Räume, vollgestellt mit Leinwänden, bemalt wie auch unberührt weiß? Vielleicht lagen überall Farbpaletten herum, sodass er achtgeben musste, wohin er trat? Unordnung, das war so ein Klischee, das ihm immer in den Sinn kam, wenn er an Künstler dachte. Eigene Erfahrungen mit Künstlern hatte er nicht, er war auch noch nie in einem Atelier gewesen.

Er läutete erneut, diesmal länger, denn es hatte sich nichts getan hinter der Tür. Er hoffte, dass Stoitzner überhaupt zu Hause war. Falls das hier überhaupt auch seine Wohnung war. Möglicherweise lebte er woanders und kam nur zum Arbeiten her, so wie er, der Novak, und Dr. Fried jeden Tag in ihr Büro an der Elisabethpromenade gingen.

»Ja!«

Der Ruf drang wie ein Urschrei durch die geschlossene Tür. In weißem Hochglanz lackiert war sie sicher zweieinhalb Meter hoch und zweiflügelig. Die Beschläge genauso wie die Klingel waren aus poliertem Messing und sahen aus wie neu. Der Türstaffel war aus dunklem Holz und von einem deutlichen Spalt durchzogen. Irgendwann einmal dürfte das trockene Holz den inneren Spannungen nicht mehr widerstanden haben.

»Bin schon da!«

Es klickte und klackte auf der anderen Seite der Tür, schließlich ging sie auf. Groß und weiß und bunt befleckt stand eine Gestalt im Türrahmen. »Sie haben sich die vielen Stockwerke hier heraufgeplagt?«, fragte er. Er schien dem Novak die Anstrengungen also anzusehen. »Wollen Sie ein Bild kaufen? Ich erinnere mich nicht, dass wir einen Termin vereinbart hätten.«

Er trat zur Seite und forderte den Novak damit wortlos auf, einzutreten. Es roch nach Farben, Terpentin, Stoff. Auch nach Schweiß? Die Tür fiel hinter dem Novak laut ins Schloss, sodass er erschrak und nicht weiter über die Gerüche nachdachte. Nach den Schilderungen Wurmers hatte er sich Stoitzner optisch vollkommen anders vorgestellt. Der Mittfünfziger hatte grauschwarzes Haar, das oben auf dem Kopf ein wenig lichter zu werden drohte, doch das konnte der Novak nicht so richtig sehen, denn der Mann war in etwa so groß wie er. Auf die meisten Menschen konnte er hinunterblicken, in diesem Fall hatte er es jedoch mit jemandem auf Augenhöhe zu tun.

Wie hatte Wurmer es formuliert? An Stoitzner sei nichts echt, jeder einzelne Pinselstrich eine Falschheit. Und ein missgünstiger Charakter sei er, an diese Bezeichnung erinnerte sich der Novak sehr genau. Nun, so wollte er diesem Mann einmal auf den Zahn fühlen und sehen, ob Wurmer recht hatte oder ob sich hinter seinen Worten kollegiale Konkurrenz verbarg.

»Kein Bild«, sagte der Novak. »Obwohl ich gerne ein paar sehen würde!«

Stoitzner strich sich mit dem Mittelfinger erst über die eine, dann die andere Augenbraue. »Ich bin doch keine Galerie«, sagte er gereizt, führte den Novak aber trotzdem in sein Atelier.

Es war ein gewaltig großer Raum, der durch hohe Fenster an drei Seiten sehr hell war. Nun verstand der Novak. Es war hier fast so hell wie draußen auf der Straße. Die lange Seite des Ateliers wies zur Ringstraße hin. Stoitzner schien das gesamte oberste Geschoss zu gehören, der Novak konnte sich gar nicht vorstellen, wie hoch die Mietkosten sein mochten, aber er wollte mit irgendeinem Thema das Gespräch eröffnen, also versuchte er es mit der Rolle des Bewunderers. »Ich komme von der Kriminalpolizei«, begann er und stellte sich mit seinem Namen vor. »Mit meinem Gehalt kann ich mir Ihre Bilder leider nicht leisten.«

»Ja, das wird wohl so sein.« Stoitzner ging zu einer von vielen Staffeln unterschiedlicher Größe und nahm einen Pinsel, den er mit einem Tuch säuberte, das schon so viele Farben in sich vereinte, dass man kaum mehr eine einzelne wahrnehmen konnte. »Und was führt Sie zu mir? Ich habe bereits mit einem Kommissar gesprochen. Es geht um Sterner, nehme ich an.«

»Äh, ja«, antwortete der Novak, den Stoitzners Direktheit überraschte. »Unglaublich, Ihr Atelier, ich bin wirklich beeindruckt! Es kann nicht billig sein, sich das hier zu leisten. Noch dazu an der Ringstraße.«

»Ja.«

Stoitzner lauerte. Er würde kein Wort zu viel sagen, das erkannte der Novak sofort. Also musste er den Kater hinter dem Ofen hervorlocken.

»Mein Vorgesetzter ist gerade mit seiner Familie in der Kriegsausstellung«, fuhr der Novak fort, »ich wollte nicht hin. Aber ich weiß, dass es dort eine umfassende Kunstausstellung gibt. Ich denke, es lässt sich mit dem Krieg als Künstler einiges an Geld verdienen. Oder?« Das war provokant, der Novak war sich dessen bewusst, doch es schien zu wirken.

»Ich gehöre nicht zu diesen Opportunisten!«, schimpfte Stoitzner und ballte die Rechte zur Faust. Er schien aufrichtig erzürnt zu sein und warf den Pinsel auf den Boden.

Der Novak hielt sich mit einer Reaktion zurück. Er hatte lediglich eine Überlegung angestellt, und nun schwang die Faust des Malers durch die Luft, als wollte sie eine Drohung ausdrücken.

»Anders als der Braunthal zum Beispiel.« Stoitzners Stimme wurde wieder leiser. Auch seine Hand entspannte sich. »Ist Ihnen bewusst, wie viele meiner sogenannten Kollegen bei dieser Kriegsausstellung mitmachen? Die haben ihre Kunst in den Dienst der Kriegspropaganda gestellt. Bah, Kunst!«

Er hob den Pinsel vom Boden auf und legte ihn auf der Staffel ab. »Ich habe das nicht nötig«, erklärte Stoitzner selbstbewusst. »*Wir* haben es nicht nötig. Unsere ganze Familie lebt von der Kunst, und wir leben gut, Herr Novak. Sie haben schon recht, es ist nicht günstig, sich ein Atelier wie dieses zu leisten. In dieser Lage!« Er schaute aus dem Fenster. Dort unten sah man die blätterlosen Baumgerippe des Stadtparks. »Ab dem Frühling geht Ihnen das Herz auf, wenn Sie das Meer an Grün sehen. Was heißt Grün: Unendlich viele Grüns sind das! Sämtliche Schattierungen, Varianten, die diese Farbe bieten kann. Im Vergleich mit der Natur ist das, was ich mache, nur ein billiger Abklatsch.«

In Stoitzners Augen schimmerte ein feuchter Glanz, wie ein begeistertes Kind stand er vor dem Fenster. Er machte einen ganz anderen Eindruck auf den Novak, als es die Erzählungen Wurmers hätten erwarten lassen.

»Jetzt ist davon natürlich nichts zu sehen«, sagte er und drehte sich zum Raum hin um. »Wir haben ja Winter.«

»Ich wollte Sie nicht beleidigen«, gab sich der Novak versöhnlich. »Es geht mir einfach nur darum, die Kunstszene ein wenig verstehen zu lernen. Und die Künstler natürlich.«

»Sie denken dabei an Sterner?« Stoitzner war nicht naiv. Ihm war klar, dass ein Mann von der Kriminalpolizei nicht ohne bestimmte Interessen seine Fragen stellte.

»Sie sind eine gewisse Größe in der Kunstszene, habe ich mir sagen lassen, Staatspreis und so. Da wüsste ich kaum eine geeignetere Person.«

»Und den Ehrenpreis der Stadt Wien habe ich im vergangenen Jahr erhalten. Ja, ich habe einiges erreicht. Und doch bin ich ein einfacher Mann geblieben, und genauso einfach ist meine Malerei.«

Er führte den Novak vor ein Gemälde beträchtlichen Ausmaßes. Ein hügeliges Grünland war darauf zu erkennen, und tatsächlich changierten die Grüntöne vielfach, so wie es auch Wiesen tun, wenn man ihnen genügend Aufmerksamkeit schenkt und sein Auge schult.

»Das ist meine Heimat«, erklärte Stoitzner, aber es klang nicht wehmütig. »Da komme ich her, Mährisch Chrostau. Ein Ort, der so klein ist, dass es einen Künstler zwangsläufig in die Welt hinaustreibt.«

»Ich habe ein paar Fragen zu einem Maler der Secession«, lenkte der Novak seine Schritte in jene Richtung, um die es ihm ging.

»Ich habe mit der Secession nichts zu tun, ich leite den Österreichischen Künstlerbund. Da müssen Sie sich an meinen Herrn Sohn wenden, Walter Gottfried. *Er* ist bei der Secession Mitglied und malt genauso wie sämtliche Herren dort. Er hält von meiner Malerei nicht sehr viel und ich – ich gebe es zu – nicht sehr viel von seiner. Aber das Handwerk beherrscht er, das kann ich Ihnen sagen! Nun ja, dreimal dürfen Sie raten, von wem er es gelernt hat.« Stoitzner lächelte verschmitzt. »In aller Bescheidenheit angemerkt …«

Er führte den Novak zu einem Gemälde, das drei ältere Mönche in braunen Kutten zeigte, die sich über einen Tisch beugten, auf dem zwei Fische lagen. Einer der Mönche trug eine weiße Schürze umgebunden und schien den beiden anderen stolz die Fische zu präsentieren. Ein typisches Genrebild, wie sie in vielen bürgerlichen Wohnungen zu finden waren. Die meisten Gemälde, die herumstanden, waren allerdings Stillleben, für die der Novak noch nie etwas übriggehabt hatte. Ein solches hing sogar im großen Zimmer in Dr. Frieds Wohnung. Amalia hätte sich niemals davon getrennt, denn ihre Mutter hatte es seinerzeit in die Ehe mitgebracht.

»Aber man kooperiert«, fuhr Stoitzner fort und blickte sich um, wohl auf der Suche nach einem weiteren Bild, mit dem er dem Novak seine Vielseitigkeit beweisen konnte. »Manche von ihnen beteiligen sich an unseren Ausstellungen, wir manchmal an den ihren. Zu guter Letzt geht es um die Kunst, nicht wahr? Da müssen wir uns gegenseitig unterstützen.«

»Das führt mich zum Grund meines Besuchs bei Ihnen«, hakte der Novak ein. »Sie nehmen an einer Ausstellung des Hagenbundes und der Secession teil, die in wenigen Tagen eröffnet wird?«

»Ja, nicht weit von hier. Ich habe zwei Bilder beigesteuert, richtig. Woher wissen Sie das?«

»Ich habe mit dem Direktor der Secession gesprochen, und wir waren dort …«

»Mit Schmutzer?« Stoitzners Stirn legte sich in Falten. »Na ja …«

»Michael Sterner wurde in den Ausstellungsräumen gefunden. Tot, wie Sie wissen.«

Nun hatte Stoitzner seine Mimik im Griff. »Ich kenne sie fast alle, manche besser, manche schlechter. Es gibt kaum einen Künstler, über den ich nicht zumindest ein wenig Bescheid wüsste. Auch wenn man mir nachsagt, dass ich konservativ sei – und bei Gott, ich finde das keine Schande! –, so bin ich doch aufgeschlossen und neugierig, was sich so alles tut. Ja, ich kannte Sterner, allerdings nicht sonderlich gut. Ich habe es nicht so mit Skulpturen.«

Stoitzner gab sich nun reserviert. Ein Verhalten, das der Novak von Menschen gewohnt war, denen klar wurde, dass sie mit einem Mordfall konfrontiert waren. Der erste Gedanke schien wohl bei jedem zu sein, vorsichtig zu antworten, um sich nicht verdächtig zu machen. Wer hatte schon Erfahrung darin, mit Kriminalbeamten zu tun zu haben?

»Sterner ist ein … ein eigenartiges Talent. Dabei weiß ich gar nicht, ob das Wort Talent bei ihm überhaupt zutrifft.« Stoitzner blickte ernst in das Gesicht des Novak. »Verzeihung, war … Er *war* ein Talent. Jetzt, wo er tot ist …«

»Sie kannten ihn persönlich?«

Stoitzner grub in der Kiste seiner Erinnerungen. »Ja … Nein … Es gab kurze Kontakte mit ihm bei Ausstellungseröffnungen. Aber ich hatte mit ihm keinen Gedankenaustausch, wenn Sie das meinen. Belangloses Geplauder, Allerweltsgerede.«

»Und es stört Sie nicht, wenn Sie mit einem Kollegen gemeinsam ausgestellt werden, dessen Kunst Sie nicht so sehr schätzen?«

»Meine Güte!« Stoitzner lachte auf. »Er ist nicht der Einzige in der Ausstellung, auch nicht der Einzige, den ich nicht schätze. Und das gilt ja umgekehrt genauso. Alles, was uns Künstlern hilft und unsere Kunst unter die Menschen bringt, ist gut. Ich habe da keine Berührungsängste.«

»Was stört Sie an seiner Kunst?«

Stoitzner ging zum Fenster zurück und lehnte sich an die Fensterbank. Sie und die Fensterrahmen waren ebenso glänzend weiß lackiert wie die Eingangstür. »Ich verstehe mich eher auf Gemälde, wie Sie ja sehen, nicht auf Skulpturen. Aber als Obmann des Österreichischen Künstlerbundes habe ich mich natürlich auch mit den Kollegen dieser Zunft zu befassen. Wissen Sie, Sterner hat nie eine Linie gefunden. Das kann man kreativ nennen oder vielseitig, für mich war es orientierungslos. Er hat gearbeitet, als wäre er bei jedem seiner Werke ein anderer Künstler gewesen. Es fehlte die durchgehende eigene Handschrift.«

»Andere haben das anscheinend nicht so gesehen wie Sie. Warum sonst hätte Schmutzer ihn bei der Ausstellung aufgenommen?«

Stoitzner seufzte. »Ach, diese Ausstellung … Das ist ja nicht die einzige. Wir hatten im April und im Mai unsere Dezennium-Ausstellung in den Ausstellungsräumen von Carl Josef Wawra in der Lothringerstraße. Kennen Sie seine Galerie? Sie ist zwar nicht die größte, aber sehr gut bestückt.«

Der Novak schüttelte den Kopf.

»Nun, wir haben damals beschlossen, nicht ausschließlich unsere eigenen Leute auszustellen, sondern auch ein paar von anderen Vereinigungen. Ich persönlich wäre nie auf die Idee gekommen, auch Sterner einzuladen, aber Schmutzer hat mich geradezu bedrängt und bekniet, es zu tun. Und – na ja, da ließ ich mich eben breitschlagen. Schmutzer hat mich wirklich genervt, und ich habe mich gefragt, warum er Sterner unbedingt dabeihaben wollte. Zwischen den beiden war die Luft ja auch eher – wie soll ich sagen? – dick. Zum Schneiden manchmal, aber ich will da keine Gerüchte befeuern. Ich verstehe mich mit Schmutzers Frau Alice sehr gut, da gehört es sich nicht, über andere herzuziehen. Weder über die Lebenden noch über die Toten.«

»Gerüchte?«

»Ich bitte Sie, Herr Novak. Sie wissen, wie das ist. Man spricht, man klatscht, man tratscht. Und am Ende ist an allem nichts dran, aber es bleiben verletzte Menschen zurück. Das Allerletzte, was ich möchte, ist, dass Alice verletzt wird.«

»Würde sie das denn?«, versuchte der Novak, mehr aus Stoitzner herauszubekommen.

»Sie oder andere Kollegen von Schmutzer und seiner Secession oder … was weiß ich. Es geht um Kunst, es geht um Privates, es geht um Begünstigungen oder auch nicht. Herr Novak, ich gebe auf solches Gerede nicht viel. Für mich zählt der Mensch, wie er mir gegenübersteht. Geradlinig, offen, anständig – oder eben das Gegenteil. Sie halte ich übrigens für einen der Anständigen. Ich glaube, ich habe eine recht gute Menschenkenntnis. Und ich denke nicht, dass Sie sich mit Gerüchten auseinandersetzen wollen.«

»Ich bin in einem Beruf tätig, in dem ich mich mit vielen unangenehmen Dingen auseinandersetzen muss. Das kann man sich meistens nicht aussuchen. Künstler wie Sie sind da freier. Sie malen, was Sie wollen. Auf die Weise, wie Sie wollen. Verkaufen, an wen Sie wollen. Leben, wie Sie wollen. Diese Wahl habe ich nicht.«

»Dass Sie sich da nur nicht täuschen …« Stoitzner lächelte den Novak an.

»Ich habe gehört, das Sterner homosexuell gewesen sein soll. Wissen Sie etwas darüber? Oder haben die Gerüchte, von denen Sie sprachen, damit gar zu tun?«

»Wie ich Ihnen bereits gesagt habe: Vieles spricht sich herum. Und? Was soll ich nun mit solchen Informationen anfangen? Macht es Sterner zu einem besseren Skulpteur – oder zu einem schlechteren? Weder noch. Aber wer weiß, wer alles verletzt wird, wenn man solches Gerede weiterspinnt wie einen vergifteten Faden.«

»Mir ist noch etwas anderes zu Ohren gekommen«, erinnerte sich der Novak an das kurze Gespräch mit Hechter. »Angeblich soll die Ausstellung, die bald eröffnet wird, für Sterner eine der letzten Chancen gewesen sein, sich groß zu präsentieren«, sagte er. »Sozusagen wieder ins Geschäft zu kommen. Das haben Sie selbst Kommissar Hechter erzählt. Ist das korrekt?«

Stoitzner nickte nachdenklich. »Ja. Wir haben nicht lange miteinander geredet. Aber es stimmt schon, Sterner ist nicht gut dagestanden. Vielleicht war das ein Grund, warum sich Schmutzer so für ihn eingesetzt hat. Obwohl ich sicher bin, dass er von ihm ebenfalls nicht viel gehalten hat. Als Künstler und vielleicht sogar als Mensch.«

»Warum setzt man sich für jemanden ein, den man nicht schätzt?« Der Novak sah Stoitzner fragend an.

»Um das zu klären, müssen Sie sich an andere wenden«, sagte Stoitzner und machte Anstalten, sich der Leinwand zuzuwenden, die er zuletzt bearbeitet hatte. »Fragen Sie doch einfach Schmutzer!«

Zehntes Kapitel: 14. Dezember

Ja, Frau Pollack war tatsächlich gealtert seit Ausbruch des Kriegs. Oder seit der Einberufung ihres Mannes. Aber ging es ihnen nicht allen irgendwie gleich? Die Zeiten zehrten an den Nerven, jedes Jahr mehr, und mit jedem Jahreswechsel wurde das Gespenst der Hoffnung neu geweckt – Hoffnung auf ein Ende des Kriegs. Doch es brauchte nur wenige Wochen, bis dieses Gespenst wieder verschwand, sich in Luft auflöste. Es geisterte auch durch den Kopf des Novak, und in etwas mehr als zwei Wochen würde ein neuer Jahreswechsel mit ihm dasselbe Spiel spielen, auch wenn er nicht jedes Mal aufs Neue enttäuscht werden wollte. Mehr als zwei Jahre mussten doch endlich genug sein! Für alle Seiten!

Jedes Mal, wenn er ihr begegnete, fiel es ihm schwer, Frau Pollack zu fragen, ob sie Neuigkeiten von ihrem Mann habe. Natürlich wollte er über den ehemaligen Kollegen Bescheid wissen, zugleich jedoch wollte er vermeiden, bei Frau Pollack seelische Wunden aufzukratzen und dadurch die Angst in ihr Bewusstsein zurückzuholen.

»Was denn für Neuigkeiten, Herr Novak? Die letzte Feldpostkarte ist drei Monate her.«

Der Novak nickte. Bei Max Becker war es genauso gewesen. Dr. Fried hatte ihn immer auf dem Laufenden gehalten, doch die Abstände der Nachrichten waren stets riesig gewesen. Still bei sich wünschte der Novak Frau Pollack, dass auch ihr Mann mit einer Verletzung nach Hause kommen konnte. Alles war besser, als einen geliebten Menschen draußen im Feld zu wissen, der jeden Tag dem eigenen Tod ins Auge blickte und abends erleichtert auf die Pritsche fiel, weil der Tod sich am Ende doch für einen anderen entschieden hatte.

»Der Schwiegersohn vom Herrn Doktor ist in Wien«, erzählte der Novak im Plauderton. »Zur Genesung. Es hat ihn am Bein erwischt. Das hat mich ein wenig an mich selbst erinnert, als mir das damals passiert ist. Aber ich fürchte, heute ist alles viel schlimmer. Nein, nicht seine Verletzung! Das wird wieder gut. Aber er hat einen Kameraden, der ebenfalls zurückgekehrt ist, dem hat es beide Hände verbrannt.« Der Novak brach ab. Zu spät fiel ihm ein, dass er Dinge erzählte, die Frau Pollack eher beunruhigen als trösten würden. Auf die Sekretärin schien seine Erzählung jedoch keine Wirkung zu haben, denn sie durchsuchte geschäftig einen Stapel Papier und hielt ihm schließlich ein gefaltetes Blatt entgegen.

»Das habe ich für Sie zusammengeschrieben«, sagte sie und lächelte sogar. Dann fügte sie leiser hinzu: »Ich habe mir schon oft gewünscht, dass sie Marcin ins Bein oder in den Arm schießen, damit er zurückkommen kann. Lieber verletzt als tot. Lieber das kleinere Leid, als eines Tages von einem großen überrascht zu werden Und vielleicht geht der Krieg ja sogar zu Ende während seiner Genesungszeit in Wien.« Sie wechselte das Thema. »Kommissar Hechter war gar nicht begeistert, als er mich bat, die Adressen für Sie zu sammeln.«

Der Novak nahm das Blatt dankend entgegen und steckte es ein. »Ja, ich fürchte, wir haben gerade ein paar Differenzen. Denn wir sind ja eigentlich noch im Urlaub, Dr. Fried und ich. Das scheint ihn zu stören.«

»Ihn stört, dass Sie Urlaub haben?«

»Nein, ihn stört, dass wir uns im Urlaub für einen Fall interessieren, der zufällig seiner ist.«

»Klassischer Interessenskonflikt«, schlussfolgerte Frau Pollack wie aus der Pistole geschossen. »Und dienstrechtlich gesehen …« Sie betrachtete den Novak mit großen Augen, weil sie genau wusste, dass sie nicht fortfahren musste. Der Novak kannte die Bestimmungen genauso wie Dr. Fried. Aber was half es? »Nicht dass *ich* Ihnen irgendetwas vorschreiben möchte oder Sie melden würde, Herr Novak. Keinesfalls! Doch Herr Hechter war wirklich sehr misslich gestimmt.«

»Ich werde mit ihm reden«, sagte der Novak. »Eigentlich bin ich sowieso auch deswegen gekommen. Ich würde gerne unsere Informationen gegenseitig abgleichen, aber vielleicht ist das keine gute Idee?« Er blickte Frau Pollack fragend an, die ein Kopfschütteln andeutete.

»Ich könnte auch bis morgen warten … Obwohl … Jeder Tag wäre ein Verlust.«

»Nein, wäre er nicht!« Hechters Stimme drang vom Gang zu ihnen und war nicht laut, aber stechend. In seinem perfekt geschnittenen Anzug sah er aus wie der Abteilungsleiter und strahlte trotz seiner Jugend eine Autorität aus, die ihm eines Tages von Nutzen sein konnte, wenn Dr. Fried und der Novak in ein paar Jahren in den Ruhestand treten würden. Denn dass Hechter eine glanzvolle Karriere bevorstand, war längst eine feste Überzeugung des Novak.

»Wir sollten tatsächlich miteinander reden«, stellte Hechter fest, nachdem er eingetreten war.

Frau Pollack beugte sich schnell über die Schreibmaschine und spannte ein Blatt Papier ein. Sie machte sich so klein wie möglich, damit die erwartete Woge über sie hinwegschwappte.

»Ich habe nachgedacht«, fuhr Hechter fort und blickte sich um. »Ob wir wohl das Büro von Herrn Dr. Fried benutzen können?«

Frau Pollack bemerkte nicht, dass er die Frage an sie gerichtet hatte.

»Nun, es steht ja sowieso leer, schließlich befindet sich der Herr Doktor ja noch *im Urlaub*.« Er betonte die letzten beiden Worte so, dass man es als bedrohlich empfinden konnte. »Genauso wie Sie, Herr Novak.«

Der Novak ging vor und öffnete die Tür. Schließlich fühlte er sich als Hausherr, wenn es um dieses Büro ging, auch *im Urlaub*. Hechter hatte ein kleineres Büro am anderen Ende des Ganges, das er sich mit einem Kollegen teilen musste. Sogar Frau Pollack und ihre Kollegin waren platzmäßig besser bedacht worden.

Der Novak überließ Hechter den Vortritt, dann schloss er hinter sich die Tür. Er konnte sich vorstellen, dass Frau Pollack am liebsten lauschen würde, und entwarf vor seinem geistigen Auge das Bild, wie sie ein Ohr an die Tür presste.

»Wer fängt an?«, fragte der Novak, der die Feindseligkeit Hechters deutlich spürte. So hatte er den Kommissar nie zuvor erlebt.

»Gerne Sie.« Hechter verschränkte die Arme vor der Brust, eine Barriere, die bei dem Novak, an seiner Bereitschaft zuzuhören, Zweifel aufkommen ließ.

»Gut«, meinte der Novak und nahm hinter seinem Schreibtisch Platz.

Dr. Fried und er hatten ihre Tische in geringem Abstand L-förmig aufgestellt. So konnten sie direkt miteinander kommunizieren und hatten zugleich eine gewisse Distanz. Dr. Fried hatte das Licht des einen Fensters im Rücken, auf den Tisch des Novak fiel es von der rechten Seite, was ihn, obwohl er Rechtshänder war, nicht störte. Die Sonnenstrahlen reichten sowieso nicht weit in den Raum hinein, somit warf er sich beim Schreiben selbst keinen allzu beeinträchtigenden Schatten.

»Wenn Sie wollen, setzen Sie sich auf den Stuhl von Dr. Fried«, forderte der Novak den Jüngeren auf, doch der bewegte sich nicht.

»Ich maße mir keine Dinge an, die mir nicht zustehen.« Das war eine unverhohlene Andeutung, dass der Novak seine Kompetenzen überschritt. Und es bezog sich nicht auf das Angebot des Stuhls.

»Seien Sie nicht so«, versuchte der Novak, gegen ein

Kippen der Stimmung anzukämpfen. »Lassen Sie sich erzählen, was ich von Konstantin Stoitzner erfahren habe. Ich gebe das gerne auch bei Frau Pollack zu Protokoll, damit Sie es in der Akte vorliegen haben.«

Hechter brummte und ging zu dem Fenster hinter Dr. Frieds Schreibtisch. Seine Silhouette hob sich vor dem hellen Licht ab, die Sonne draußen stand zwar niedrig, aber sie bemühte sich nach Kräften, den Wintertag zu erhellen. Ganz im Gegensatz zum Klima, das innerhalb des Büros herrschte.

Der Novak berichtete Hechter von seiner Begegnung mit Stoitzner, dabei ließ er seine persönlichen Eindrücke mit einfließen, was Hechter mit einer Zwischenbemerkung als unsachlich bezeichnete, doch der Novak setzte seinen Bericht unbeirrt fort.

»Stoitzner hat in Andeutungen gesprochen, als es um das Verhältnis zwischen Sterner und Schmutzer ging, die er nicht auflösen wollte. Aber ich glaube, dass es da etwas gibt, dem wir nachgehen sollten. Irgendetwas ist nicht ganz sauber.«

Hechter nickte. »Schön, dass Sie das auch langsam erkennen.« Er ging auf den Novak zu und blieb auf der anderen Seite von dessen Schreibtisch stehen. Von oben blickte er auf den älteren Mann hinunter. »Mir war das ziemlich von Anfang an klar, die Indizien und die Zeugenaussagen sprechen eine deutliche Sprache. Wir benötigen nur mehr handfeste Beweise. Und die bekommen wir am besten durch ein Geständnis.«

Der Novak zeigte keine Reaktion. Auf was wollte Hechter hinaus?

»Und deswegen habe ich beschlossen, Schmutzer festnehmen zu lassen. Er ist dringend tatverdächtig, mit dem Untersuchungsrichter habe ich bereits gesprochen, er stimmt mir zu.«

Das war ein Schlag! Der Novak fand, dass Hechter zu weit ging, wenige Tage nach der Tat den erstbesten Verdächtigen in Haft zu nehmen.

»Er wird auspacken, Herr Novak. Und dann werden Sie sehen, dass ich eigenständig imstande bin, einen Fall zu lösen. Noch dazu in rekordverdächtigem Tempo.«

Der Novak hatte bisher nie den Eindruck von Hechter gehabt, er könnte eitel sein oder sich beruflich zurückgesetzt fühlen. Nun war das zum ersten Mal der Fall. Warum war es ihm so wichtig, den Fall schnell zu lösen? Wollte er es geschafft haben, bevor Dr. Fried und der Novak aus ihrem Urlaub zurückkehrten? Fürchtete er, dass der Erfolg sonst ihnen zugeschrieben würde?

»Sie sollten nichts übereilen, Hechter.« Der Novak erhob sich und umrundete seinen Tisch, um dem jungen Kommissar näher zu kommen. Am liebsten hätte er ihm die Hand auf die Schulter gelegt, freundschaftlich, väterlich, ließ es aber bleiben, da er sich nicht sicher war, wie diese Geste von Hechter aufgenommen werden würde. Wahrscheinlich nicht gut, so wie Hechter dreinblickte.

»Vielleicht ist es ja sogar hilfreich, wenn wir nebeneinander ermitteln«, fuhr der Novak fort. »So können wir die Sache von verschiedenen Seiten beleuchten. Wie wäre es damit: Derjenige von uns, der den

Fall löst, belohnt den anderen mit einem Preis?« Der Novak versuchte mit einem lockeren Ton, Hechter milder zu stimmen. Denn der war noch immer die Reserviertheit in Person.

»Eine Flasche Wein?«, schlug der Novak vor. Er bemühte sich nach besten Kräften, der entstandenen Konkurrenz zwischen Dr. Fried und Hechter einen spielerischen Anstrich zu geben. Doch Hechters Haltung, die Färbung seiner Stimme und sein Blick verrieten, dass es dem Novak nur sehr schwer gelingen würde, die Situation aufzulockern.

»Schlagen Sie ein, Hechter!« Der Novak hielt dem jungen Kommissar auffordernd die Hand entgegen und bemühte sich um ein unbeschwertes Lächeln. »Im Grunde ist es in unser beider Interesse. Und im Interesse des Opfers, der Wahrheit, unseres Berufs. Ob Sie es sind oder wir – wichtig ist doch allein, dass wir den Täter finden.«

»Obwohl ich den schon habe?« Hechter wollte sich nicht auf die versöhnliche Geste des Novak einlassen. »Vergessen Sie nicht: Sie und Herr Dr. Fried sind offiziell nicht im Dienst. Sie dürfen das alles eigentlich gar nicht.«

»Und wenn Sie ihn nicht haben?«, überging der Novak den disziplinarischen Teil von Hechters Äußerung. »Dann wäre es für Sie – für unsere ganze Abteilung – am besten, wenn wir unter uns den Fehler korrigieren.«

Das hätte er nicht sagen sollen. Hechter wurde rot im Gesicht, wie der Novak es nie zuvor erlebt hatte, und er sagte mit starkem Lispeln, das verriet, wie sehr er seine Emotionen zu unterdrücken versuchte: »Ich habe keinen Fehler gemacht.«

Er ging in die Mitte des Raumes, wo er einige Kreise drehte, mit großen Schritten, wie ein Tiger in seinem viel zu kleinen Gehege. »Ich verstehe nicht, was mit Ihnen los ist, Herr Novak. Lesen Sie sich die Akte durch, lassen Sie sich die Aussagen durch den Kopf gehen, ja, auch jene von Stoitzner! Ihr Gespräch mit ihm! Warum wollen Sie das Offensichtliche nicht sehen? Oder liegt es daran, dass Schmutzer Herrn Dr. Fried persönlich um Hilfe gebeten hat?«

Die letzte Frage war heikel. In ihr schwang eine Unterstellung mit, der der Novak normalerweise mit schärfster Vehemenz entgegengetreten wäre, hätte es sich nicht um Hechter gehandelt. Und mit einem Mal erinnerte er sich an das, was Frau Pollack vorhin gesagt hatte: klassischer Interessenskonflikt.

Konnte es wirklich sein, dass sie sich beeinflussen ließen von dem Umstand, dass ein Freund Dr. Frieds diesen um Hilfe gebeten hatte? Beeinträchtigte diese Tatsache ihre Objektivität? Wir sind kein Detektivbüro, hatte Dr. Fried gemeint, und doch arbeiteten sie im Interesse eines Auftraggebers, wenn man es so betrachten wollte, der ihnen eine Vorgabe machte: und diese war der Beweis der Unschuld.

Ein guter Polizist hatte beides im Blick: Schuld wie Unschuld. Oder noch besser: weder das eine noch das andere, denn je unbedarfter man sich einem Fall und den Menschen annäherte, die in diesen verwickelt waren, desto klarer wurde früher oder später die Sicht auf das, was sich vor einem ausbreitete. Hechter hatte nach diesen wenigen Tagen nicht jenen Vorsprung, der eine solche Handlung rechtfertigen würde. Schmutzer festzunehmen war ein Fehler, nicht einfach nur ein taktischer Kniff, mit dem man etwas in Erfahrung bringen konnte.

»Aber damit Sie nicht glauben, dass ich Sie völlig aus den Ermittlungen heraushalten möchte, Herr Novak, will ich Ihnen gerne mitteilen, was es an belastenden Indizien gegen Schmutzer gibt. Schwester Beata. Das ist die Oberschwester, die …«

Der Novak ließ Hechter reden und tat so, als höre er zu. In Wahrheit schweiften seine Gedanken ab. Was Hechter ihm da berichtete, wusste er bereits. Mit dem Unterschied, dass Hechter auch diese Aussage gegen Schmutzer auslegte. Stoitzner belaste ihn, Schwester Beata belaste ihn, da bliebe nicht mehr viel übrig. Eigentlich, so schloss Hechter, sei er geradezu verpflichtet, den Direktor der Secession festzunehmen. Es fehle nur mehr das letzte Steinchen im Mosaik und er, Hechter, werde es einsetzen, noch bevor die Woche zu Ende sei. Die Woche des Urlaubs, wie sich der Novak dachte, was Hechter allerdings nicht aussprach.

Hechter wandte sich der Tür zu und legte die Hand auf die Klinke. »Geben Sie Ihr Gespräch mit Stoitzner bei Frau Pollack zu Protokoll«, sagte er. »Das ist Ihre Pflicht und festigt meine Argumentation gegenüber dem Untersuchungsrichter. Ansonsten ist nichts weiter zu besprechen, denke ich.« Er atmete durch. »Eine

Flasche Wein … Kriminalistische Ermittlungen sind ja kein Spiel.«

Dann zog er die Tür schwungvoll auf und marschierte beinahe im Stechschritt davon. Nicht schlecht, dachte sich der Novak, für einen Mann, der vom Kriegsdienst befreit worden war.

Elftes Kapitel: 14. Dezember, nachmittags

»Er will *was*?« Dr. Fried war entsetzt und hätte sich am liebsten die Haare gerauft, hätte er noch ausreichend viele gehabt. Stattdessen sprang er von seinem Stuhl auf und wischte dabei unabsichtlich das Blatt vom Tisch, das der Novak zuvor dort hingelegt hatte. Es war jenes mit den Adressen der Familienangehörigen des Ermordeten.

Max saß verschlafen im Lehnstuhl, in dem Dr. Fried tagtäglich seine Zeitung las, abgesehen von dem einen Mal pro Woche, wenn er sich in seinem Stammkaffeehaus befand. Er trug das Hemd über die Hose hinaushängend, war unrasiert und hätte locker als Clochard durchgehen können.

Seit dem Besuch der Kriegsausstellung hatten er und Amalia nicht viel miteinander gesprochen. Den Rückweg nach Hause hatte sich Amalia mit Wurmer unterhalten, der seine heitere, ja charmante Seite bei ihr erfolgreich ausspielte. Sie lachte viel über seine Anekdoten, die sicherlich nicht von seinen Fronterlebnissen handelten. Es schien viel zu erzählen zu geben und Max, der neben Dr. Fried ging, drehte immer wieder nach hinten um, als misstraute er Wurmer und seiner Frau. Dr. Fried hatte seine massive Verunsicherung gespürt, wenngleich er sich nicht vorstellen konnte, dass der homosexuelle Wurmer sich plötzlich für Frauen interessierte. Und schon gar nicht für die Ehefrau eines Kameraden und Freundes.

»Ich glaube, dass Schmutzer uns nicht alles erzählt hat«, überlegte der Novak. »Die Andeutungen, die Stoitzner gemacht hat, lassen mich zweifeln. Da gibt es irgendetwas.«

»Gerüchte …«, brummte Max vor sich hin.

Dr. Fried warf ihm einen verärgerten Blick zu. Er mochte es nicht, wenn sich andere in seine Arbeit einmischten, und einmal mehr vermisste er sein Büro, in dem er sich mit dem Novak einigeln und Gedanken wälzen konnte, solange er wollte. Ungestört, denn Frau Pollack wehrte jeden Besuch ab, wenn er sie darum ersuchte.

»Das ist schon richtig«, stimmte der Novak zu. »Stoitzner hat genau deswegen nicht mehr erzählt. Weil er eben keine Gerüchte weiterverbreiten will.«

»Aber uns würde es helfen, sie zu kennen, auch wenn sich am Ende herausstellt, dass nichts dran ist. Wenigstens hätten wir die Möglichkeit, die Dinge zu unterscheiden, Wahrheit von Behauptung zu trennen. Ich möchte diese Entscheidung selbst in der Hand haben.«

»Man sollte sehr vorsichtig sein, wenn einer etwas über einen anderen erzählt, das er vielleicht wiederum von einem Dritten gehört hat«, mischte sich Max weiterhin ein.

»Worauf willst du hinaus?«, fragte Dr. Fried und bemühte sich, seine Verärgerung herunterzuschlucken.

Manchmal fand ja auch ein blindes Huhn ein Korn.

»Ich meine nur, was Josef über Sterner erzählt hat. Weißt du, Schwiegerpapa, man darf nicht alles für bare Münze nehmen, was er so erzählt. Ich glaube, mit ihm geht gerne die Fantasie durch. Oder es ist seine eigene Art, die Geschehnisse von der Front zu verarbeiten. Viele werden da draußen mehr als nur eigenartig.«

Eigenartig fand Dr. Fried vor allem, wie Max in seinem Lehnstuhl lümmelte. Kennengelernt hatte er ihn als einen akkuraten jungen Mann, dessen Kleidung bis zur Halsbinde perfekt saß. Wahrscheinlich hatte Max recht mit seinem Urteil über jene, die den Krieg miterlebt hatten. Der Krieg veränderte Menschen. Manche verleitete er dazu, sich um jeden Preis von sich selbst abzulenken, wie im Fall von Wurmer. Andere wiederum schienen sich mehr und mehr gehen zu lassen und keinen richtigen Halt mehr zu finden, wie Dr. Fried es bei Max zu befürchten begann. Aber er konnte sich täuschen, Max war erst seit wenigen Tagen bei ihnen.

»Um mehr über Sterner zu erfahren, sollten wir seine Familie befragen«, stellte Dr. Fried fest. »Die werden nicht erfreut sein, weil ich davon ausgehe, dass Hechter bereits bei ihnen war. Wer möchte schon gerne doppelt an seinen Schmerz erinnert werden?«

Es gab keine Eltern mehr, dafür Onkel und Tante und eine Schwester. Frau Pollack hatte sämtliche Namen notiert – und nur eine einzige Anschrift. Also lebte Sterners Schwester noch nicht selbstständig.

»Bedeutet das, dass Sterner von Onkel und Tante großgezogen wurde?«

Dr. Fried spielte mit dem Blatt Papier. Er faltete es zusammen, direkt danach wieder auf und las die Namen. Leopold, Ludmilla und die Schwester Anna. Leopold war Schuster, der in dem Haus, in dem er wohnte, seine Werkstatt hatte. Das waren die Notizen, die Frau Pollack hinzugefügt hatte.

»Wenn Hechter die Familie bereits vernommen hat, wovon ich ausgehe, dann verfügt er über mehr Informationen als wir. Das wiederum kann bedeuten, dass er genau weiß, was er tut.« Dr. Fried blickte skeptisch drein.

»Der Streit zwischen Schmutzer und Sterner fand am Abend vor dem Mord statt«, erinnerte der Novak. »So gesehen eine ungünstige Koinzidenz, würde ich sagen. – Nein, keine Angst, Herr Doktor, ich behaupte nicht, dass ihn das per se verdächtig macht!«

Dr. Fried hatte dem Novak schon ins Wort fallen wollen, aber er wusste natürlich, dass sie beide in dieselbe Richtung dachten.

»Und ich kann es ihm nicht einmal untersagen«, murmelte Dr. Fried und meinte die Verhaftung, die Hechter plante.

»Vielleicht sollten wir Schmutzer warnen?«, überlegte der Novak.

Dr. Fried schüttelte den Kopf. »Erstens würden wir uns dadurch wirklich der Behinderung der Ermittlungen schuldig machen und zweitens: Was soll Schmutzer damit anfangen? Soll er untertauchen und ein geheimes Leben führen? Das ist undenkbar.«

Max stand auf und reckte die Arme in die Höhe. Er streckte sich durch, stöhnte leise und schien zu überlegen, was er als Nächstes tun sollte. Oder eher nicht tun, wie es Dr. Fried durch den Kopf ging, denn bisher hatte sich sein Schwiegersohn nur ein einziges Mal im Haushalt nützlich gemacht – und dabei einen Teller zerbrochen. Keine berauschende Erfolgsquote. Andererseits: So viel konnte er gar nicht helfen mit seinem verletzten Bein. Trotzdem missfiel Dr. Fried die Situation, und er wünschte sich in wachsendem Maße, dass Max bei seiner Familie Unterschlupf suchen würde.

Max bückte sich und griff vorsichtig nach der Krücke, die neben dem Lehnstuhl auf dem Boden lag. Er ächzte dabei, als würde es ihm große Mühe bereiten, schließlich stand er auf die Hilfe gestützt da.

»Ich sage es nicht gerne«, meinte Dr. Fried, »aber ich möchte noch einmal mit diesem Wurmer sprechen. Er kannte Sterner ja näher als viele andere. Da könnten wir noch einiges erfahren.«

»Vergiss nicht, was ich gesagt habe, Schwiegerpapa! Bei Josef muss man echt vorsichtig sein. Nicht alles, was er sagt, entspricht der Wahrheit.«

»Trotzdem«, überlegte Dr. Fried. »Es liegt an uns, herauszufiltern, was wahr ist und was nicht. Auf was zielst du eigentlich ab, wenn du ihn so beschreibst? Hast du schlechte Erfahrungen mit ihm gemacht? Ihr seid doch befreundet, soweit ich das sehe?«

»Ja, schon …« Max wirkte verlegen. »Nun ja, es geht um Beziehungsgeschichten. Ich glaube, dass er da gerne flunkert. Das ist allerdings nur mein persönlicher Eindruck. Vielleicht ist es mit seinem Hintergrund ja auch verständlich.« Mit dem »Hintergrund« meinte Max Wurmers sexuelle Orientierung, die dieser vor der Gesellschaft geheim halten musste.

»Ich kann ihn holen gehen«, schlug er plötzlich vor. »Es wird natürlich etwas dauern.« Er blickte an seinem Bein hinunter. »Aber Bewegung wird mir sicher nicht schaden. Der Arzt sagt, ich solle viel spazieren gehen. Sogar einige Übungen hat er mir gezeigt, die ich machen soll. Gut für das Kniegelenk, meint er.«

Der Novak nickte. Er wusste, wovon Max sprach.

»Lassen Sie sich Zeit mit der Genesung«, riet er dem jungen Mann. »Es kann niemand in Ihr Bein hineinsehen. Solange Sie Schmerzen haben, wird man Sie wohl kaum an die Front zurückschicken. Und wer will das von außen beurteilen? Sie verstehen, was ich meine?«

Max lächelte dünn. Der alte Mann war ihm sympathisch, und er konnte sehr gut nachvollziehen, dass sein Schwiegervater und der Novak Freundschaft geschlossen hatten.

Auf einem Bein balancierend, stopfte er das Hemd in die Hose und humpelte in den Flur hinaus, wo er sich den alten Soldatenmantel überwarf. Amalia hatte ihm auch einen normalen Mantel rausgehängt, doch den rührte er diesmal nicht an. Er war ihm wohl zu schade über der unordentlichen Garderobe, die er an diesem Tag angelegt hatte.

»Ich komme dann mit Josef zurück!«, rief er, und schon fiel die Wohnungstür hinter ihm ins Schloss.

»Er hat es nicht leicht«, sagte der Novak verständnisvoll, bevor Dr. Fried den Mund aufmachen konnte.

Er hatte dem alten Freund wohl angesehen, dass dieser Max' Verhalten nicht gut fand, aber Dr. Fried konnte es nicht nachvollziehen, wie es war, wenn man im Krieg gewesen war und mit einer Verletzung nach Hause geschickt wurde. Es ging einem so vieles durch den Kopf, und das wenigste davon drehte sich um die eigene Gesundung. Es war vielmehr die drohende Rückkehr an die Front, die einem Sorgen bereitete. Bei ihm, dem Novak, war das damals kein Thema gewesen, zu gravierend war die Verletzung ausgefallen, aber viele seiner Kameraden, die ins Feld zurückkehrten, hatten ihre Angst nicht verstecken können.

»Geben Sie ihm die Zeit, die er braucht«, fuhr der Novak fort. »Das wird wieder. Max ist ein starker Charakter. Auch das mit Amalia wird wieder werden. Es ist alles nicht so einfach.«

Es war ihm also sogar das aufgefallen, dachte sich Dr. Fried. Doch er wunderte sich nicht, zu gut kannte der Novak die Familie Fried und zu groß war seine Fähigkeit, in der Seele anderer zu lesen.

»Vielleicht ist es so«, überlegte Dr. Fried. »Aber da gibt es auch noch Amalia. Ich werde das Gefühl nicht los, dass es gar nicht so sehr an Max liegt, dass die beiden nicht recht wieder zueinanderfinden.«

»Sie ist eine selbstständige Frau, die ihre eigenen Entscheidungen trifft. Das hat sie nicht zuletzt der Erziehung durch ihren Vater zu verdanken.«

Der Novak lächelte milde und Dr. Fried lächelte zurück.

»Und ihrer Mutter …«, konnte Dr. Fried sich der Erinnerungen nicht erwehren, die mit einem Mal in ihm aufstiegen.

Bis zum heutigen Tag war es ihm nicht gelungen, seine verstorbene Frau zu vergessen. Aber was hieß vergessen! Das hätte er auch nie gewollt. Er hatte lernen müssen, mit ihrem Verlust umzugehen, ihn zu akzeptieren, was ihm irgendwann gelungen war. Wann das der Fall gewesen war, konnte er nicht sagen, es gab keinen Stichtag. Es war eher ein Prozess gewesen, der nicht zuletzt dadurch erforderlich war, dass er sich plötzlich allein um ihre Tochter hatte kümmern müssen. Die Worte des Novak zeigten ihm, dass es ihm gut gelungen war.

»Wenn meine Frau noch leben würde, wäre sie sehr stolz auf Amalia«, sprach Dr. Fried weiter. Eine seltsame Friedlichkeit breitete sich in ihm aus.

»Und sie wäre auch sehr stolz auf Sie, Herr Doktor. Sie würde Ihnen jedes Lob aussprechen, wie Sie mit der Situation nach ihrem Tod umgegangen sind. Und wie sehr Sie für Amalia da waren.«

»Ja, es gibt Ehefrauen, die ihre Männer bedingungslos unterstützen, weil sie sie bis in die letzten Winkel ihrer Seele kennen. Bei meiner Frau war es so, sie kannte mich besser als jeder andere Mensch.« Erneut schenkte Dr. Fried dem Novak ein Lächeln, denn er wusste, dass er wahrscheinlich einer der wenigen Menschen war, die ihn sehr gut kannten.

»Wollen wir uns einen starken Kaffee kochen?«, fragte der Novak, um keine allzu sentimentale Stimmung aufkommen zu lassen. »Sie bereiten den Kaffee vor und ich gehe hinunter zur Bäckerei und besorge uns süße Sünden.«

Dr. Fried stimmte zu und rief dem Novak hinterher: »Vielleicht gibt es Krapfen?«, als dieser bereits die Wohnung verließ.

Natürlich war es längst nicht mehr so einfach, seine Lieblingsmehlspeise zu bekommen, alles hing von den Rohstoffen ab, aber versuchen konnte man es ja. Dr. Fried hantierte in der Zwischenzeit in der Küche herum, wusch die Kanne aus und setzte einen kleinen Topf auf den Herd. Ihm war bewusst, dass viele Familien mit Kaffee sparsam umgehen mussten. Man forderte ja inzwischen sogar Menschen, die aus dem Ausland auf Besuch nach Österreich kamen, auf, eigene Kaffeevorräte mitzubringen, wenn sie sich einen zubereiten wollten.

Er öffnete eine Dose mit einem dunklen Pulver, das Amalia hergestellt hatte. Sie folgte dabei einem Rezept, wie es schon seit längerer Zeit empfohlen wurde, um den Mangel auszugleichen. Man gab eine große Tasse Reis in eine Kasserolle und röstete ihn, bis er die Farbe von Kaffeebohnen hatte. Gleiches machte man mit zerstoßenen Mandeln und Roggenmehl. Vermischt entstand ein Pulver, von dem man pro Person einen Teelöffel nahm, es in Wasser aufkochte und diesen Sud anschließend mithilfe einer Kaffeemaschine filterte. Natürlich mischte Amalia immer auch ein paar echte Kaffeebohnen darunter, sodass der Geschmack halbwegs an das heranreichte, was sie aus den Zeiten vor dem Krieg kannten.

Als die Wohnungstür laut geschlossen wurde, dachte Dr. Fried zunächst, dass der Novak in Rekordtempo zurückgekommen wäre. Das konnte nur bedeuten, dass er in der Bäckerei nichts mehr bekommen hatte. Doch dann fiel ihm ein, dass der Novak ja gar keinen Schlüssel hatte.

»Novak?«, rief Dr. Fried. »Gab es nichts?«

»Paps?« Es war Amalia, die früher als sonst aus der Psychologischen Vereinigung zurückkehrte.

»In der Küche!«

Sie kam zu ihm und rümpfte die Nase. »Wieder dieses Zeug?«, fragte sie.

»Dafür bringt der Novak gleich etwas Köstliches mit – hoffe ich wenigstens.«

»Ist Max nicht da?« Sie warf einen Blick ins Wohnzimmer.

Dr. Fried füllte das dunkle Wasser in eine Kanne und platzierte sie auf dem Tisch. Amalia eilte mit einem Untersetzer herbei, den sie darunterschob. Vielleicht war es ja ein gutes Zeichen, dass sie nach Max fragte. »Er kommt bald zurück. Er holt Wurmer.«

»Ach, Wurmer …« Amalia stellte Kaffeetassen und kleine Tellerchen bereit. »Was hältst du von ihm?«

Dieselbe Frage hatte Dr. Fried gerade seiner Tochter stellen wollen, doch sie war ihm zuvorgekommen.

»Ambivalent«, antwortete er knapp. »Aber ich brauche ihn. Also seine Kenntnisse der Künstler, speziell von Sterner.«

»Ambivalent trifft es«, meinte Amalia.

Es klopfte heftig an der Tür. Sie öffnete und ließ einen strahlenden Novak herein, der einige in weißem Papier verpackte Krapfen triumphierend vor sich hertrug. Sie hinterließen bereits Fettflecken auf dem Papier.

»Die letzten«, sagte er. »Ich habe sie gleich alle genommen. Was eine gute Idee war, wie ich sehe.« Er wandte sich an Amalia: »Wieso bist du denn schon zurück?«

»Ich wollte mit Max reden. Vielleicht ein paar Runden um das Haus drehen und einfach nur – ja, reden! Frei von der Leber weg. Ich habe das Gefühl, es ist so viel passiert in den letzten Jahren.« Sie drehte sich zu ihrem Vater. »Wieso holt er Wurmer? Wir hatten verabredet, dass der Nachmittag uns beiden gehört. Oder kann er inzwischen nichts mehr ohne seinen Kameraden machen?«

Die letzte Frage war giftig, Dr. Fried spürte das, und er teilte den Eindruck seiner Tochter.

»Er holt ihn für uns«, antwortete der Novak. »Danach könnt ihr also tun und lassen, was ihr wollt.«

Der Kaffee schmeckte nach solchem, vielleicht weil sie sich längst an diese Mischung gewöhnt hatten. Wie war das vor dem Krieg gewesen? Es waren lediglich zwei Jahre vergangen und doch spielte ihnen die Erinnerung eigenartige Streiche, nicht nur was den Geschmack des Kaffees anging.

»Was wollt ihr denn von ihm?« Amalia packte die Krapfen aus und schichtete sie auf einem Teller zu einer kleinen Pyramide auf. Genüsslich leckte sie sich die Fingerkuppen ab, und der Novak hielt sich keine Sekunde zu lang zurück und schnappte sich das oberste Stück. Wenn es um Süßes ging, war er nicht zu halten. Dr. Fried gab sich vorerst mit der Betrachtung des Backwerks mit Marillenmarmeladefüllung zufrieden.

»Wir müssen unbedingt mehr über Sterner erfahren«, erklärte er seiner Tochter. »Und wohl oder übel auch über dessen sexuelle Orientierung. Also somit auch über jene Wurmers.«

»Homosexualität steht unter Strafe«, meinte der Novak und grub beide Zahnreihen in den Krapfen hinein. Eine Staubzuckerspur umrandete seine Lippen und legte sich als dünne Schicht auf seine Hose. Mit vollem Mund sprach er weiter. »Man mag das nun so oder so sehen, ob es wirklich nötig ist, Derartiges unter Strafe zu stellen, aber normal ist es nicht laut Gesetz.« Er schluckte den Bissen hinunter und spülte mit dem künstlichen Kaffee nach.

»Das mit der Normalität ist so eine Sache«, widersprach Amalia. Bei dem Thema fühlte sie sich als Psychologin durchaus zuständig. »Ist es wirklich richtig, wenn der Staat entscheidet, was normal ist und was nicht? Oder wenn er bestimmt, was normal *zu sein hat*? Freud würde, wenn er dazu die Macht hätte, alle diskriminierenden Gesetze gegen Homosexuelle außer Kraft setzen. Er sieht die grundsätzliche Veranlagung des Menschen als bisexuell.«

»Ooooooh neiiiiiiin!« Der Novak atmete so heftig aus, dass sich der Zucker von seinem Krapfen über seine Brust und seinen Schoß verteilte. »Wenn wir damit anfangen, dann ist es irgendwann auch normal, wenn jemand mit einer Ziege zusammenlebt und … und … Unzucht treibt.« Nun wurde der ältere Mann rot im Gesicht und blickte hilfesuchend von Amalia zu Dr. Fried und schließlich auf seinen Krapfen. Das Thema war ihm vor der jungen Frau peinlich, doch diese betrachtete es nüchtern.

»Das ist ja eines der Probleme des Gesetzes«, fuhr Amalia fort, »dass es Unzucht mit Tieren und Gleichgeschlechtlichkeit gleichsetzt. Strafrechtlich wenigstens. Und Gesetze fragen nie danach, was sich in der Natur abspielt.«

»In der Natur gibt es keine Gleichgeschlechtlichkeit«, brummte der Novak mit dem letzten Bissen Krapfen im Mund.

Amalia ging nicht darauf ein. Schließlich sprachen sie über Menschen und nicht über Tiere.

»Freud bezeichnet homosexuelle Menschen als ›sexuell invertiert‹«, dozierte sie weiter. »Das kann verschiedene Ursachen haben. Freud hat lehrbuchmäßig auf Häftlinge hingewiesen, die sich während ihrer Haftzeit dem eigenen Geschlecht zuwandten, obwohl sie davor immer ausschließlich heterosexuelle Beziehungen hatten. Und danach auch wieder.«

»Könnte das auch auf Wurmer zutreffen?«, schaltete sich Dr. Fried ein, nachdem er schweigend zugehört hatte. »Oder auf Sterner?«

Amalia wiegte den Kopf. »Das kann ich nicht sagen. Wenn es stimmt, dass Wurmer schon vor seiner Zeit in der Armee eine gleichgeschlechtliche Beziehung mit Sterner hatte, dann nicht. Falls er da allerdings nur herumprobiert hat … Wer weiß. Dazu müsste ich mit ihm ein therapeutisches Gespräch führen. Auf jeden Fall ist er ein Mensch, der gerne provoziert, das habe ich bemerkt, als wir von der Ausstellung zurückgegangen sind. Und er macht das nicht ohne Charme. Bis wohin er die Wahrheit sagt und wo er zu übertreiben oder vielleicht sogar zu lügen beginnt, ist schwer zu sagen.«

»Therapie? Also kann man Homosexualität sehr wohl heilen?«, horchte der Novak auf. »Dann wäre sie ja doch nicht normal.«

Amalia lächelte. »Man kann sie nicht heilen, weil sie keine Erkrankung ist, Onkel Novak«, antwortete sie geduldig.

»Ach.« Der Novak machte eine wegwerfende Geste. »Das ist mir zu kompliziert. Aber im Grunde ist es mir auch egal. Soll jeder nach seiner Fasson glücklich werden. Solange man mich in Ruhe lässt …«

Ein heftiges Läuten und Klopfen an der Tür riss sie aus ihrem Gespräch.

»Was ist denn hier los?«, ärgerte sich Dr. Fried und schlurfte zur Tür. »Sind die beiden vielleicht schon hier? Ich dachte, Max hat einen Schlüssel.«

Er öffnete und starrte in das verweinte Gesicht einer Frau, die sich einen Schal um Mund und Nase gebunden hatte. Sie trug einen eleganten, knöchellangen Mantel, der glockenförmig nach unten ausgestellt und am

Kragen wie am unteren Saum mit einem Pelzbesatz bestückt war.

»Herr Dr. Fried?« Sie schniefte und war erleichtert, als jener bestätigte, dass er die gesuchte Person sei. »Gott sei Dank, dass Sie zu Hause sind. Sie müssen uns helfen! Soeben hat man meinen Mann verhaftet!«

Zwölftes Kapitel: 14. Dezember, spätnachmittags

Die Frau zog den Schal vom Mund. Ihre Gesichtszüge waren kantig, einige wenige Falten um den Mund und die Augen schnitten scharfe Konturen und Linien heraus, die ihr etwas Interessantes verliehen. Wären da nicht die rot geweinten Augen …

Dr. Fried ließ die Frau ein, die sich als Alice Schmutzer vorgestellt hatte, half ihr aus dem Mantel und nahm ihren breitkrempigen Hut entgegen, den er behutsam ablegte. Er entschuldigte sich für sein informelles Äußeres – er trug einen simplen Hausrock über dem Hemd ohne Krawatte – und führte die Frau ins Zimmer. Dort hatte sich der Kaffeegeruch ausgebreitet, wie er jetzt bemerkte, und es roch nach echtem Kaffee, auch wenn es nur eine Kriegsmischung war.

Der Novak schnellte in die Höhe, Dr. Fried stellte ihn und seine Tochter vor, die sofort loslief, um eine weitere Tasse zu holen.

»Ich sehe, ich störe Sie gerade.« Ihre Stimme klang zittrig, brüchig durch ihr Weinen, während Tränen in ihren Augen schwammen.

Schüchtern nahm Frau Schmutzer auf dem Stuhl Platz, den Dr. Fried ihr anbot, und zupfte unsicher an den breiten Rüschen ihrer weißen Bluse. Sie war eine auffallend elegante Gestalt, die Dr. Fried rein optisch als nicht so recht zu Schmutzer passend empfand. Aber bekanntlich sollte man Menschen nicht nach ihrem Äußeren beurteilen, schon gar nicht, wenn es um Partnerschaften und Ehen ging.

»Es ist alles so schnell gegangen«, klagte Frau Schmutzer und lächelte Amalia gequält zum Dank zu, als sie ihr Kaffee einschenkte. Das Angebot eines Krapfens lehnte sie ab. »Man hat ihm nicht einmal Zeit gelassen, die wichtigsten Dinge zusammenzusuchen. Wie soll er denn nur auskommen … im Gefängnis?« Sie schlug die Hände vor das Gesicht. Das Zucken ihres Körpers verriet, was in ihr vorging.

»Gefängnis ist nicht ganz das richtige Wort«, versuchte Dr. Fried sie zu trösten. »Es ist eine Zelle bei uns im Polizeigebäude. Dort ist es noch komfortabel im Vergleich zum …« Das Wort »Gefängnis« wiederholte er besser nicht. »Vor allem kommt er nicht mit anderen Verbrechern in Kontakt.« Er hätte nicht »andere« sagen dürfen! Das implizierte ja, dass er Schmutzer ebenfalls für einen Verbrecher hielt.

»Ich bin von der Unschuld Ihres Mannes überzeugt«, fügte er daher schnell hinzu, auch wenn seine Überzeugung keine absolute war. Aber das musste er Frau Schmutzer ja nicht auseinandersetzen.

»Können Sie mir helfen, Herr Dr. Fried? Können Sie ihn dort rausholen?« Sie sah ihn mit den rot umränderten Augen an, die im Normalzustand groß und rund sein mussten. Nun waren sie zusammengekniffen, um die Tränen nicht zu deutlich fließen zu lassen, und doch war das Kastanienbraun ihrer Iris klar zu erkennen. In jungen Jahren musste die Frau eine Schönheit gewesen sein. Sofort schob Dr. Fried den Gedanken beiseite und entschuldigte sich im Geiste bei seiner verstorbenen Frau. Er hatte sich bei ihrem Tod geschworen, Frauen nie wieder auf diese Weise zu betrachten.

»Das ist leider nicht so einfach«, musste er Frau Schmutzer eine Antwort geben, von der er wusste, dass sie sie nicht hören wollte. »Ich bin zurzeit nicht im Dienst, es ist nicht mein Fall. Ich kann und ich darf nicht mir nichts, dir nichts in die Zentrale gehen und Anweisungen erteilen.«

Frau Schmutzers Stöhnen war nicht zu überhören. Dr. Fried empfand es fast als theatralisch, aber konnte er sich erlauben, über die Frau in ihrem momentanen Gefühlszustand zu urteilen? Es war nie leicht, mitzuerleben, wie ein Familienmitglied verhaftet wurde. Deswegen bemühte sich Dr. Fried in solchen Fällen um Fingerspitzengefühl. Dieses traute er normalerweise auch Hechter zu.

»Der Kommissar ist derart streng mit ihm umgegangen, als wollte er ihn direkt zum Schafott führen«, erzählte Frau Schmutzer.

Das musste eine Übertreibung sein. Hechter hatte sich bisher als sehr respektvoll agierender Beamter erwiesen, auch wenn es um den Umgang mit Mördern ging. Irgendwie passten die Bilder, die Frau Schmutzer oder zuvor auch der Novak von Hechter zeichneten, nicht zu der Person, die Dr. Fried kannte.

»Mein Mann vertraut Ihnen so sehr, da dachte ich, Sie könnten etwas für ihn tun.« Frau Schmutzer blickte Dr. Fried mit einem Augenaufschlag an, der nicht verhehlte, dass sie versuchte, ihn zu manipulieren. Die Frau war nicht nur emotional bewegt, sie war zudem durchaus geschickt. Ob die Kombination echt und ehrlich war, würde sich gewiss noch herausstellen.

»Das tun wir ja«, erklärte Dr. Fried und bezog den Novak mit ein. »Wir beide sind gerade dabei, einigen Spuren nachzugehen. Oder besser gesagt: uns ein Bild von den Menschen zu machen, die Ihren Mann umgeben. Richtige Spuren gibt es ja keine.«

»Und Sie haben schon etwas herausgefunden?«

Dr. Fried wiegte den Kopf. »Ich muss zugeben, noch sind wir in der Phase, in der wir mehr Fragen haben als Antworten. Das ist normal, seien Sie versichert. Kriminalarbeit ist zu vergleichen mit dem Zusammensetzen eines großen Puzzles. Erst wenn man ausreichend viele Teile gelegt hat, erkennt man das Bild.«

»Ach …« Sie klang enttäuscht.

»Aber wenn Sie schon hier sind, gnädige Frau, dann können Sie uns helfen. Ich denke, ohne Sie kommen wir sowieso nicht weiter.«

Sie sah ihn fragend an.

»Weil Sie Ihren Mann besser kennen als jeder sonst. Und weil Sie wissen, dass er nicht der Mörder ist.«

»Na ja …«

War sie sich auf einmal nicht so sicher? Bestimmt

würde sie ihren Mann niemals belasten, aber würde sie für ihn lügen, ihn decken, wenn sie wüsste, dass er der Täter war?

»Vielleicht können Sie uns etwas über Michael Sterner erzählen? Kannten Sie ihn persönlich? Wie war das Verhältnis Ihres Mannes zu ihm? Was hat er über ihn erzählt? Oder spricht er nie mit Ihnen über seine Arbeit? Ich kann mir vorstellen, dass Sie bei den zahlreichen Ausstellungseröffnungen als seine Begleitung dabei waren und daher viele Künstler kennengelernt haben.«

Frau Schmutzer lächelte unter ihrem Tränenmantel hervor, sie fühlte sich leicht geschmeichelt. »Schon, aber … Nicht so richtig, wissen Sie? Solche Eröffnungen sind oberflächliche Veranstaltungen, da führt man mit niemandem tiefergehende Gespräche. Höchstens mit Geldgebern, die man hegen und pflegen oder neu gewinnen will. Ja, ich kann schon behaupten, dass ich in dieser Hinsicht meinem Mann eine gewisse Unterstützung bin.« Erneut zupfte sie an ihrer Bluse.

»Und Sterner?«, ergriff der Novak das Wort. »Hatten Sie einmal die Gelegenheit, mit ihm zu sprechen?«

»Nein!« Die Antwort kam so schnell, streng und entschlossen, dass Dr. Fried erschrak.

»Aber mein Mann hat mir einiges über ihn erzählt …«

Nun wurde sie wieder weicher und sah Dr. Fried flehentlich an. Langsam bekam er den Eindruck, einer theaterreifen Vorstellung beizuwohnen, und doch hielt er die Frau für aufrichtig und echt. Wahrscheinlich gehörte sie zu jener Sorte Mensch, die nichts ohne eine gewisse Inszenierung tat. Jeder Schritt im Leben war ein kleiner Auftritt.

»Dann wäre ich Ihnen sehr verbunden, gnädige Frau, wenn Sie uns das alles erzählen würden. Bitte versuchen Sie, sich so gut wie möglich zu erinnern. Lassen Sie nichts aus, auch nichts, was Ihnen nebensächlich erscheint.«

»Am besten beginnen Sie damit, warum Ihr Mann Sterner als Künstler so geschätzt hat«, schlug der Novak vor.

Aus Frau Schmutzers Gesicht sprach Entsetzen. »Als Künstler geschätzt? Wer behauptet denn so etwas?«

»Stimmt es etwa nicht?«, wunderte sich Dr. Fried. »Schließlich hat Ihr Mann immer wieder versucht, Sterner zu fördern und ihn bei diversen Ausstellungen unterzubringen.«

»Ihr Mann hat sich für Sterner starkgemacht«, bekräftigte der Novak. »Mir wurde berichtet, dass er sich zum Beispiel bei der Dezennium-Ausstellung des Künstlerbundes sehr dafür eingesetzt hat, dass Werke von Sterner aufgenommen wurden.«

»Das hat Ihnen Konstantin Stoitzner erzählt, nicht wahr?«

Dr. Fried war beeindruckt. Die Frau dachte mit, ja vielleicht war sie ihnen sogar ein, zwei Gedankensprünge voraus.

»Wir sind gute Freunde, Konstantin und ich«, fuhr sie fort. »Ihre Diskretion ist hier also überflüssig. Wir pflegen einen offenen Umgang miteinander.«

Allerdings nicht so offen, dass er von den Gerüchten um Ferdinand Schmutzer erzählt hätte, dachte sich der Novak. Diese jetzt anzusprechen, erschien ihm als falsch. Die Frau war nach der Verhaftung ihres Mannes sowieso schon aufgeregt genug.

»Mein Mann schätzt die Kunst von Sterner nicht, das dürfen Sie mir glauben. Dass er ihn gefördert hat, hat andere Ursachen. Ach, gefördert! Das klingt so beschönigend. Im Grunde hatte er keine andere Wahl. Was Sterner produziert hat, war sehr eigenartig. Es hatte keine durchgehende Linie, es war beliebig, wenn Sie verstehen, was ich meine. Jeder Künstler hat seinen eigenen Stil, seine Charakteristika. Die können sich im Laufe der Jahre entwickeln, das müssen sie sogar, ein Künstler ohne Entwicklung läuft sich tot. Aber bei Sterner war jede Skulptur anders. Und manche waren richtig schlecht, auch handwerklich. Nein, mein Mann hat Sterner als Künstler nicht geschätzt.«

»Eine ähnliche Einschätzung zu Sterners Kunst habe ich auch von Konstantin Stoitzner erhalten«, gab der Novak zu, mit diesem gesprochen zu haben.

»Dann haben Sie das Urteil eines weitaus besseren Kunstkenners zu hören bekommen, als ich es bin. Glauben Sie ihm ruhig!«

»Und warum hat Ihr Mann Sterner dann so stark unterstützt?«, fragte Dr. Fried. »Weil er sich als Direktor der Secession dazu verpflichtet fühlte?«

Frau Schmutzer lachte auf. »Michael Sterner hat meinen Mann erpresst!«

Der Satz saß wie ein Fausthieb in die Magengrube.

»Er war ein fieser Charakter, ich glaube, ich habe

in meinem ganzen Leben keinen schlechteren Menschen kennengelernt. Er hat alles getan, um sein Vorankommen zu befördern, nur sich als Künstler angestrengt, das hat er nicht. Er konnte es einfach nicht. Aber er war gut darin, Menschen gegeneinander auszuspielen oder sie unter Druck zu setzen.«

Dr. Fried kratzte sich hinter dem Ohr. »Nun wird es leider heikel, gnädige Frau, doch ich muss Sie das fragen: Womit hat Sterner Ihren Mann erpresst? Mir ist schon klar, dass Sie nichts sagen möchten, das Ihren Mann belastet, aber vielleicht ist es immer noch besser, als ihn als mutmaßlichen Mörder dastehen zu lassen?«

»Es gibt nichts, das meinen Mann belasten könnte«, antwortete Frau Schmutzer mit Empörung in der Stimme. Der Ausdruck ihres Gesichts wurde stolzer, sie rutschte auf dem Stuhl herum und saß schließlich noch gerader, ja steifer da. »Sterner hat damit gedroht, allen zu erzählen, dass mein Mann homosexuell wäre und mit ihm eine ›Beziehung‹ gehabt hätte.« Sie schüttelte sich.

»Ihr Mann ist …?« Der Novak staunte.

»Nein! Ist er nicht!« Die verärgerte Ehefrau schrie es beinahe heraus. Leiser wiederholte sie: »Nein, mein Mann ist nicht homosexuell. Sterner war es, er hat es nie verheimlicht. Er hat geradezu damit geprahlt, auch so eine abstoßende Seite an ihm. Er hat sich damit gebrüstet, dass ihm das Gesetz und der Staat egal seien. Aber es ist ihm nie etwas passiert. Nie kam die Polizei, nie wurde er verhaftet oder angezeigt.«

Sie machte eine Pause und sah den Novak direkt an. »Warum eigentlich nicht?«

Der Novak blickte verwirrt zu Dr. Fried, zu Amalia, dann nahm er den Augenkontakt zu Frau Schmutzer auf. »Ich bin Kriminalpolizist«, antwortete er verwirrt, »nicht von der Sitte. Und wie hätte ich wissen sollen …?«

»Trotzdem«, beharrte Frau Schmutzer trotzig.

»Sie hätten ihn ja anzeigen können«, meinte Dr. Fried und löste damit eine massive Widerrede aus.

»Auf keinen Fall!«, überschlug sich Frau Schmutzers Stimme beinahe. »Stellen Sie sich nur vor! Sterner hätte meinen Mann sofort durch den Dreck gezogen, wenn ich das getan hätte!«

»Und Sie sind sicher, dass Ihr Mann keine … mit Sterner … hatte?« Dr. Fried kam sich komisch vor, wie er um die Sache herumredete, anstatt sie direkt anzusprechen.

»Na hören Sie mal! Selbstverständlich! Mein Mann hat mir alles anvertraut, offen und ohne Zurückhaltung. Sterner ist eines Tages zu ihm gekommen und hat unverfroren verlangt, mein Mann sollte ihn fördern und unterstützen, ansonsten würde er herumerzählen, dass sie seit einiger Zeit eine heimliche Beziehung führen würden. Und dann könnte sich mein Mann seinen Direktionsposten abschminken. Genau so hat Sterner es formuliert, mein Mann hat das Gespräch fast wortwörtlich wiedergegeben.«

»Seit wann ging das so? Wann hat Ihr Mann Ihnen das eröffnet?«

»Ein halbes Jahr sicher. Mein Mann hat mich nicht von Anfang an eingeweiht, zunächst hat er die Sache nicht ernst genommen, aber Sterner hat Druck auf ihn ausgeübt. Schließlich hat er gemeint: ›Man munkelt schon, Herr Direktor! Wollen Sie, dass Ihre Frau davon erfährt?‹ So hat es begonnen, mein Mann hat dann widerwillig versucht, Sterner und seine Skulpturen bei Ausstellungen unterzubringen.«

Das also waren die Gerüchte, die Stoitzner dem Novak gegenüber angedeutet hatte. Nur dass Stoitzner sichtlich nicht im Bilde war, dass Alice Schmutzer über alles Bescheid wusste.

»Deswegen muss mein Mann sofort aus dem Gefängnis entlassen werden«, fasste Frau Schmutzer zusammen und kehrte damit zu ihrem ersten Satz zurück, mit dem sie Dr. Frieds Wohnung betreten hatte.

Dr. Fried konnte der Frau schlecht sagen, dass er nichts tun konnte, das hatte er anfangs sowieso schon klargestellt, aber sie schien es nicht akzeptieren zu wollen. Ein Mann in seiner Position, meinte sie wohl, könne alles regeln.

»Wir werden uns größte Mühe geben«, blieb er unverbindlich. »Allerdings braucht das seine Zeit.«

Frau Schmutzer stand ruckartig auf, Dr. Fried und der Novak folgten. Amalia erhob sich langsam. Kurz standen sie schweigend da, jeder wusste, dass alles gesagt war. Dr. Fried geleitete Frau Schmutzer in den Flur und half ihr in den Mantel.

»Falls wir weitere Fragen haben ...«

»Zögern Sie nicht, Herr Dr. Fried! Ich bin jederzeit für Sie zu sprechen.« Sie platzierte den Hut kunstvoll auf ihrem Haar und streckte dem Kriminaloberinspektor die Hand entgegen. Er nahm sie, hauchte ihr aber keinen angedeuteten Kuss auf den Handrücken, wie sie es vielleicht erwartet hatte. Mit den Worten: »Ich hoffe, dass Sie mir sehr bald meinen Mann zurückbringen«, verabschiedete sie sich und trippelte die Stufen im Haus hinunter.

Dr. Fried lauschte ihr noch einige Sekunden hinterher.

»Sagt sie die Wahrheit?«, war die erste Überlegung des Novak, als Dr. Fried aus dem Flur zurückkehrte. Er wandte sich dabei auch an Amalia, von der er sich einen professionellen Rat als Psychologin erhoffte.

»Diese Frau ist berechnender, als sie den Eindruck macht«, meinte Amalia, und Dr. Fried nickte bestätigend. Er sah es genauso.

»Sie kommt her, um ihren Mann zu entlasten«, fasste er zusammen, was sich soeben ereignet hatte, »und dann erzählt sie Dinge, die im Grunde eher das Gegenteil bewirken. Eigentlich hat sie mit ihrer Aussage ihren Mann mehr belastet, als ihn von jedem Verdacht reingewaschen.«

»Und wenn sie die Täterin ist?«, überlegte der Novak. »Stellen wir uns vor, dass das Gerücht über Sterner und Schmutzer wahr wäre. Frau Schmutzer erfährt davon – Mord aus Eifersucht!«

Der Novak liebte es, wenn er als Motiv Eifersucht ins Spiel bringen konnte. Er behauptete – und das gar nicht einmal zu Unrecht –, dass Eifersucht das häufigste Motiv für einen Mord sei. Wenn Dr. Fried auf die Jahrzehnte gemeinsamer Zusammenarbeit zurückblickte, traf das durchaus zu.

»Frau Schmutzer ist vermutlich die Einzige, die weiß, ob zwischen Sterner und Schmutzer etwas gewesen ist oder nicht«, fuhr der Novak fort, als er die Skepsis in Dr. Frieds Gesicht sah.

»Ferdinand Schmutzer weiß es ebenfalls«, entgegnete der Kriminaloberinspektor. Nun griff auch er nach einem Krapfen und schnappte sich dazu ein Kuchengäbelchen, mit dem er ihn aufspießte, um nach und nach abzubeißen. Dabei drehte er den Krapfen so, dass er die Marmeladenfüllung bis zuletzt aufsparte. »Und Sterner, aber der ist tot«, fügte er mit vollem Mund hinzu.

»Wir können Schmutzer fragen«, schlug der Novak vor.

»Mehr als das«, sagte Dr. Fried ernst. »Wir sollten ihm einmal so richtig auf den Zahn fühlen. Ich denke, jetzt, da er in einer Zelle sitzt, ist er sicher leichter zu bearbeiten. Vielleicht gibt er uns gegenüber nun auch Dinge zu, die ihm unangenehm sind. Wir können ihm ja versichern, dass wir alles vertraulich behandeln. Auch wenn das natürlich irgendwann nicht mehr geht, wenn es die Beweisführung verlangt. Aber das müssen wir ihm ja nicht gleich so sagen. Jedenfalls sollten wir dafür sorgen, dass er uns alles, wirklich alles mitteilt, was wichtig sein könnte. Keine Geheimnisse. Schließlich geht es um sein Leben. Er will ja nicht als Mörder enden.«

»Gut«, war der Novak einverstanden. »Mit den Informationen, die uns Wurmer vielleicht über Sterner geben kann, haben wir sicher einige Vorteile und können beurteilen, ob das, was uns Schmutzer sagt, stimmen kann.«

»Und die Familie von Sterner haben wir auch noch«, meinte Dr. Fried. »Das sollte uns doch ein umfassendes Bild liefern.«

»Unser Fahrplan steht also«, sagte der Novak und erhob sich, um Amalia beim Abräumen der Tassen und Teller zu helfen. Einen Krapfen legte er sich zur Seite. »Für später«, flüsterte er Amalia zu, die in sich hineinkicherte.

Als er aus der Küche zurückkam, nahm er wieder Platz und beobachtete Dr. Fried, wie er mit dem Blatt Papier spielte, auf dem die Anschrift der Familie Sterner notiert war.

»Ich werde mit Hechter sprechen«, schlug Dr. Fried vor, »und ihm von dem berichten, was wir heute erfahren haben. Er soll nicht behaupten können, dass wir ihm wichtige Informationen vorenthalten. Im Gegenzug erwarte ich, dass er uns ein Gespräch mit Schmutzer gestattet.«

Der Novak nickte nachdenklich. Langsam beschlich ihn das unangenehme Gefühl, dass sie Dinge herausfinden könnten, die ihnen nicht gefallen würden. Aber das fiel eben unter die Kategorie Berufsrisiko.

Dreizehntes Kapitel: 14. Dezember, früher Abend

Sie hatten beschlossen, sich die Wartezeit mit einem beliebten Kartenspiel zu vertreiben. Für das Bauernschnapsen fehlte ihnen eine Person, also entschieden sie sich für das Dreierschnapsen, bei dem ein Spieler gegen die beiden anderen spielte. Amalia schien sich darüber sehr zu erheitern und zog sich relativ schnell zurück.

Für eine Zeit lang vergaßen sie alles um sich herum und verbrachten eine lockere Stunde, innerhalb der der Novak seinen reservierten Krapfen verzehrte und sich den Vorwurf Amalias einhandelte, mit seinen Fingern auf den Karten Fettflecken zu hinterlassen. Sie brachte ihm eine Serviette, mit der er sich leicht errötend die Hände abwischte. Dr. Fried teilte die Karten für eine neue Runde aus, bezeichnete Amalia scherzhaft als streng, was er jedoch vollkommen richtig fände, und brachte den Novak damit endgültig aus der Konzentration. Er spielte in der folgenden Runde mehrmals die falsche Karte aus und bescherte Amalia somit einen neuen Punktehöchststand.

Gerade als er meinte, langsam aufzuholen, hörten sie, wie die Tür aufgeschlossen wurde.

»Max!«, rief Dr. Fried halb erschrocken, halb erwartungsvoll aus.

»Wurmer!«, rief der Novak, der mit einem Schlag mit den Gedanken wieder beim Fall Schmutzer war.

Amalia saß still da, auf ihrem Gesicht lag eine gewisse Anspannung.

»Ich gehe schon«, bot sie sich an, noch bevor ihr Vater sich erheben konnte, und lief in den Flur hinaus, um ihren Mann zu empfangen.

Dr. Fried sammelte die Karten ein und schob sie in die Schachtel zurück, deren Lasche ein wenig eingerissen war. Der Novak faltete die Serviette und legte sie neben die Karten hinten auf den Tisch. Er und Dr. Fried warfen sich einen Blick zu, mit dem sie sich gegenseitig versicherten, bereit zu sein für Wurmer und seinen ganz besonderen Auftritt, der sie ohne jeden Zweifel erwarten würde.

»Es hat gedauert, aber ich konnte mein Versprechen halten!« Max trat auf seine Krücke gestützt strahlend ein.

Im Schlepptau folgte ihm der junge Künstler, der wie immer seine graue Soldatenhose trug, ein schlaffes Hemd, das schlampig in den Hosenbund hineingestopft war, und darüber wieder den Feldmantel. Die Verbände an seinen Händen strahlten in einem frischen Weiß, und Dr. Fried fragte sich, wie oft er zum Wechseln ging. Er stand hinter Max, als wollte dieser ihn vor Dr. Fried und dem Novak versteckt halten.

Max drehte sich zu Wurmer um und half ihm aus dem Mantel, der wohl ähnlich viele Tode gesehen hatte wie sein Träger, und hängte ihn im Flur auf. Nun stand Wurmer vor den beiden älteren Männern, die sitzen geblieben waren.

»Warte!« Amalia fasste Max am Ärmel und zog ihn mit sich in ihr Zimmer. Sie schloss die Tür, die Stimmen der beiden waren nur dumpf zu hören, aber nicht zu verstehen. Sie schienen heftig zu diskutieren, doch Dr. Fried wollte dem keine Beachtung schenken. Es ging ihn schlichtweg nichts an, es war eine Sache zwischen den Eheleuten.

»Wir sind Ihnen sehr dankbar, dass Sie sich zu uns bemüht haben«, richtete Dr. Fried das Wort an Wurmer und lud ihn ein, sich zu ihnen zu setzen. »Falls wir Ihnen etwas anbieten können …«

Wurmer nahm auf einem Stuhl Platz und schüttelte den Kopf. »Danke, sehr freundlich, aber ich habe bei meiner Schwester ausgiebig gegessen.« Er lehnte sich selbstbewusst zurück, sodass der Stuhl ein leises Knarzen von sich gab. Um seine Lippen lag wieder dieser Zug zwischen Lächeln und Hochmut, den Dr. Fried nicht genau bestimmen konnte. Vielleicht war es nur die Maske eines Mannes, der sich aufgrund seiner sexuellen Orientierung panzerte, um sich nicht angreifbar zu machen.

»Max sagte mir, Sie hätten Fragen zu Sterner.« Wurmer war direkt wie immer, verschränkte die Arme vor der Brust, sodass die beiden dicken weißen Hände wie zwei Signalzeichen wirkten.

»Allerdings«, bestätigte Dr. Fried und war kurz irritiert durch Geräusche hinter Amalias Zimmertür, die wie heftige Schritte oder das Verschieben von Möbeln klangen. »Wie geht es eigentlich Ihren Händen?«, wich er auf einmal vom Thema ab und deutete auf die weißen Fäustlinge. »Ich nehme an, Sie müssen genauso wie Max immer wieder bei einem Militärarzt zur Kontrolle antreten?«

»Und ob!«, rief Wurmer heiter aus. »Doch die können nicht viel machen. Meine Schmerzen können Sie nicht beurteilen, obwohl die sicher genau wissen, wie schlimm derartige Verbrennungen sind. Nun, sie sehen sich die Entwicklung der Verletzungen an, aber was soll ich sagen: Das dauert! Ich bin froh, dass meine Schwester sich hervorragend darauf versteht, Verbände zu wechseln und die pflegenden Salben aufzutragen. Glauben Sie mir, die Schmerzen sind manchmal heftig. Und ich kann ja mit diesen Händen nichts machen!«

Die Tür zu Amalias Zimmer wurde aufgerissen, und Amalia kam wie ein Wirbelwind ins Wohnzimmer geschossen. Sie wirkte ein wenig ärgerlich, allerdings schien der Großteil des Ärgers schon verraucht. »Ich habe ihn breitschlagen müssen, aber nun ist er endlich einverstanden. Max und ich drehen ein paar Runden ums Haus. Da kann man besser reden.«

Dass ihm Bewegung nicht schadete, sondern im Gegenteil gut für ihn war, hatte Max ja bereits erwähnt, doch Dr. Fried bezweifelte, dass ein Spaziergang mit Krücke die ideale Ausgangslage für ein Gespräch war.

Sicher war es Amalia gewesen, die darauf gedrängt und bestanden hatte. Max' resignierter Blick hinter ihrer Schulter gab Dr. Fried diesbezüglich Gewissheit.

Amalia weiß schon, was sie tut, dachte er sich und nickte ohne ein Wort.

»Zum Abendessen sind wir zurück, keine Sorge. Du bleibst doch, Onkel Novak?«

Der Novak zog die Mundwinkel nach unten, überlegte in theatralischer Unentschlossenheit und seufzte schließlich übertrieben laut. »Da bleibt mir wohl nichts anderes übrig«, tat er so, als sähe er keinen Ausweg. Aber natürlich freute er sich.

»Sie können natürlich auch gerne bleiben, Herr Wurmer«, wandte sich Amalia an Max' Kameraden.

Dr. Fried wünschte sich, dass dieser ablehnte. Es genügte ihm schon, mit ihm über Sterner sprechen zu müssen. Auf ein Tischgespräch mit diesem Mann über alle möglichen Themen der Welt hatte er keine Lust.

»Das tut mir leid, Frau Becker«, entschuldigte Wurmer sich und stand auf. Er deutete eine leichte Verneigung in Richtung von Amalia an. »Meine Schwester erwartet mich möglichst bald zurück.«

Er warf einen Blick zu Dr. Fried, mit dem er ausdrücken wollte, dass dieser seine Fragen schnell und gezielt stellen möge. Der Mann war ein Ausbund an Selbstgewissheit.

Als Amalia und Max gegangen waren, bot Dr. Fried Wurmer erneut etwas an.

»Ein Glas Wasser vielleicht?«, meinte er. »Es redet sich leichter, wenn die Kehle nicht so trocken ist.«

Wurmer lehnte erneut ab. »Besser nicht, Herr Doktor. Sie müssten mir jeden Schluck einflößen, ich kann das Glas nicht einmal richtig halten mit diesen klobigen Knoten, die meine Hände zurzeit sind. Das wäre mir peinlich. War es mir, ehrlich gesagt, schon beim letzten Mal.«

»Dann lassen Sie uns zur Sache kommen«, beschloss Dr. Fried.

»Deshalb bin ich hier. Fangen Sie an!«

Wurmers Ton und Haltung erinnerten Dr. Fried an schwierige Vernehmungen mit Zeugen, die nicht mit allen Details herausrücken wollten und diese auf raffinierte Weise verbargen. Sie kontrollierten jedes Wort, jeden Satz, oft in dem Bestreben, sich nicht selbst verdächtig zu machen. Nur dass er es hier nicht mit einem Zeugen zu tun hatte. Vielleicht war sein Verhalten eine Folge des Kriegs.

»Sterner«, sagte Dr. Fried nur.

Wurmer sah ihn aus großen Augen an, in denen das Unverständnis eines kleinen Jungen lag.

»Erzählen Sie mir alles, was Sie über ihn wissen. Und lassen Sie nichts aus.«

»Auch nicht die intimen Details?«, fragte Wurmer frech. Dabei grinste er auf seine typische Weise und blickte zwischen Dr. Fried und dem Novak hin und her.

»Wenn Sie uns diese ersparen könnten, wäre ich Ihnen verbunden«, wehrte Dr. Fried ab. »Ich glaube nicht, dass diese etwas zur Sache tun.«

»Verbunden, jaja!«, lachte Wurmer und winkte mit

beiden Händen. »Verzeihen Sie, ein geschmackloser Scherz von mir, aber so bin ich nun einmal.«

»Wie haben Sie sich kennengelernt?«, fragte der Novak, um einen Ausgangspunkt zu setzen.

»An der Akademie«, antwortete Wurmer. »Er war in derselben Meisterklasse wie ich. Sein Talent war unübersehbar.«

Das sah Stoitzner anders gesehen, erinnerte sich der Novak, doch er widersprach nicht. Schließlich war es ja durchaus möglich, die künstlerischen Hervorbringungen eines Menschen unterschiedlich zu beurteilen.

»Wir haben uns beide fürs Modellieren und für Skulpturen interessiert«, fuhr Wurmer fort und tat dies in einem bemerkenswert sachlichen Tonfall. Die Erinnerung an die alten Zeiten schien ihn milde zu stimmen. »Wussten Sie, dass Michael aus Oberösterreich stammte? Man hörte es ein wenig heraus, wenn er sprach, auch wenn er sich sehr bemühte, seinen Dialekt abzulegen. Gelang ihm nicht wirklich gut.«

Wurmers Mundwinkel gingen leicht nach oben, und es war diesmal keines dieser schiefen, zynischen Lächeln. »Er hat seine erste Ausbildung an der Salzburger Staatsgewerbeschule erhalten, hat dann noch weitere Schulen besucht, aber fragen Sie mich nicht, welche. Sein erstes Geld hat er mit Schnitzereien verdient, vor allem im religiösen Bereich. Na ja, nicht so meins. Krippenfiguren gingen am besten! Kennen Sie die Kirche Maria vom Siege? Dort finden Sie eine Krippe von ihm. Ist sicher einen Ausflug wert, wir haben ja bald Weihnachten.« Jetzt blitzte wieder der Schalk aus seinen Augen.

»Wie waren seine Noten an der Akademie?«, hakte der Novak nach. »Oder wie auch immer man dort bewertet wird. Man bekommt doch einen Abschluss, oder?«

»Natürlich bekommt man den. Michael hat einen. Vielleicht nicht mit den besten Noten und größten Belobigungen, aber darauf kommt es am Ende nicht an, nicht wahr? Der Weg, den man geht, die Entwicklung eines Künstlers, das ist es, was zählt.«

»Und er hat sich entwickelt?« Der Novak wollte Wurmer unbedingt mehr zu dessen Einschätzung von Sterner als Künstler entlocken. Es konnte doch nicht sein, dass er ihn so ganz anders bewertete als Stoitzner. »Oder hängt das davon ab, wen man fragt?«, schob der Novak nach.

»Konkurrenz ist immer ein starkes Motiv«, gab sich Wurmer betont grüblerisch, »wenn man über die lieben Kollegen spricht. Schließlich gönnt man sich selbst den Erfolg mehr als einem anderen.«

»Sind Künstler nicht eher Partner als Konkurrenten?«, hakte der Novak nach. »Ich muss zugeben, ich hatte da bislang eine romantisierende Vorstellung.«

Wurmer lachte auf. »Ja, Sie denken wahrscheinlich an Tischbein und Goethe in Rom und an die vielen deutschen Maler, die im frühen 19. Jahrhundert in Italien waren.«

Der Novak hatte zwar nicht an diese gedacht, weil er die angesprochenen Maler gar nicht kannte, aber er ließ Wurmer weitersprechen.

»Das waren andere Zeiten – und ich persönlich glaube nicht, dass es damals nicht auch Auseinandersetzungen und Neid und das Streben, selbst besser zu sein, gegeben hat. Sehen Sie sich an, wie die Kunstszene heute aufgeteilt ist! Oder die *Künstler*szene, wenn Sie sie lieber so nennen wollen. Wie viele Vereinigungen haben wir allein in Wien? Es sind ja nicht nur die Secession oder der Hagenbund. Die Wiener Werkstätte, das Künstlerhaus, viele kleinere, die keinen offiziellen Charakter haben. Da wimmelt es nur so von Künstlern! Und jeder beäugt den anderen argwöhnisch.«

Wurmer blickte auf die Tischdecke. Wo der Novak saß, gab es Spuren von Staubzucker, der von seinen Krapfen stammte.

»Und wie taktierend auch Künstler sein können, sehen Sie daran, wie oft manche ihre Vereinigung wechseln. Da stehen sie Politikern in nichts nach. Es genügt, sich persönlich beleidigt zu fühlen, um beizutreten und wieder auszutreten.«

»Sind Sie Mitglied irgendwo?«

»Natürlich bin ich Secessionist!« Wurmer sprach es mit Stolz aus.

»Und wie sind Sie zur Kunst gekommen? Max erwähnte, dass Sie aus Graz stammen.« Dr. Fried wollte noch ein wenig über den jungen Mann erfahren, bevor er ihn über Sterner weitererzählen ließ.

»Ja, aus Petersbergen, einem kleinen Vorort. Ich habe früh meine Eltern verloren, da war ich noch ein kleiner Junge. Irgendwie sind meine Erinnerungen daran total verblasst, aber vielleicht braucht das die Seele, um solche Erlebnisse auszuhalten. Ich hab damals schon viel gezeichnet. Meinem Vormund, in dessen Familie ich aufgenommen wurde, hat das überhaupt nicht gefallen. Kritzeleien hat er meine Zeichnungen genannt und von mir verlangt, dass ich etwas Ordentliches lerne. Also wurde ich Maurerlehrling. Aber meine Schwester hat mich immer unterstützt. Sie ist ein paar Jahre älter und hat ein Gesuch an den Kaiser geschrieben, damit ich ein Stipendium für die Kunstakademie bekomme. Und stellen Sie sich vor: Es hat tatsächlich geklappt! Und da ich mich neben der Malerei auch für Skulpturen interessiert habe, habe ich dort Michael kennengelernt.«

Und damit waren sie wieder bei Sterner angelangt. Dr. Fried machte sich darauf gefasst, einige Details über den Beginn und Verlauf ihrer Bekanntschaft zu erfahren, die er lieber nicht gewusst hätte, aber da musste er durch. Als Polizist musste man akzeptieren, dass das menschliche Leben unfassbar unterschiedlich ausfallen konnte. Diese Lektion hatte er schon gelernt, als er noch ein Uniformierter auf der Straße gewesen war.

»Ich nehme an, ich soll Ihnen nun einiges über Michael Sterner verraten, oder?«

Da war wieder der kecke Ton in der Stimme und das herausfordernde Blitzen in Wurmers Augen. Was er nun erzählen würde, würde er genießen und auskosten – einfach um der kleinen Provokationen willen, um die er seine Erzählung ergänzen konnte. »Interessiert Sie unser erstes Mal?«

Dr. Fried und der Novak schüttelten im Einklang den Kopf.

»Ein kleiner Scherz, Sie verzeihen.« Der junge Künstler befand sich wieder im seinem Element – unangebrachte Kommentare von sich geben. »Es ist ja nicht so, dass man gleich bei der ersten Bekanntschaft über so etwas spricht. Sexuelle Interessen und Veranlagungen, meine ich. Aber wenn man sich besser kennenlernt, dann erkennt man am anderen schon das eine oder andere … Spezielle. Ist es nicht so?«

Da weder der Novak noch Dr. Fried Erfahrungen dieser Art gemacht hatten, zuckten sie die Schultern.

»Wir sind einander über unsere Arbeiten nähergekommen«, fuhr Wurmer fort und bemühte sich, sowohl Dr. Fried als auch den Novak fest im Blick zu behalten. »Ich habe Michael meine Zeichnungen gezeigt, die ihn begeistert haben. Er meinte, sie könnten hervorragend als Anregungen und Vorlagen für kleine Skulpturen dienen. Ich fand das damals recht interessant. Also hat er mir ein paar seiner Werke gezeigt. Und da ist es passiert. Es war wie eine Explosion! Wir haben uns nicht einmal auf sein Bett zurück…«

»Jaja«, winkte Dr. Fried ab. »Diese Details können Sie gerne überspringen.«

»Ich dachte nur, Sie wollen alles ganz genau wissen«, genoss Wurmer die Situation. »So ist das doch bei der Polizei, oder? Nicht dass ich damit persönliche Erfahrungen hätte!« Seine beiden weißen Handknollen schossen wie in einer abwehrenden Bewegung nach oben.

»Sie wollten uns damit also nur sagen, dass Ihre Beziehung sehr rasch begonnen hat«, fasste der Novak zusammen.

Wurmer nickte mit gespielt ernster Miene. »Natürlich.« Er verschränkte wieder die Arme vor der Brust. Vielleicht war es die bequemste Art, die verbundenen Hände zu halten.

»Ich habe mich tatsächlich dazu überreden lassen, mich an ein paar Skulpturen zu versuchen. Nun ja, das ist ein anderes Thema, Sie wollen natürlich mehr über Sterner und mich wissen.« Er zwinkerte dem Novak zu, der nicht darauf reagierte. »Es plätscherte eine Zeit lang dahin zwischen uns. Irgendwann habe ich bemerkt, dass ich nicht der Einzige für Michael bin. Also ›bemerkt‹ … einen Verdacht hatte ich eben. Ein ungutes Gefühl, wenn Sie so wollen. Sie kennen das doch, wenn ein Partner sich von einem zu entfernen scheint?«

Erneut schüttelten Dr. Fried und der Novak einhellig den Kopf.

»Sie Glücklichen …« Wurmer schluckte, legte eine berechnete Kunstpause ein, ehe er fortfuhr. »Michael war nicht zuverlässig. Verabredungen ließ er immer häufiger kurzfristig platzen, und wenn wir beieinander waren – Sie wissen schon! –, lief es nicht mehr so wie früher. Es hat sich sehr schnell verändert. Von einem knisternden Lagerfeuer unter freiem Himmel hin zu einem …« Ihm fiel das Adventsgesteck Amalias in den Blick, neben dem eine Streichholzschachtel lag. »Ja, genau: zu einem abgebrannten Streichholz. Und dann habe ich erfahren, dass er sich seine immer besser werdenden Kontakte ›erschlafen‹ haben soll. Er wurde zunehmend gefördert. Als Künstler hat er es verdient, da hege ich nicht den geringsten Zweifel.

Seine Skulpturen wurden von Mal zu Mal kunstfertiger. Die Teilnahme an jeder einzelne Ausstellung hat er verdient. Er hätte es nicht nötig gehabt, sich deswegen mit den tonangebenden Künstlern und Direktoren einzulassen.«

Eine Frage brannte Dr. Fried auf den Lippen. Sollte er sie stellen? Sollte er Schmutzer ins Spiel bringen? Was würde Wurmer denken? Oder wollte er vielleicht – ohne den Namen auszusprechen – andeuten, dass eben auch Schmutzer, der Direktor der Secession, einer derjenigen war, bei denen Sterner sich »hochgeschlafen« hatte?

»Sie denken an Ihren Freund, richtig?«

Manchmal war Wurmer Dr. Fried ein wenig unheimlich. Beinahe konnte man meinen, er las in den Gedanken anderer. Oder konnte zumindest deren Gemütslage unmittelbar erkennen und bestimmen. Dr. Fried entschloss sich zu einer unverfänglichen Formulierung. »Was halten Sie von ihm? Von Schmutzer, meine ich?«

»Eine untadelige Persönlichkeit, die zu Recht die Secession leitet. Ein Künstler, der … Ach, ich würde sagen, es muss nicht jeder ein Star wie Gustav Klimt sein. Schmutzer gehört zu jenen, die es verstehen, das Getriebe am Laufen zu halten. Ich schätze ihn durchaus.«

Die Standuhr im Flur, wohin Dr. Fried sie verbannt hatte, um ihren Klang im Alltag zu dämmen, schlug zur vollen Stunde. Wurmer drehte sich um und warf einen Blick hinter sich.

»Es ist spät«, meinte er und stand auf. »Meine Schwester erwartet mich.«

»Natürlich, Sie erwähnten es.«

Auch Dr. Fried erhob sich und hielt Wurmer die Hand entgegen. Ruckartig zog er sie weg, als er seinen Fauxpas bemerkte.

»Es ist nur wegen des Verbandwechsels«, erklärte Wurmer. »Wir machen das mehrmals am Tag, meine Schwester ist darin richtig geübt. Aber sie besteht darauf, dass ich unsere Zeiten einhalte. Sie hat ja auch noch anderes zu tun, sagt sie immer wieder.« Wurmer lachte auf, verabschiedete sich vom Novak und ließ sich von Dr. Fried hinausbegleiten.

»Nicht gut«, meinte der Novak, als Dr. Fried sich wieder zu ihm setzte. »Es ist nichts dabei gewesen, was Schmutzer entlasten könnte. Eher im Gegenteil.«

Dr. Fried brummte unzufrieden.

»Es sei denn, man möchte Wurmer einen Mord aus Eifersucht an seinem Verflossenen anhängen«, fuhr der Novak fort, ließ jedoch erkennen, dass er es nicht ernst meinte. »Ich weiß, nach ein paar Jahren eher unwahrscheinlich. Und irgendwie scheint ihm ja nicht mehr viel an Sterner gelegen zu haben. Ich denke, er hat ihn und ihre Affäre längst abgehakt.«

»Ach, Novak!« Dr. Fried schmunzelte seinen alten Freund an. »Das Wichtigste übersehen Sie jetzt aber vor lauter Jagd nach dem Eifersuchtsmotiv. Wie hätte Wurmer eine solche Tat mit den verbundenen Händen durchführen sollen?«

Der Novak klatschte sich die flache Hand auf die

Stirn. »Natürlich!«, rief er aus, stand auf und verschwand in der Küche, um sich noch einen Krapfen zu holen.

Vierzehntes Kapitel: 15. Dezember, vormittags

Es nutzte nichts. Dr. Fried konnte mit seinen Informationen nicht hinter dem Berg halten. Er fühlte sich verpflichtet, Hechter alles zu berichten, auch wenn er Schmutzer damit zweifelsohne schadete.

Jedoch musste er sich eingestehen, inzwischen selbst stärkere Zweifel zu haben. Zu gut passten die einzelnen Indizien zusammen. Andererseits war es ihm bei früheren Fällen immer wieder verdächtig erschienen, wenn sich die Dinge allzu willig zusammenfügten. Aber wenn einmal die Zweifel in einem nagten, konnte man sich diesen nur schwer entziehen.

Frau Schmutzer und Wurmer hatten Dr. Fried einen Blick auf dasselbe Gemälde aus unterschiedlichen Perspektiven eröffnet. Dass er mit beiden nicht zufrieden war, war weder deren noch seine Schuld. Und doch bestand ein Gemälde aus so vielen einzelnen Details, dass Dr. Fried sich zum aktuellen Zeitpunkt weigerte, sich bereits einen Gesamtüberblick verschafft zu haben. Das war wie bei den Bildern von Bruegel, auf denen es nur so wimmelte und flirrte, dass man sich nicht sattsehen konnte. Und jedes Mal fielen einem neue kleine Szenen auf, die man zuvor nicht bemerkt, nicht beachtet hatte.

Das Bild, das Wurmer ihnen von Sterner vermittelt hatte, war ein janusköpfiges gewesen. Auf der einen Seite der begabte Künstler, dem Wurmer die allergrößte Karriere gewünscht hätte, auf der anderen der in Beziehungsangelegenheiten berechnende, kalte, rücksichtslose Mann. In dieser Hinsicht schien sich alles mit der Geschichte rund um die Erpressung zu decken, die Bewertung als Künstler könnte allerdings nicht unterschiedlicher ausfallen. Aber natürlich war auch denkbar, dass Wurmer nicht objektiv urteilte und seinem Verflossenen mehr Qualität zusprach, als er tatsächlich zu liefern imstande gewesen war.

Es waren solche und viele weitere Gedanken, die Dr. Fried durch den Kopf gingen, als er auf dem Weg in die »Liesl« war. Die anderen drehten sich wieder einmal um Amalia und Max. Als sie von ihrem Spaziergang zurückgekommen waren, waren sie nicht gerade sonderlich mitteilsam gewesen. Amalia hatte sich mit einem Eifer für den aktuellen Fall interessiert, der Dr. Fried beinahe überdreht erschienen war. Als würde sie mit aller Macht ein Thema suchen, das von ihr und Max wegführte. Dabei hätte Dr. Fried so gerne einen Satz gehört wie »Es ist alles in Ordnung« oder »Wir finden langsam wieder zueinander«.

Nein, die beiden waren weit voneinander entfernt. Das konnte jeder sehen, der mit offenen Augen durch die Welt ging. Und Dr. Fried sah es auch mit seinem

Herzen. Er hätte so gerne Gewissheit gehabt. Aber das Leben hatte es so an sich, mit Gewissheiten eher zu geizen.

»Ah, Herr Dr. Fried!« Der Portier stand vor dem Haupteingang, eine halb gerauchte Zigarette zwischen den Fingern und mit offener Uniformjacke, als wäre es kein Wintertag mit niedrigen Temperaturen. Er war wohl sehr widerstandsfähig. »Der Urlaub ist doch nicht schon vorüber?«

Wie es sich für einen guten Portier gehörte, wusste er über alles und alle genau Bescheid. Selbst über Dinge, die nicht offiziell waren. Und manchmal sogar über eigentlich Geheimgehaltenes.

»Nein, nächste Woche erst«, antwortete Dr. Fried und stellte sich kurz zu dem kleinen Mann, der weniger wie ein beeindruckender uniformierter Polizist aussah, sondern eher wie ein unterbeschäftigter Hauswart, der sich schnell überfordert fühlte, sich aber dennoch für wichtig hielt.

»Kommissar Hechter ist schon da?«, fragte Dr. Fried wie beiläufig. »Ich dachte mir, ich besuche ihn und sehe nach, ob er gut zurechtkommt.«

Der Portier nahm einen kräftigen letzten Zug von der Zigarette, drückte sie an der Fassade aus, wo Dr. Fried einen dunkelgrauen Fleck erkannte, dessen Ursache er nun eindeutig erklären konnte, und steckte den Rest in die Tasche seiner Jacke. Er machte es immer so, den Stummel entsorgte er im Aschenbecher, der in seiner Portiersloge stand.

»Und wie der zurechtkommt, Herr Doktor! Er hat

gerade erst jemanden festgenommen. Ich glaube, er hat den Fall rund um den toten Künstler gelöst. Ach, Sie wissen natürlich nicht, worum es da geht!«

Und der Portier erzählte dem Kriminaloberinspektor in aller Ausführlichkeit und mit zahlreichen Ausschmückungen, was dieser eigentlich bereits wusste. Der Portier war tatsächlich nicht schlecht informiert, wer auch immer seine Quelle sein mochte. »Ich glaube, dass der Herr Kommissar nach ein paar Verhören ein Geständnis bekommen wird«, schloss der Portier seine Erzählung ab. »Er hat so sicher ausgesehen, als er mit dem Mann angekommen ist, dass jeder Zweifel ausgeschlossen scheint.«

»Der Mann sitzt bei uns unten in einer der Untersuchungszellen?«

Der Portier nickte und knöpfte nun doch die Jacke zu. Langsam wurde ihm etwas frisch. »Unsere Kaisersuite«, scherzte er und deutete an, ins Innere gehen zu wollen.

Dr. Fried folgte ihm, grüßte den einen oder anderen Kollegen oder erwiderte Grüße, die an ihn gerichtet wurden. Die Treppe hinauf in den ersten Stock nahm er mit schnellen Schritten, folgte dem Gang nach links und öffnete schwungvoll die Tür zu dem Vorraum, in dem Frau Pollack seit Jahren zuverlässig und loyal ihre Arbeit verrichtete. Doch sie war nicht hier, stattdessen wandte ihre Kollegin ihm das Gesicht zu und blickte ihn mit großen Augen an.

»So eine Überraschung, nicht wahr?«, nahm Dr. Fried ihr das Wort aus dem Mund und trat ein.

Frau Scherzer nickte nur. Es war nicht typisch für sie, dass es ihr die Sprache verschlug. Verlegen schob sie Unterlagen auf ihrem Schreibtisch zurecht, dann stand sie auf, deutete auf die halb offen stehende Tür zu Dr. Frieds Büro, dann auf die Tür, durch die er soeben gekommen war. »Sie suchen sicher Herrn Kommissar Hechter«, kehrte ihr wacher Geist langsam zurück. »Der ist nicht da.«

Dr. Fried rührte sich nicht, verzog keine Miene.

»Also nicht hier, meine ich, nicht da, nicht in Ihrem Büro, Herr Doktor.«

»Was sollte er auch in meinem Büro?«, fragte Dr. Fried. Er forderte Frau Scherzer auf, sich wieder zu setzen, und kam auf sie zu. »Ich gehe gleich zu ihm hinüber, aber zuerst wollte ich fragen … Frau Pollack ist heute nicht anwesend?«

Frau Scherzer schüttelte den Kopf. »Sie hat sich den Tag freigenommen. Es geht ihr nicht so gut, sie meinte, sie brauche ein paar Tage hintereinander, um wieder ins Gleichgewicht zu kommen.«

»Hm.« Dr. Fried war etwas enttäuscht. »Aber egal. Ist die Akte zum Künstlermord zufällig bei Ihnen?« Er verwendete bewusst den von Hechter kreierten Begriff, um zu signalisieren, dass er auf dem Laufenden war. »Ich möchte Herrn Kommissar wichtige neue Informationen in dem Fall mitteilen.«

»Nein!«, sagte Frau Scherzer laut. Sie wirkte beinahe ein wenig verschreckt, was nicht zu der sonst so resoluten Frau passte.

»Ich soll ihm nichts mitteilen?«, wunderte sich

Dr. Fried und lächelte. Die Frau schien leicht verwirrt zu sein.

»Nein … Doch … Also ganz wie Sie wollen, Herr Doktor. Nur – die Akte … Die ist nicht hier!«

»Wohl bei Hechter drüben, nicht wahr?«

Sie zuckte die Schultern. »Ich glaube schon. Der Fall ist ja so gut wie abgeschlossen.«

Dr. Fried zog die Mundwinkel nach unten. »›So gut wie‹ ist nicht offiziell beendet«, meinte er und sah Frau Scherzer fragend an. »Der Herr Kommissar hat die Akte doch nicht bereits als abgeschlossen an den Untersuchungsrichter weitergeleitet?«

»Nein, nein!« Frau Scherzers Stimme war immer noch zu schrill. »Er wollte eigentlich nur …«

»Rücken Sie schon raus mit der Sprache!«, wurde Dr. Fried etwas grob.

»Nachdem Herr Novak hier war und einen Blick in die Akte geworfen hat, wollte der Herr Kommissar vermeiden, dass diese zu leicht zugänglich ist. Deshalb wollte er sie lieber bei sich in Obhut behalten, wie er es formulierte.«

Nun verstand Dr. Fried. »Da machen Sie sich mal keine Sorgen, liebe Frau Scherzer, das hat der gute Hechter völlig richtig gemacht«, sagte er und konnte der Sekretärin richtiggehend ansehen, wie sich ihr Körper und ihre Gesichtszüge entspannten.

Auch ihre Stimme pendelte sich wieder auf einer normalen Frequenz ein, als sie sagte: »Frau Pollack meinte, das würde Ihnen gar nicht gefallen. Ich bin ja so erleichtert, dass Sie es mir nicht übel nehmen.«

»Ich bitte Sie, Frau Scherzer! Was können *Sie* dafür? Das ist eine Anordnung eines Vorgesetzten, noch dazu des hauptverantwortlichen Ermittlers, da müssen Sie selbstverständlich Folge leisten. Sie haben alles richtig gemacht. So wie immer!«

Er schenkte ihr sein wärmstes Lächeln, dann verabschiedete er sich und trat auf den Gang hinaus. Erst als er die Tür hinter sich geschlossen hatte, ließ er zu, dass ihm das gespielte Lächeln aus dem Gesicht fiel und seine Miene steinern wurde.

Hechter betrachtete den Fall anscheinend als seinen privaten. Wäre er im Dienst gewesen, hätte Dr. Fried dem jungen Kollegen einmal richtig die Leviten gelesen, so jedoch musste er den Umstand wohl oder übel zur Kenntnis nehmen. Letztendlich änderte es nichts. Sie würden miteinander zu reden haben, und Dr. Fried fürchtete, dass er dabei derjenige sein würde, der mehr mitzuteilen hatte. Er rechnete nicht damit, dass Hechter Entlastendes recherchiert haben könnte, das man Schmutzer zugutehalten konnte.

Vielleicht brachten ihn seine Informationen aber in eine Verhandlungsposition, mit der er Hechter dazu bringen konnte, ihm den Besuch bei Schmutzer zu gestatten. Wobei sich Dr. Fried eigenartig fühlte, als Bittsteller bei Hechter vorzusprechen. Eigenartig? Nein! Er ärgerte sich regelrecht darüber. *Er* war der Vorgesetzte! *Er* war der Leiter der Abteilung. Und doch musste auch er die Regeln und Gesetze beachten. Gerade er! In seiner Position … Selbst wenn er nur mehr wenige Jahre bis zur Pensionierung hatte, so gab es doch Personen, die im Hintergrund lauerten, um ihn vorzeitig loszuwerden und sich selbst auf seine oder auch eine andere höhere Stelle zu hieven. Dr. Fried hätte zwei, drei Namen von Männern anführen können, die ihm nicht wohlgesonnen waren.

Aber würde Hechter so weit gehen, ihn zu denunzieren? Dr. Fried bemühte sich, diese Gedanken aus seinem Gehirn zu vertreiben, doch irgendwie schienen sie sich mit krummen, krakeligen Fingern festzuklammern. Dabei waren sie absolut nicht konstruktiv. Hechter hatte ihm viel zu verdanken und war bisher immer solidarisch gewesen, Dr. Fried hatte keinen Grund, so von dem jüngeren Kollegen zu denken.

Hechter schien gut gelaunt, als der Kriminaloberinspektor in sein Büro kam. Der Kollege, mit dem er sich den Raum teilte, sprang respektvoll auf, als Dr. Fried eintrat und ein selbstbewusstes »Grüß Gott« hervorstieß. Hechter blieb sitzen und wandte sich dem Vorgesetzten zu, eine Akte in der Hand, in der er soeben gelesen zu haben schien. Er lächelte, erwiderte den Gruß nicht ohne eine gewisse Herzlichkeit und wartete darauf zu erfahren, was Dr. Fried von ihm wollte. Der warf einen Blick zu dem stehenden Kollegen, der nach ein paar Sekunden den Wink verstand.

»Ich habe im Archiv zu tun«, sagte er leise, verabschiedete sich vom Kriminaloberinspektor und war verschwunden.

Ohne eine Aufforderung Hechters abzuwarten, nahm Dr. Fried auf dem Stuhl des Bürokollegen

Platz. Die Tische standen einander frontal gegenüber, ein schmaler Spalt dazwischen, wie ein Schützengraben, den weder die eine noch die andere Seite bislang erobert hatte. Wieso kam Dr. Fried gerade dieses kriegerische Bild in den Sinn? Vielleicht war nach wie vor dieser Ärger in ihm, der nicht abgeflaut war. Er musste sich zusammenreißen.

»Lieber Herr Kollege Hechter«, fing er an und atmete nach der Anrede lange und gedehnt aus. Am besten, er würde ohne Umschweife die Dinge ansprechen. »Ich denke, ich habe neue Informationen für Sie zum Fall Schmutzer.«

»Schön«, sagte Hechter und strahlte immer noch Freundlichkeit aus. »Obwohl der quasi bereits gelöst ist. Ich arbeite gerade an einer Vorabfassung des Endberichts. Sie sehen also: Wenn Sie kommende Woche aus Ihrem Urlaub zurückkehren, wird eine Last bereits von Ihren Schultern genommen sein.« Er fächelte mit der Akte durch die Luft.

»Nichtsdestoweniger – bitte, erzählen Sie, Herr Doktor. Schließlich soll die Akte ja möglichst vollständig und wasserdicht sein. Damit der Untersuchungsrichter die entsprechenden Schritte einleiten kann.«

Gerne hätte Dr. Fried Hechter direkt auf den Kopf zu gesagt, dass er sich irrte. Dass Schmutzer *nicht* der Täter war. Doch er wusste, dass er Hechter nicht überzeugen würde. Umso wichtiger war es, mit Schmutzer zu sprechen.

»Das mache ich auf jeden Fall«, setzte Dr. Fried an. »Vielleicht können auch Sie mir einen Gefallen tun?«

Hechter zog die Augenbrauen zusammen, entspannte sie aber gleich wieder, um keinen zu strengen Eindruck zu erwecken. Dr. Fried bemerkte, dass Hechter auf keinen Fall einen Streit wollte.

»Nichts für ungut, Herr Doktor«, meinte Hechter und lächelte. »Aber eigentlich ist es kein *Gefallen*, wenn jemand eine Aussage zu machen hat. Und wenn es etwas gibt, das Sie wissen, dann ist es ja eigentlich Ihre Pflicht, als Kriminalist wie als Staatsbürger. Nicht wahr?«

Hechter kleidete, was er meinte, in Sätze der Friedfertigkeit, so gut es ihm gelang. Und doch spürte Dr. Fried, dass die beiden Schreibtische in diesem Augenblick tatsächlich zwei Frontlinien bildeten.

»Ich würde mich freuen, wenn Sie mich kurz mit Schmutzer sprechen ließen«, ging der Kriminaloberinspektor nicht auf die Worte Hechters ein. »Ich glaube nämlich, dass es da Ungereimtheiten gibt.«

»Ungereimtheiten? Inwiefern?«

Also gut, beschloss Dr. Fried, machte er eben den ersten Schritt. Er berichtete von dem Besuch der Ehefrau Schmutzers, der Erpressung, die jeglicher Grundlage entbehrte, wovon er, Dr. Fried, persönlich überzeugt sei. Und auch Wurmers künstlerische wie menschliche Einschätzung des Getöteten verheimlichte Dr. Fried nicht.

Während er sprach, machte sich Hechter Notizen, wobei sein Gesicht eine stetig größer werdende Zufriedenheit verriet. Die Bleistiftspitze kratzte über ein Blatt Papier, immer wieder unterbrochen von einer Phase der Aufmerksamkeit Hechters, die oft mit einem Kopfnicken einherging.

»Das ist sehr gut«, sagte Hechter, nachdem Dr. Fried zum Ende gekommen war. »Ich gebe zu, das hat uns Frau Schmutzer nicht erzählt.«

»Na, sehen Sie«, zeigte sich Dr. Fried glücklich, auch wenn er sich nach wie vor nicht so fühlte. Nach wie vor hatte er den Eindruck, dass etwas zwischen ihnen beiden stand. Und das waren nicht allein die zwei Schreibtische.

»Es bestätigt alles, was ich bereits wusste«, fuhr Hechter fort und ließ den Bleistift auf den Schreibtisch fallen. »Schmutzer hat das Gleiche ausgesagt. Er hat lange versucht, die Erpressung vor seiner Frau zu verheimlichen, aber irgendwann ging es nicht mehr. Das Motiv liegt auf der Hand: Er und Sterner hatten ein Verhältnis, und weil die Gefahr einer gesellschaftlichen Ächtung für ihn immer drohender wurde, hat er Sterner getötet. So einfach ist das.«

»Schmutzer ist nicht homosexuell!«, warf Dr. Fried laut werdend ein. »Und er hatte somit auch keine Beziehung mit Sterner!«

»Woher wissen Sie das, Herr Doktor? Weil Schmutzer es sagt? Weil er es seiner Frau so erzählt hat? Natürlich hat er das! Und sie glaubt es ihm vielleicht sogar, ja, das gestehe ich ihr gerne zu. Aber würden auch die anderen ihm glauben? Seine Kollegen in der Secession? Seine Kunden, die seine Bilder kaufen und schätzen? Ich fürchte, dass eine solche Wertschätzung schnell verschwindet, wenn solche Geschichten aufkommen. Nein, Schmutzer hatte Angst vor seinem Erpresser. Irgendwann wird der Druck zu groß, dann kann man nicht mehr. Er hat Sterner ermordet, und seine Frau hat sein Motiv eigentlich nur bestätigt.«

»Warum sind Sie so stur?«, wollte Dr. Fried dem jüngeren Kollegen schon entgegenschleudern, hielt sich aber zurück. Es hatte keinen Sinn, die Stimmung zwischen ihnen mutwillig weiter sinken zu lassen. Wobei Dr. Frieds eigene Stimmung bereits im Keller war.

»Ich glaube, dass ich seine Unschuld beweisen kann«, erklärte der Kriminaloberinspektor, auch wenn er seine Zweifel hatte. Von diesen würde er Hechter allerdings nichts verraten. »Wenn Sie mir die Möglichkeit geben würden, ein kurzes Gespräch mit Schmutzer zu führen, würde mir das helfen. Ich meine, schaden kann es ja nichts. Natürlich ist das Ihr Fall, Sie haben die Haupt- und Endverantwortung für die Ermittlungen. Doch es kann nie schaden, auch die andere Seite der Medaille zu betrachten.«

Hechter atmete durch und blickte Dr. Fried an, beinahe mitleidig. War er wirklich so fest überzeugt, dass der Kriminaloberinspektor sich verrannt hatte? Dass er einem Phantom nachjagte, weil er die Fakten nicht akzeptieren wollte? Weil alte Schulfreunde oder deren Brüder niemals Täter sein konnten?

»Darf ich Schmutzer also besuchen? Es wird nicht lange dauern.«

»Nein«, antwortete Hechter mit sanftem Ton, als würde er jemandem ein höfliches Kompliment machen.

Er erklärte nicht, warum, er gab keine Begründung ab, er bat Dr. Fried nur, seine Aussage bei Gelegenheit zu Protokoll zu geben, damit er dieses der Akte beilegen könne. Den Fall könne er nun leichter als vorher zu seinem Abschluss bringen. Und damit war das Gespräch beendet.

Fünfzehntes Kapitel: 15. Dezember, nachmittags

Ursprünglich hatte Dr. Fried vorgehabt, in einem von ihm sehr geschätzten Wirtshaus in der Nähe das Mittagessen einzunehmen. Er war dort zwar selten zu Gast, dafür jedoch mit umso größerem Genuss. Der Koch war für ihn ein Magier. Nun aber war ihm der Appetit gründlich verdorben.

Statt sich den Bauch vollzuschlagen, drehte er schnellen Schrittes Runden um Häuserblöcke und besuchte seit Langem mal wieder das Hoch- und Deutschmeister-Denkmal, um dort seines Großvaters zu gedenken, der als Posaunist der Regimentskapelle angehört hatte. Es war der Ort, an dem er mit seinem Vorfahren gerne Zwiesprache hielt, auch wenn er wusste, dass die Antworten, die auf seine Fragen oder Bemerkungen folgten, aus seinem eigenen Inneren kamen. Aber vielleicht waren sie ja doch durch den Geist seines Großvaters beflügelt, der als Mensch stets auf Harmonie und Frieden ausgerichtet gewesen war.

Friedlich war Dr. Fried gar nicht zumute. Wenn er gekonnt hätte, hätte er am liebsten getobt und gewütet. Kräftig vor sich hin geschimpft und sich dabei des breitesten Wienerischen bedient. Stattdessen führte er ein halblautes Selbstgespräch vor dem Denkmal, und wieder einmal widerfuhr es ihm, dass eine Passantin ihn pikiert beobachtete. Sie blieb sogar einen Augenblick lang stehen, als überlegte sie, ob es notwendig war, die Polizei zu rufen. Sie konnte ja nicht ahnen, dass diese in Gestalt des vor sich hin grummelnden älteren Herrn bereits vor Ort war. Wenn auch im Urlaub. Schließlich beschloss sie, dass von dem seltsamen Zeitgenossen keine Gefahr ausging, und ging kopfschüttelnd davon.

Warum hatte nicht ebenfalls er ein Instrument erlernt und war Musiker geworden? Er hätte möglicherweise bei einer der vielen Polizeikapellen anheuern können. Dann wäre aus ihm kein Kriminaloberinspektor geworden, aber sein Alltag wäre gewiss ruhiger.

Wie konnte man nur derart pingelig auf dem Dienstrecht herumreiten? War es das, was er Hechter in den letzten Jahren vorgelebt hatte? Dr. Fried hielt in seinen Gedanken inne. Nun ja, wenn er sich selbst gegenüber ehrlich war, dann … also irgendwie … schon … Aber das war etwas anderes! Ihm ging es dabei um den Umgang mit Verdächtigen, mit Angehörigen, mit den kriminalistischen Prinzipien, denen man zu folgen hatte. Ja, das war etwas anderes! Oder nicht?

Dr. Fried fühlte Trotz in sich aufsteigen. Es war ein eigenartiges Gefühl, das er kaum mehr kannte. Ja, früher, als er ein junger Mann gewesen war, da hatte er schon mal jähzornig reagiert – nach dem Jetzt-erst-recht-Prinzip. Das war selten klug gewesen, eigentlich nie, aber ein Ausdruck seines Charakters. Seines Engagements. Bedeutete dieses längst vergessene Gefühl, dass er bis heute engagiert war, wenn es um Gerechtigkeit, wenn es um die Wahrheit ging? Was auch immer sich hinter diesem hochgestochenen Begriff verbarg. Die Suche danach, das war es doch, was einen Menschen auszeichnete.

Der Kriminaloberinspektor fühlte sich dem Schulfreund gegenüber verpflichtet, sein Wort zu halten. Und das würde er tun. Falls sich am Ende tatsächlich erweisen sollte, dass Hechter von Anfang an recht gehabt hatte, nun, dann sollte es so sein. Vorwerfen konnte sich Dr. Fried in diesem Fall jedenfalls nichts. Wenn er jetzt hingegen nachgab und sich zurückzog, würde er sich das lange nicht verzeihen. Und der Novak wohl genauso.

Dr. Fried würde sich also weitere Stimmen anhören. Ein großer Chor machte die volle Musik. Das hatte nicht sein Großvater gesagt, der mit Chören und der menschlichen Stimme nie viel am Hut gehabt hatte, vor allem nicht mit der eigenen, denn singen konnte er nicht, traf kaum einen Ton, aber Dr. Frieds Mutter war in einem Kirchenchor Mitglied gewesen. Jede einzelne Stimme war notwendig, um den vollen, den typischen Klang eines Chores zu erreichen. Und genauso war das auch in einem Kriminalfall.

Also würden sie die Familie Sterner aufsuchen. Dr. Fried hoffte, dass der Novak bereits bei ihm zu Hause war. Vielleicht ließ er sich wieder eine Kleinigkeit von Amalia auftischen. Insgeheim freute es Dr. Fried, dass der Novak in der letzten Zeit häufiger bei ihnen zu Besuch war. Was er nicht an eigener Familie hatte, fand er bei den Frieds, und das war gut und richtig so.

Dr. Fried erinnerte sich an die Zeiten nach dem Tod seiner Frau, wie groß die Unterstützung des Novak vor allem auch in Bezug auf Amalia gewesen war. Der Mann hatte nicht nur einen scharfen Verstand, er hatte vor allem Herz. Ihre Freundschaft hatte damals zwar nicht erst begonnen, war aber in jenen Jahren sehr gefestigt worden.

Als Dr. Fried seine Wohnung betrat, war der Novak tatsächlich anwesend. Er hatte Dr. Frieds Lehnstuhl in Beschlag genommen und blätterte in der Zeitung, die Dr. Fried bereits gelesen hatte. Der Ältere machte keine Anstalten, sich zu erheben und den Platz womöglich für Dr. Fried freizugeben, er grüßte nur mit einem dünnen Lächeln und winkte dem Kriminaloberinspektor zu.

»Die Zeitung hat zwanzig Seiten«, sagte der Novak, während er die Neue Freie Presse zusammenfaltete und auf das Tischchen neben sich legte, »und ganze neun davon befassen sich mit dem Krieg: Mitteilungen der Generalstäbe, Frontentwicklungen, Spendenaktionen und so weiter. Das alles ist so abstrakt, dass man fast meinen möchte, es gäbe eine parallele Welt. Die Russen, die Franzosen, die Italiener … Das ist ja nicht *ein* Krieg, das ist eine ganze Handvoll!«

Dr. Fried sagte nichts. Amalia huschte im Flur auf und ab, posierte vor dem Spiegel, lief in ihr Zimmer zurück, kehrte mit einem anderen Schal zurück, und so ging das einige Male.

»Und was sie zum Friedensangebot schreiben, ist derart dünn und nichtssagend, als hätte es dieses nicht gegeben.« Jetzt klang der Novak ein wenig ärgerlich. Wenn man die Chance zum Frieden hatte, so meinte er, sollte man alles daransetzen, sie zu ergreifen. Auch wenn es noch so schwierig war und angeblich unüberwindbare Hindernisse im Weg standen. Was war schon unüberwindbar angesichts der zahllosen Toten? Da stritt man sich um Frontlinien und um Ländereien und Gebiete, die der eine verlassen sollte oder der andere unbedingt halten wollte.

»Das sind keine Friedensgespräche, das sind Frieden*vermeidungs*gespräche!« Der Novak schüttelte den Kopf.

Amalia wirkte inzwischen zufrieden. Der Schal schien ihr passend zu Bluse, Rock, Jacke und Mantel. Schließlich gehörte es sich so, dass alle Kleidungsstücke perfekt aufeinander abgestimmt waren.

»Ich werde heute Abend nicht zu Hause sein, Paps«, verkündete sie mit einer eigenartigen Feierlichkeit. »Das ist doch kein Problem für dich?«

Dr. Fried zuckte die Schultern. Warum sollte es?

»Wir gehen aus in ein feines Restaurant.«

Recht so, dachte sich Dr. Fried, auch in Zeiten wie diesen sollten die jungen Leute sich ruhig etwas Freude im Leben gönnen. Sie hatten es sich verdient. Nach Max' Jahren an der Front …

»Ein Glück, dass Max noch einen guten Anzug hat«, scherzte Dr. Fried und nahm auf einem Stuhl beim Esstisch Platz. »Wo ist er eigentlich?«

Erst jetzt fiel ihm auf, dass sein Schwiegersohn gar nicht anwesend zu sein schien.

»Max?« Amalia sah durch den Spiegel zu ihrem Vater hinüber. »Nein, ich gehe mit Abraham aus.«

»Abraham?«

»Abraham Brill, ich habe dir schon oft von ihm erzählt.«

Ach ja, der Kollege aus der Psychoanalytischen Vereinigung! Dr. Fried erinnerte sich. Aber wieso Abraham? Es zerriss ihn innerlich beinahe, ob er nachfragen sollte. Wahrscheinlich würde Amalia es nicht gutheißen. Wenn sie etwas zu erzählen hätte, würde sie schon von selbst darauf zu sprechen kommen.

Aber er könnte ja wenigstens fragen, was mit Max sei. Wo er sich gerade aufhalte? Ganz naiv, ohne Hintergedanken. Doch das würde ihm seine kluge Tochter natürlich ebenso wenig abnehmen wie eine betont gespielte Gleichgültigkeit.

»Und wenn du dich fragst, was mit Max ist …«

Töchter konnten richtig nervig sein, wenn sie errieten, was in ihren Vätern vorging!

»Ja?«, war das einzige Wort, das Dr. Fried sich zugestand. Nicht mit zu viel Nachdruck ausgesprochen, nicht so wie nur nebenbei, gerade richtig dosiert, wie er fand. Wie er hoffte!

»Er wollte am Abend zurück sein. Ich glaube, er trifft sich wieder mit diesem Wurmer.«

Und das war es auch schon. Eine sittlich-töchterliche Verabschiedung auf zwei Wangen, ein Ruf und eine Kusshand für den verklärt zurückwinkenden Novak – und weg war sie.

»Fast wie ein Backfisch«, kommentierte der Novak, als sich Dr. Fried ihm mit gerunzelter Stirn zuwandte.

»Hm«, knurrte der Kriminaloberinspektor und suchte im Blick des Novak nach der Antwort auf eine Frage, die er ihm gar nicht gestellt hatte.

»Sie fragen sich, was das alles zu bedeuten hat«, formulierte statt seiner der Novak.

Natürlich traf er ins Schwarze, aber eine Antwort hatte er genauso wenig parat wie Dr. Fried. Manchmal blieb man als Vater ratlos zurück. Sehr oft sogar, wenn er all die Jahre und Jahrzehnte Revue passieren ließ.

»Das ist wohl Teil unseres Schicksals«, sinnierte Dr. Fried, und nun war es die Stirn des Novak, die sich in Falten legte.

»Wir haben wirre Zeiten«, stellte dieser fest.

Immer noch saß er im Lehnstuhl, gerade so, als hätte er den Thron des Königs okkupiert. Nur dass es ihm dieser König nicht übel nahm.

»Und das führt auch zu Wirrungen und Verirrungen im menschlichen Gemüt«, fuhr der Novak fort, und Dr. Fried wurde klar, dass er ihm eine Erklärung liefern wollte. »Außerdem haben es solche Zeiten an sich, dass sie die Menschen verändern. Sehr verändern!«

Dr. Fried stand auf, stellte sich vor den Novak und blickte auf die sich langsam ausdünnende Stelle in der Mitte des Kopfes hinunter. Er verschränkte die Arme vor der Brust und machte eine nachdenkliche Miene.

»Es ist nicht nur die Zeit alleine, die alles verändert«, philosophierte der Novak weiter und strich sich dabei übers Haar, genau über jene Stelle, die Dr. Fried anvisiert hatte. Dr. Fried lächelte.

»Das ist normal«, meinte er, »das nennt man einfach Älterwerden. Aber das, was die jetzigen Zeiten mit den jungen Menschen anstellen, das ist nicht normal. Diese Narben in den Seelen sind mit nichts zu vergleichen. Ich glaube, dass am Ende dieses Kriegs keiner mehr so ist, wie er zu Beginn war.«

Dr. Fried drehte sich wieder zum Tisch um und setzte sich vorsichtig auf den Stuhl. Er tat es ein wenig steif, einen ächzenden Laut unterdrückte er, der Novak musste nicht bemerken, dass sich sein Rücken wieder meldete. »Denken Sie, dass auch dieser Wurmer früher ein anderer war?« Dr. Fried hatte immer noch Schwierigkeiten, dessen eigenwilliges Verhalten einzuordnen.

»Vielleicht … Vielleicht auch nicht«, meinte der Novak. »Ich halte Wurmer für ein ganz besonderes Früchtchen. Ich könnte mir gut vorstellen, dass der Umgang mit ihm nie einfach war, nicht einmal, als er ein Kind war. Manche Menschen kommen bereits so auf die Welt.«

Der Novak ließ offen, was er mit ›so‹ meinte. Dr. Fried hätte seine Empfindungen dazu ebenfalls nur schwer in präzise Worte fassen können.

»Wir sollten den Rest des Nachmittags nutzen«, forderte Dr. Fried den Novak mit einer Geste auf, sich zu erheben. »Vielleicht erfahren wir ganz nebenbei auch mehr über Wurmer, wenn wir die Familie Sterner befragen.«

Onkel, Tante und Schwester. Sie wohnten in einem Haus, das aussah, als ob es niemals bessere Jahre erlebt hätte. Die Fassade war farblos und rissig, der Verputz schien regelmäßig abzublättern, denn auf dem Gehsteig lagen helle Brocken, wie Schorf, der von einer Wunde abfiel. Langsam zersetzten sie sich zu Sand und wurden weggeweht oder weggespült vom Regen, doch es folgten immer wieder neue nach, denen dasselbe Schicksal beschieden war.

Neben dem Haustor gab es einen kleineren Eingang mit einem verwitterten dunkelgrünen Holzschild darüber. Es wies den Raum hinter der Tür als Schuhmacherwerkstatt aus, die Leopold Sterner, dem Onkel, gehörte. Die Tür war geschlossen, ein Fenster verriet, dass dahinter kein Licht brannte. Ein Zettel war mit einer Reißzwecke an die Tür geheftet: »Wegen Krankheit kurzfristig geschlossen«.

Die Gegend, in der Familie Sterner zu Hause war, war nicht gerade einladend. Der zwölfte Wiener Gemeindebezirk war ein klassisches Arbeiterviertel, und die Mietskaserne, vor der Dr. Fried und der Novak standen, fasste wohl so viele Familien, wie sie sonst in manchem Dorf auf dem Land lebten.

Aus einem der zahlreichen Fenster drangen laute Stimmen zu ihnen. Sie klangen aggressiv und hart, wie nach Streit, aber das konnten Dr. Fried und der Novak nicht beurteilen, denn es war kein Deutsch, das sie sprachen. Vielleicht war es einfach nur eine lautstarke ehelichen Unterhaltung.

Die Stadt war zu einem Schmelztiegel der unterschiedlichsten Nationen geworden, das hatte schon gegen Ende des vergangenen Jahrhunderts begonnen.

Manche Bezirke waren davon besonders betroffen, denn die Menschen, die zuwanderten, verteilten sich nicht gleichmäßig über das gesamte Stadtgebiet, sondern suchten sich jene Gegenden, in denen das Leben, vor allem das Wohnen, am günstigsten war. Dem Aussehen der Mietskaserne zufolge musste es hier besonders günstig sein.

Dr. Fried und der Novak mussten nicht hoch hinaufsteigen. Im ersten Stock fanden sie mithilfe einer älteren Dame, die sie fragten, die Wohnung, die sie suchten. Der Gang war dunkel, die hellen Bodenfliesen durchzogen von Rissen, verschmutzt und verschmiert vom seltenen Putzen. Die Wände, die einmal weiß gewesen sein dürften, präsentierten sich ähnlich wie die Außenfassade des Hauses – sie waren in einer schleichenden Selbstauflösung begriffen.

Das also war der Ort, an dem Sterner aufgewachsen war, wo er bis zum Tod gelebt hatte.

Wirkten sich Kindheit und Umgebung auf die Kunst aus, die jemand schuf? Dr. Fried kannte sich mit solchen Dingen nicht aus, konnte sich aber vorstellen, dass seine Tochter als Psychologin dazu einiges hätte erzählen können. Vielleicht würde er mit ihr einmal über dieses Thema sprechen.

Die Frau, die ihnen öffnete, konnte aufgrund des Alters nicht Sterners Schwester sein.

»Frau Sterner?«, eröffnete Dr. Fried den Wortwechsel, noch bevor sie etwas sagen konnte.

»Wenn Sie wegen Schuhen kommen«, keuchte die Frau müde, als hätte sie mehrere Stockwerke im Laufschritt bewältigt, »dann kommen Sie bitte morgen oder besser übermorgen wieder. Da ist das Geschäft sicher wieder geöffnet.«

Sie wollte die Tür schon zudrücken, da legte Dr. Fried die Handfläche darauf und hielt dagegen. Schrecken funkelte aus den Augen der Frau.

»Nein, nein, wir wollten zu Ihnen. Sie sind doch Frau Sterner? Ludmilla Sterner?« Dr. Fried wies sich nicht als Polizist aus, sagte jedoch, dass er und sein Kollege wegen des ermordeten Michael Sterner kämen. »Ich weiß, dass bereits andere Herren bei Ihnen waren«, fügte er hinzu, »es wäre trotzdem wirklich wichtig, Sie kurz zu sprechen. Ihr Mann dürfte ja hier sein, wenn er krank ist, oder?«

Ludmilla Sterner nickte.

»Und Ihre Nichte Anna?«

Erneut nickte die Frau. Sie ließ die beiden Männer eintreten, und jetzt hörte Dr. Fried ein ersticktes Husten. Leopold Sterner saß auf einem Stuhl, in mehrere Pullover eingepackt, und presste sich einen großen Polster vor Bauch und Kopf. Sein Gesicht war tiefrot, ebenso die Augen, und er schien zu schwitzen. Instinktiv hielt Dr. Fried die größtmögliche Distanz, die ihm in dem winzigen Zimmer möglich war, der Novak hielt sich ganz dicht bei ihm.

Beide blickten sich in der kleinen Wohnung um, unauffällig, wie Dr. Fried hoffte, doch anscheinend gelang es ihnen nicht, denn der hustende Leopold Sterner fragte mit rauer Stimme: »Suchen Sie etwas Bestimmtes?«

Sein zum Teil dunkles, zum Teil graues Haar klebte in dicken Strähnen am Schädel und glänzte fettig. Wieder schüttelte es ihn, und er hustete in den Polster hinein. Trotz dieser Dämmung war er dabei laut, und Dr. Fried fragte sich, warum er nicht das Bett hütete.

»Sie glauben wirklich, dass er morgen oder übermorgen schon wieder arbeiten kann?«, wandte sich Dr. Fried an Frau Sterner.

»Sind Sie Arzt?«, geiferte Leopold Sterner. »Ich kann mir schon nicht leisten, den heutigen Tag geschlossen zu haben.«

In der Wohnung wies nichts darauf hin, dass die Familie trauerte. Vielleicht fraß der Alltag zu viel von ihrer Zeit und ihrer Energie auf, trotzdem hatte Dr. Fried wenigstens ein Foto mit einer Trauerschleife erwartet.

»Wir sind wegen Ihres Neffen hier«, setzte Dr. Fried zu seiner Befragung an.

»Haben Sie ja schon gesagt«, knurrte Leopold Sterner. Sein Gesicht war nun weniger rot, der Hustenreiz schien ihn vorübergehend zu schonen. »Aber dazu gibt es nichts zu sagen.«

Dr. Fried und der Novak standen an die Wand gedrückt und hofften, dass die Distanz zu dem Kranken ausreichte. Frau Sterner bot ihnen Platz am Tisch an, doch sie lehnten einhellig ab. Nichts und niemand hätte sie in die Nähe des hustenden und sichtlich fiebernden Mannes gebracht.

»Nur ein paar Fragen«, überging Dr. Fried die Unfreundlichkeit des Schuhmachers und wandte sich an Frau Sterner.

Eine junge Frau trippelte herein. Sie musste Anna sein, Michael Sterners Schwester. Ohne zu grüßen, blieb sie neben ihrer Tante stehen, sichtlich bemüht, zu dem Kranken Abstand zu halten. Aber was sollte ihr das bringen, wenn sie den ganzen Tag hier verbrachte?

»Dann wären wir ja vollständig«, kommentierte Dr. Fried und drückte der Familie sein Beileid aus.

»Brauchen wir nicht«, reagierte Leopold Sterner ablehnend und strengte sich an, die nächste aufkommende Hustenwelle zu unterdrücken. Letztendlich erfolglos.

Während es ihn schüttelte und er kein weiteres Wort sprechen konnte, richtete Dr. Fried seinen Blick auf die Tante.

»Er war halt ein Künstler«, sagte sie leise.

»Künstler!«, hustete Leopold Sterner abwertend. »Ha! Künstler!« Und es schüttelte ihn wieder kräftig, als wollte der Husten ihn für seine Ablehnung bestrafen. »Auf meiner Tasche gelegen ist er, anstatt sich eine ordentliche Arbeit zu suchen. Hätte ja sogar bei mir anfangen …« Erneut unterbrach ihn ein Hustenanfall.

»Er hatte kein Talent fürs Leben«, meinte Ludmilla Sterner. An ihre Nichte gewandt sagte sie: »Der Zwiebelsaft ist gleich fertig, er muss nur noch kurz ziehen. Siehst du mal nach ihm?«

Anna verschwand aus dem Raum, wohl in die Küche, mutmaßte Dr. Fried. Falls diese Wohnung überhaupt einen eigenen Raum für die Küche hatte und nicht lediglich eine kleine Nische.

»Kennen Sie Josef Wurmer?«, fragte der Kriminaloberinspektor.

»Nein!«, antwortete der Schuhmacher wie aus der Pistole geschossen.

Frau Sterner hingegen nickte schüchtern. »Eine Schande …«, murmelte die Tante. »Ich habe schon befürchtet, dass Sie nach ihm fragen, deswegen habe ich Anna hinausgeschickt. Es ist so eine Schande!«

Dr. Fried konnte sich schon denken, worauf sich das Urteil der Tante bezog.

»Dieser Wurmer ist ein Schmutzfink«, schimpfte Leopold Sterner, »und er hat meinen Neffen zu eben genauso einem Schmutzfinken gemacht! Ein elender, verlogener Schuft, das ist er, Ihr *Herr Wurmer!*« Er räusperte sich, schluckte, als hätte er einen riesigen Klos im Hals.

»Kein Wunder, dass ihm jemand den Hals umgedreht hat«, brummte der Schuhmacher und presste sich in Erwartung eines nächsten Hustenanfalls den Polster vors Gesicht. Es kam aber nichts.

»Man hat ihn erstochen«, korrigierte der Novak und empfand seine Einmischung sogleich als sehr unangebracht.

»Egal. Diese … ›Männer‹ kann man zu denen ja nicht sagen, oder? Eigentlich hätte er nicht einmal den Rock des Kaisers tragen sollen, genauso wenig wie dieser andere! Das hätte es zu unseren Zeiten nicht gegeben.«

Dr. Fried mutmaßte, dass Leopold Sterner mit »unseren Zeiten« ihn und den Novak miteinbeziehen wollte, doch alles in ihm sträubte sich dagegen. Auch wenn er die Homosexualität Sterners oder Wurmers nicht nachempfinden konnte, war er dennoch nicht bereit, über Menschen wie die beiden den Stab zu brechen. Und ob das nicht auch in früheren Zeiten …

»Mein Mann ist etwas verbittert«, setzte Ludmilla Sterner zu einer Erklärung an, die mehr nach Entschuldigung klang. »Michael hätte seine Werkstatt übernehmen können, aber …«

»Aber der Kerl wollte ja nichts Ordentliches lernen und sich nicht die feinen Hände schmutzig machen!«

Jetzt hustete der Schuhmacher wieder wild in seinen Polster, und es schüttelte seinen Körper derart heftig, dass Dr. Fried befürchtete, die letzten Lebensminuten eines Menschen mitzuerleben.

Anna kehrte zurück. Sie brachte ihrem Onkel ein Glas, das sie in ein Geschirrtuch eingewickelt hatte. Die Flüssigkeit darin, auf die Dr. Fried einen Blick werfen konnte, war dunkelbraun und der Zwiebelgeruch drang sofort in seine Nase.

»Trink das langsam, Onkel«, forderte Anna Leopold Sterner auf. »Aber warte noch ein wenig, es ist sehr heiß.« An Dr. Fried gewandt sagte sie: »Mein Bruder fehlt mir. Egal, was die Leute über ihn sagen, er war ein guter Mensch. Und er hat alle geliebt, auch dich, Onkel!«

Leopold Sterner hatte nur eine wegwerfende Handbewegung dafür übrig und verzog das Gesicht. Ob wegen des Neffen oder wegen des Zwiebelgeruchs, konnte Dr. Fried nicht beurteilen.

»Wenn Sie uns sonst nichts zu sagen haben …«, setzte dieser zum Rückzug an und blickte auffordernd in die Runde.

Die Frauen schüttelten den Kopf, der Onkel starrte auf das Glas, aus dem es herausdampfte.

»Dann verabschieden wir uns«, sagte Dr. Fried und wies den Versuch von Frau Sterner, ihn und den Novak zur Tür zu begleiten, mit einem sanften Lächeln und einem Kopfschütteln zurück.

Im Hausflur schien die Luft kühler und frischer, das Atmen fiel den beiden deutlich leichter. Ohne ein Wort zu wechseln, gingen sie die Treppe hinunter und traten auf die Straße.

»Von Trauer keine Spur«, fasste Dr. Fried das Gespräch mit Familie Sterner zusammen. »Und ein großes Interesse an der Frage, wer der Mörder ist, haben sie auch nicht. Am ehesten noch Sterners Schwester …«

»Ja«, seufzte der Novak, als das Haustor hart hinter ihnen zufiel, »Liebe sieht anders aus.«

Sechzehntes Kapitel: 15. Dezember, spätnachmittags

Zu guter Letzt beschlossen sie, sich nicht an Hechters Beschluss zu halten. Sollte er doch eine disziplinarrechtliche Beschwerde einreichen, wenn er sich das wirklich traute! Außerdem: Wozu das ganze Theater? Welcher Teufel war in den jungen Kommissar gefahren, sich derart seinem Chef entgegenzustellen? Nein, Dr. Fried war nicht länger bereit, diese Spielregeln zu akzeptieren.

Der Novak hätte sich gerne eine Pause gegönnt, damit das Knie durch das viele Herumlaufen nicht doch wieder beleidigt reagierte, wie er behauptete. Doch das war eine Ausrede, schließlich war er nicht mehr der Jüngste und ein wenig durchzuatmen, würde auch seinem Vorgesetzten nicht schaden. Noch dazu am vorletzten Urlaubstag.

Dr. Fried schien jedoch einen frischen Schwung an Energie in sich aufgenommen zu haben. Mit der Stadtbahn ging es zum Karlsplatz, wo sie eine der Ringstraßenbahnen in Richtung Schottenring nahmen. Von dort war es zu Fuß nur mehr wenige Minuten bis zur »Liesl«.

Für ihn konnte es nicht schnell genug gehen. Allein das Warten auf den Stadtbahnzug ließ Dr. Fried zunehmend ungeduldiger und misslauniger werden, und der Versuch des Novak, ihn mit einem Gespräch über Privates abzulenken, schlug fehl. Vielleicht lag es daran, dass der Novak über Amalia und diesen ihm unbekannten Abraham sprechen wollte. Jedenfalls wurde Dr. Fried noch brummiger und beschleunigte den Schritt derart, dass er und der Novak außer Atem kamen. Für das Wechseln von Worten blieb da nicht genug Luft.

Abraham! Dr. Fried sprach den Namen mit leichtem englischem Akzent aus, der Novak hingegen deutsch. Dass der Mann ein Kollege Amalias war und aus Amerika kam, wusste er ja, aber es hätte ihn interessiert, wie viel mehr als reine Kollegenschaft die beiden jungen Menschen verband. Wenn man schon miteinander zu Abend essen ging …

»Ich weiß nicht einmal, ob sie es Max gesagt hat«, murmelte Dr. Fried, während sie zum Franz-Josefs-Kai gingen und dann in die Kaiser-Elisabeth-Promenade einbogen.

»Ist das so wichtig?«, meinte der Novak.

»Er ist immerhin ihr Ehemann«, antwortete Dr. Fried und klang wie jemand, der resigniert hatte. Wovor, konnte der Novak nur aus dem Tonfall seines Vorgesetzten und Freundes schließen.

»Sie unterstellen etwas, wofür Sie keine handfesten Beweise haben«, meinte der Novak. »Amalia ist einfach zu einem netten Abendessen gegangen, bei einer eigenständigen Frau wie ihr keine Besonderheit. Oder?«

»Aber hätte sie das nicht mit ihrem Mann tun müssen?« Nun blieb Dr. Fried abrupt stehen und wandte dem Novak sein Gesicht zu, in dem Hilflosigkeit zu lesen war. »Ich wälze diese Gedanken nicht erst seit heute, mein lieber Freund. Und seien wir ehrlich: Seit vier Jahren konnten die beiden keine richtige Ehe führen, zuerst war Max im Gefängnis, später an der Front. Das sind alles keine guten Voraussetzungen für eine dauerhafte Ehe.«

Was sollte der Novak darauf antworten? Dr. Fried und seine Tochter hatten sich seinerzeit in trauter Gemeinsamkeit vorgenommen, auf Max Becker zu warten. Und sollte es Jahre dauern, viele Jahre. Doch Amalia war nicht in einem Alter, in dem man sich als Frau damit abfindet, die Vorstellungen für das eigene Leben in die Zukunft zu verlegen. Sie wollte leben, und wenn sie eine Familie gründen wollte, dann hatte sie dafür auch nicht ewig Zeit. So sah es jedenfalls Dr. Fried, der dem Novak auf offener Straße sein Herz ausschüttete.

Vermutlich hätte der Novak dieses Thema doch nicht ansprechen sollen. Auf dem Weg zu Schmutzer, den sie wegen eines Mordes, den dieser nicht begangen hatte – oder vielleicht doch? –, vernehmen wollten.

Der Novak wusste, dass Irritationen im Privatleben zu Verunsicherungen bei den Recherchen in einem Fall führen konnten. Er hatte das vor Jahrzehnten bei einem Kollegen erlebt, dessen Ehe im Begriff gewesen war, in die Brüche zu gehen. Er hatte schwere Ermittlungsfehler begangen und den Untersuchungsrichter in größte Schwierigkeiten gebracht, weil er seine Fehler in der

Ermittlungsakte vertuscht hatte. Am Ende waren sie doch herausgekommen. Dr. Fried würde dies nicht passieren, diese Befürchtungen hatte der Novak nicht, aber er schien in Bezug auf Schmutzer ins Wanken zu geraten. Natürlich war nicht auszuschließen, dass er das zu Recht tat.

»Er muss ja nichts davon erfahren«, meinte der Novak.

»Max?«

»Hechter!«

Der Novak schlug vor, einfach zu den Zellen hinunterzugehen und dem Wachhabenden mitzuteilen, dass man den Untersuchungshäftling Schmutzer sprechen wolle. Schließlich sei Dr. Fried Kriminaloberinspektor und müsse sich niemandem erklären. Jedenfalls niemandem in den unteren Hierarchien. Zwar wurde jeder Besuch, auch der von Beamten, in einem Buch protokolliert, aber wer würde da schon jemals seine Nase hineinstecken?

»Mein lieber Novak«, sagte Dr. Fried und lächelte, und sie setzten den Weg fort. »Genau das hatte ich vor.«

Die Zellen für die Untersuchungshäftlinge befanden sich im Untergeschoss in mehreren lang gezogenen Gängen. Einem jeden war ein eigener aufsichtshabender Wachbeamter zugeordnet. Die Zellen waren nicht mit normalen Gefängniszellen zu vergleichen und galten als komfortabler. Wobei es natürlich eine Frage der Definition war, was man unter Komfort verstand. Eine eigene Toilette boten sie nicht, aber immerhin ein

Waschbecken, mit dem man den Grundbedürfnissen der Körperpflege nachkommen konnte.

»Ah, der Herr Novak«, grüßte der Wachhabende, der in entspannter Haltung, die Beine übereinandergeschlagen, vor einem abgewetzten Holztisch saß und gemütlich in einer Zeitung blätterte. Vor ihm stand ein Teller mit einer Scheibe Brot, die mit einem Blatt Schinken bedeckt war. Er hatte bereits einige Male abgebissen. »Was führt Sie in meine heiligen Hallen?«

Als er Dr. Fried erblickte, sprang er von seinem Stuhl auf, sodass dieser beinahe umkippte, und nahm eine stramme Haltung ein. Mit nervösen Fingern knöpfte er die Uniformjacke zu, die er der Bequemlichkeit halber offen getragen hatte. Seine gedrungene Gestalt, der sich nach vorne wölbende Bauch und der graue Haarkranz verliehen ihm alles andere als jene autoritäre Ausstrahlung, die man von einem Polizisten erwarten würde. Vielleicht war auch deshalb sein hauptsächlicher Einsatzort das Kellergeschoss in der »Liesl«. »Herr Kriminaloberinspektor! Mit Ihnen hab ich gar nicht gerechnet …«

Seine Finger wollten nicht ganz so wie er, es dauerte viel zu lang, bis er endlich den obersten Knopf geschlossen hatte. Dr. Fried ließ ihn machen, bis er schließlich betont freundlich auf den Mann zuging. Beinahe hätte er ihm jovial auf die Schulter geklopft und ihn aufgefordert, es sich weiterhin gemütlich zu machen, aber das wäre natürlich unangebracht gewesen.

Stattdessen deutete er auf das halb aufgegessene Brot und forderte den Mann auf, es ruhig zu Ende zu essen.

Die Zeitung lag aufgeschlagen daneben. Es war die »Illustrierte Kronen-Zeitung«, und Dr. Fried blickte auf die Zeichnung eines Hauses in der Apostelgasse, vor dem Feuerwehrmänner ein Sprungtuch aufspannten. Der Kommandant stand daneben und deutete nach oben. Hätte Dr. Fried die Bildunterschrift lesen können, hätte er erfahren, dass man verhindert hatte, dass sich jemand aus dem Fenster stürzte.

»Wir würden gerne den Untersuchungshäftling Ferdinand Schmutzer vernehmen«, sagte der Novak.

Der Wachhabende stand immer noch steif und starr da, und Dr. Fried überlegte, ob es besser wäre, ihn aus dieser Versteinerung zu erlösen, oder ob diese Unterwürfigkeit ihm nicht in die Hände spielte. Er erlöste den Mann nicht.

»Ja, natürlich«, stammelte dieser und wusste nicht, was er tun sollte. Langsam löste sich seine Verkrampfung, und er ging zu einem Holzbrett an der Wand hinter dem Tisch, an dem einige Schlüssel hingen.

»Zelle sechs«, murmelte er und griff nach dem entsprechenden Schlüssel, der an einem kleinen Haken hing, über dem eine runde weiße Emailplakette die Zahl sechs auswies.

Er ging voran, der Novak gesellte sich neben ihn und wechselte mit ihm ein paar belanglose Worte über das große Weltgeschehen, wie es sich in der Stadt Wien widerspiegelte. Dr. Fried folgte den beiden und ließ den Novak machen.

Bei Zelle sechs angekommen, steckte der Beamte den Schlüssel ins Schloss und sperrte unter lauten Klickgeräuschen auf.

»Besuch für Sie!«, rief er in den Raum hinein und hielt den Blick ins Leere gerichtet. Zu sehr war das alles schon zur Routine für ihn geworden, als dass er sich den wechselnden Insassen mehr als unbedingt nötig widmen würde.

Dr. Fried schickte dem wachhabenden Polizisten, der sich bereits wieder auf den Weg zu seinem Tisch begab, ein »Danke« hinterher. Sein Gang war schlurfend, mit großer Eile schien hier unten nichts abzulaufen, was auch verständlich war: Die Eingesperrten liefen schließlich nicht davon, dringende Termine hatten sie nicht, und Besucher erschienen nur selten.

Der Novak zog die Tür hinter ihnen so weit zu, dass nur ein schmaler Spalt geöffnet blieb. Ins Schloss fallen lassen wollte er sie nicht, wenngleich sie damit noch lange nicht abgeschlossen gewesen wäre. Außerdem hätte der Beamte draußen sie jederzeit befreien können. Dennoch fühlte er sich wohler, wenn er wusste, dass er diesen beklemmend engen Raum jederzeit ohne fremde Hilfe verlassen konnte.

Das Waschbecken direkt neben der Tür, das irgendwann einmal blütenweiß gewesen sein mochte, wies nun einen schlierigen Grauton auf. Ein Stück Seife lag bereit, rissig und trocken. Das Handtuch sah nicht einladend aus, und der Novak hätte es nicht verwendet, um sich die Hände abzutrocknen. Geschweige denn das Gesicht oder andere Körperbereiche! Auf der Pritsche saß eine in sich zusammengesunkene Gestalt, die die beiden Männer ungläubig ansah.

Ferdinand Schmutzer war unrasiert, das Haar wirr.

Sein Gesicht war so grau wie das Waschbecken, Falten und Linien hatten sich kantig eingegraben. Er machte den Eindruck eines seit Jahren in schwerer Kerkerhaft Einsitzenden, dabei hatte er gerade einmal eine Nacht in einer Untersuchungszelle hinter sich. Vielleicht steigerte er sich zu sehr in sein Schicksal hinein, aber das wollte Dr. Fried ihm lieber nicht vorhalten. Schließlich konnte er selbst nicht beurteilen, wie es sich anfühlte, wenn man in seiner solchen Zelle saß.

»Endlich!«, keuchte Schmutzer und stand auf. »Du kommst doch, um mich abzuholen?« Er griff nach dem Sakko, das neben ihm auf der Pritsche lag, und wollte es anziehen. Abrupt hielt er inne, als er das Kopfschütteln Dr. Frieds zur Kenntnis nahm.

»Leider noch nicht Ferdinand«, sagte Dr. Fried. »Aber wir sind dran. Wir beeilen uns.«

Das war zwar nicht gelogen, doch es bedeutete auch nicht, dass Ferdinand Schmutzer vielleicht schon am nächsten Tag würde nach Hause gehen können. Und dass er begann, Zweifel an Schmutzer zu hegen, würde Dr. Fried ganz sicher nicht erwähnen.

»Es gibt da einige Dinge«, sagte Dr. Fried und setzte sich neben Schmutzer, der sich wie ein Sack auf die Pritsche hatte zurückfallen lassen, als er erkannte, dass ihm die nächste Nacht in der Zelle bevorstand. »Es ist sehr wichtig, dass du dabei offen und ehrlich mit uns bist.«

Verwundert, ja beinahe entsetzt blickte Schmutzer Dr. Fried an. Der Novak stand vor den beiden und beobachtete jede Reaktion des Untersuchungshäftlings genau.

Die erste Frage, die Dr. Fried stellen wollte, war ihm die unangenehmste. Bei Fremden hätte er wahrscheinlich weniger Hemmungen gehabt, obwohl er Schmutzer jahrzehntelang nicht gesehen hatte. Aber Verbindungen aus der Kindheit und Jugend waren immer von einer besonderen Art, die Vertrautheit von früher blieb auf eigenartige Weise erhalten.

»Es geht um ...« Dr. Fried beschloss, nicht um den heißen Brei herumzureden. »Es geht um deine sexuelle Orientierung. Und die von Sterner.« Um die Frage abzuschwächen, fügte er hinzu: »Also im Grunde die von Künstlern ganz allgemein. Falls man das so sagen kann ...«

Dr. Fried wurde klar, dass der letzte Teil der Frage mit seiner Verallgemeinerung ziemlich dumm klingen musste. Schmutzer sah das anscheinend ebenso, denn er schüttelte den Kopf und verzog verärgert den Mund.

»Glaubst du das wirklich?« Nun kam etwas Farbe in sein Gesicht, er schien sich wirklich zu ärgern. »Denkst du tatsächlich, ich wäre homosexuell? Frag meine Frau!«

»Das muss nichts bedeuten«, warf der Novak ein, als würde er einen Zeugen vor Gericht ins Kreuzverhör nehmen. »Außerdem können sich Neigungen ändern.«

»Ich habe keine Neigungen!«, schrie Schmutzer und schlug mit der flachen Hand auf seinen Oberschenkel. »Wie könnt ihr so etwas nur denken. Sterner hat versucht, mich zu erpressen. *Ich* bin das Opfer in dieser Sache!«

»Abgesehen vom Toten«, kommentierte der Novak, diesmal leiser, weil Dr. Fried ihm einen abwehrenden Blick zuwarf.

»Du musst mir glauben«, gab sich Schmutzer jetzt milder. »Was bleibt mir denn noch, wenn nicht einmal mehr du …? Was wird Alice nur denken, wenn das alles öffentlich wird?«

»Sie steht zu dir«, beruhigte ihn Dr. Fried. »Deine Frau hegt nicht den geringsten Zweifel an dir.«

»Wenigstens ein Mensch auf dieser Welt …«

»Nein, Ferdinand! Du darfst mir meine Fragen nicht übel nehmen, aber ich muss alles ausloten, auch wenn es manchmal schmerzhaft ist. Mich würde nur interessieren, warum Sterner dich erpresst und mit aller Macht versucht hatte, an Ausstellungen teilnehmen zu können, wenn er doch ein akademischer Künstler war. Natürlich kann man unterschiedlicher Meinung über einen Künstler und seine Werke sein, doch es wird ja auch Menschen geben, die seine Kunst schätzen? Oder?«

»Wieso akademischer Künstler?« Ferdinand Schmutzer schien den Rest der Worte Dr. Frieds nicht mehr gehört zu haben. Er war bei den beiden Worten hängen geblieben. »Er ist kein akademischer Künstler.«

»Er hat doch einen Abschluss an der Akademie der bildenden Künste erworben, nicht? Nicht gerade mit den besten Noten, wie ich hörte, aber eben abgeschlossen.«

Schmutzer schüttelte den Kopf. »Wer sagt das? Da hat jemand keine Ahnung oder hat dir einen Unsinn erzählt. Sterner hatte keinen Abschluss und hätte auch nie einen erhalten, wenn du mich fragst. Er war kurz in einer Meisterklasse, dort ist er hinausgeflogen. Und das nicht wegen disziplinärer Gründe. Er taugte einfach nicht zum Künstler.«

Schmutzer kratzte sich am Kinn, das Geräusch, das dabei entstand, stellte Dr. Fried die Nackenhaare auf. Graue und schwarze Bartstoppel wechselten sich ab, Schmutzer wäre sicher nie so aus dem Haus gegangen, um sich anderen Menschen zu zeigen. Nun hatte er keine andere Wahl. »Er hat nicht einmal die handwerklichen Grundlagen beherrscht. Wahrscheinlich hat er sich nicht einmal bemüht. Er hat da und dort auf dem Land irgendwelche Heiligenfiguren verkauft, aber wenn du wissen willst, ob ich ihn für einen echten Künstler hielt: nein, nie und nimmer!«

Dr. Fried und der Novak dachten beide gleichzeitig an das, was Wurmer ihnen erzählt hatte. Der ehemalige Geliebte. Der enttäuschte Geliebte? Aber dann hätte er doch eher schlecht über Sterner reden müssen. Oder hatte Sterner ihm eine erfundene Geschichte aufgetischt, die Wurmer nie hinterfragt hatte? Allerdings: Wenn man einander so nahestand, dann kannte man für gewöhnlich das Leben des anderen – und auch das eine oder andere Laster, charakterliche Schwächen, vielleicht wunde Punkte, dunkle Geheimnisse?

»Und wie ist das mit Schwester Beata?«, ging Dr. Fried zu dem anderen Punkt über, bei dem er ein flaues Gefühl in der Magengegend hatte. »Du hast ihr deine Unterstützung angeboten. Und ich nehme an, wenn du zum

Beispiel in der Akademie ein gutes Wort für sie einlegst, dass dieses Gewicht hat. Oder irre ich mich?«

»Und du glaubst nicht wirklich, dass ich das alleine deswegen getan habe, weil ich ihr zeichnerisches Talent so hoch schätze?«

Dr. Fried wiegte den Kopf. Das sollte bedeuten, dass er zumindest seine Zweifel hatte.

Schmutzer verstand die Geste. »Da hast du wahrscheinlich nicht ganz unrecht.«

Wieder verursachte er das unangenehme Kratzgeräusch, das Dr. Fried fast in den Wahnsinn trieb, diesmal fuhr er sich mit den Fingerspitzen über die Wange.

»Also damit eines klar ist: Sie *hat* Talent! Ihre Zeichnungen sind von einem feinen Strich, verfügen über klare Linien und sie hat einen ausgesprochen bemerkenswerten Blick für Details, Perspektive, Licht. Diese Frau hat es verdient, eine künstlerische Ausbildung zu erhalten. Aber mein Motiv …«

»… war nicht in erster Linie das der Kunstförderung«, vollendete Dr. Fried den Satz.

Schmutzer schüttelte den Kopf. Er warf Dr. Fried einen Blick zu, von unten, wie ein Dackel seinem Herrchen, wenn er wusste, dass er etwas Verbotenes getan hatte. Mit einem Schlag wurde Dr. Fried bewusst, dass Schwester Beata gar nicht so unattraktiv aussah.

»Nicht das, was du denkst«, schien Schmutzer den Gedanken des Kriminaloberinspektors erraten zu haben. »Aber trotzdem kein Ruhmesblatt für mich. So verhält man sich wohl, wenn man sich bedroht fühlt.«

Er rutschte hin und her, zupfte an seinem Hemd. Dr. Fried wartete schweigend ab, was der Schulfreund beichten würde.

»Ich gebe zu, meine Motive waren nicht uneigennützig. Jedoch nicht im Hinblick auf Schwester Beata als Frau. Ich verspreche dir, Otto, ich habe mir diesbezüglich in meiner Ehe nie etwas zuschulden kommen lassen! Und das wird immer so bleiben. Aber Schwester Beata … Ich glaube, dass sie das letzte Gespräch mit Sterner mitbekommen hat. Es wurde ja sehr laut. Und was kann sie gehört haben? Dass ich angeblich eine homosexuelle Beziehung mit Sterner hätte! Mein Gott, wenn das so an die Öffentlichkeit käme! Das war mein Gedanke: Sie darf nichts sagen. Und ich dachte mir, wenn ich ihre Zeichnungen besonders wertschätze, wenn ich ihr eine Möglichkeit eröffne, dann würde sie alles für sich behalten.«

»Das hast du ihr aber nicht so direkt gesagt, oder?«

»Nein, gar nicht«, antwortete Schmutzer. »Ich denke, so etwas formuliert man nicht direkt. Man spricht eher durch die Blume. Durch die gezeichnete, durch die gemalte …« Er lächelte schief. »Doch ihre Zeichnungen sind gut, wirklich gut!«

»Das habe ich verstanden«, wehrte sich Dr. Fried gegen die wiederholten Beteuerungen. »Weißt du, was das Verrückte an allem ist? Schwester Beata hat gar nichts mitbekommen von eurem Streit. Also jedenfalls nicht das, was du befürchtet hast. Sie hat keine Ahnung von Sterners sexueller Orientierung und weiß nichts von dessen Erpressungsversuchen.«

Schmutzer fiel die Kinnlade herunter.

»Natürlich hindert das alles dich nicht, sie trotzdem zu unterstützen, wenn du hier herauskommst.«

»*Wenn* ich herauskomme«, seufzte Schmutzer.

»Daran habe ich nicht den geringsten Zweifel«, versuchte Dr. Fried, ihn zu beruhigen. Und diesmal meinte er auch, was er sagte.

»Ich ebenso wenig«, fügte der Novak hinzu. »Und nichts für ungut, Herr Direktor Schmutzer. Wegen der Fragen und so.« Er ging zur Tür und drückte sie auf. Der Spalt wurde langsam größer und ließ mehr und mehr Licht vom Gang in die spärlich beleuchtete Zelle.

»Wir tun, was wir können«, versprach Dr. Fried. »Wenn es nach mir ginge, würdest du sofort aus der Untersuchungshaft entlassen.«

Der rundliche wachhabende Beamte eilte herbei, deutlich schneller als zuvor, und schloss gewissenhaft die Zellentür ab. Er rüttelte noch einmal am Griff, als bestünde die Möglichkeit, die Tür könnte wider Erwarten doch nicht verschlossen sein, dann kehrte er mit langsamem Schritt gemeinsam mit Dr. Fried und dem Novak zu seinem Tisch zurück. Die Zeitung ruhte – inzwischen wohl zu Ende gelesen – zusammengefaltet auf der Platte.

Ein schwarz eingebundenes Buch lag aufgeschlagen daneben. Der Finger des Wachhabenden tippte ein paarmal auf einen Eintrag. »Würden Sie das bitte noch abzeichnen?«, fragte er und drehte das Buch zu Dr. Fried hin. Er hatte bereits alles geflissentlich ausgefüllt, sogar die Zeit des Beginns und des Endes der Vernehmung des Häftlings. »Sie wissen, die Vorschriften.«

Ja, natürlich wusste Dr. Fried das. Schließlich musste alles seine schöne Ordnung haben in der k. u. k. Monarchie. Wenn schon die halbe Welt an allen möglichen Enden auseinanderbrach, so würde dieser Prozess in Wien jedenfalls geflissentlich protokolliert.

»Hier, bitte«, sagte der Wachhabende. »Ich habe mir erlaubt, Ihren Namen in Blockbuchstaben festzuhalten. Sie müssen nur mehr unterschreiben.«

Siebzehntes Kapitel: 16. Dezember, vormittags

Dr. Fried hatte eine erholsame Nacht hinter sich. Das war meistens so, wenn sich die Zufriedenheit in ihm ausbreitete, weil er eine harte Nuss geknackt hatte. Zwar war das hier noch nicht der Fall, aber er war zuversichtlich, Hechter schon recht bald dazu bringen zu können, den Richtigen zu verhaften.

Je schneller Schmutzer zu seiner Frau nach Hause kam, desto besser. Hechter würde dessen Unschuld einsehen und ihn sofort entlassen müssen. Und Dr. Fried würde es so aussehen lassen, dass Hechter diesen Schritt aus eigenem Antrieb gegangen war. Aus simpler, professioneller Einsicht eines Kriminalisten. Es war nicht notwendig, dass er sich als der korrigierende Übervater einbrachte, er war längst aus dem Alter heraus, Meriten zu sammeln und mit diesen Karriere machen zu müssen, und Hechter würde die Einsicht von den entsprechenden Personen im Ministerium sicher positiv angerechnet werden. Dr. Fried gönnte es ihm, auch wenn ihre letzten Begegnungen nicht erfreulich gewesen waren.

Amalia war früh aus der Wohnung gehuscht, Max hatte noch geschlafen, Dr. Fried war da gerade im Aufstehen begriffen gewesen. Für einen kurzen Austausch hatte die Zeit nicht gereicht, Amalia hatte es eilig gehabt, in der Küche war aber alles vorbereitet, damit mit wenigen Handgriffen das Frühstück bereit war.

Dr. Fried behielt vorerst den Morgenrock an. Den Novak erwartete er erst gegen 10 Uhr, da konnte er es ruhig noch gemütlich angehen lassen. Und für Max musste er sich ja nicht extra herausputzen.

Sein Schwiegersohn hatte beschlossen, die ersten kleineren Schritte in der Wohnung ohne Krücke zurückzulegen. Das ging zwar nicht schneller, eher im Gegenteil, aber irgendwann musste er ja anfangen, sich der Normalität entgegenzuarbeiten. Die Ärzte hätten es ihm empfohlen. Somit wunderte sich Dr. Fried nicht, als Max auf einmal, sich am Türstock abstützend, dastand und die Nase in die Höhe reckte.

»Kaffee? Wenigstens ist der Duft echt.« Er balancierte auf den nächststehenden Stuhl zu und setzte sich mit mühsamen Bewegungen. »Amalia ist schon wieder weg?«

Dr. Fried nickte und schenkte Max eine Tasse des Ersatzkaffees ein. Er schnitt ihm eine Scheibe Brot ab und deutete auf die Butterdose, die geöffnet auf dem Esstisch stand. Im Butterziegel steckte ein kleines Messer. »Ja. Ich weiß aber nicht, wohin. Wahrscheinlich zur Arbeit.«

»Klar. Wohin sonst?«

Kurz sahen die beiden Männer einander in die Augen, als suchten sie beim jeweils anderen, ob er das, was sie da sprachen, genauso wenig glaubte.

»Ich habe Neuigkeiten«, wechselte Max das Thema und bestrich sich die Brotscheibe mit einer dicken Schicht Butter.

»Gute, hoffentlich?«

»Ich denke schon. Gestern hat man mir mitgeteilt, dass ich nach meiner Genesung nicht zurück an die Ostfront muss.« Max rang sich ein Lächeln ab. »Ich gehe an die Westfront. Allerdings weiß ich noch nicht, wohin genau.«

Dr. Fried war sich nicht sicher, ob das wirklich eine gute Nachricht war. Die Frontlinie verlief vom Ärmelkanal hinunter bis zur Schweiz und war etwa 750 Kilometer lang. Wohin immer man Max schicken würde, das Erste, was dem Kriminaloberinspektor in den Sinn kam, war die seit Februar tobende Schlacht um Verdun. Es war ein Stellungskrieg, bei dem viel Blut floss, ohne dass sich etwas bewegte – weder für die eine noch für die andere Seite. Allerdings war es eine Front, die vor allem von den Deutschen bedient wurde.

Dr. Fried hatte von Giftgaswaffen gelesen, die eingesetzt wurden, um erstarrte Frontlinien zu durchbrechen. Ihr Zweck war es, in den verbarrikadierten Stellungen alles Leben zu vernichten. Wenn man die Soldaten dort schon nicht entfernen konnte, sollten sie doch für immer und ewig in den Schützengräben verrotten. Seit dem Sommer setzten die österreichischen

Truppen dieses Mittel an der Südfront gegen Italien ein, nachdem der alte Kaiser von seinen Militärs überzeugt worden war, dem endlich zuzustimmen.

Dr. Fried konnte nicht einschätzen, was diese neue Waffe wirklich bedeutete, aber er verspürte so etwas wie Angst, wenn er daran nur dachte. Und wenn Max wieder in den Krieg zurückkehrte …

»Wir haben eine gute Ausrüstung«, beruhigte Max ihn. »Die Gasmasken werden technisch immer besser, jeder hat seine eigene bei sich.«

Wenn man sie nicht verliert, dachte sich Dr. Fried. Oder ein Kamerad sie einem wegnimmt, weil er seine eigene nicht findet. Seine Fantasie wäre mit ihm davongaloppiert, hätte Max nicht weitererzählt.

»Außerdem gibt es Frontabschnitte, von denen man sagt, dass fast nichts geschieht. Die Unsrigen versuchen erst gar nicht, Territorien zu gewinnen, und der Gegner macht keine Anstrengungen, uns zurückzudrängen. Also irgendwie ein Patt. Möglicherweise komme ich ja an eine solche Stelle? Du kannst nicht vielleicht deine Kontakte …?«

Welche Kontakte, fragte sich Dr. Fried. Außerdem hatte sich der Krieg so sehr in sämtliche Bereiche des Staates hineingefressen, dass man schon Beziehungen bis in die höchsten Kreise haben musste, um etwas zu erreichen. Zu einem Minister zum Beispiel. Und diese konkrete »Beziehung« würde Dr. Fried auf keinen Fall mehr aktivieren, er hätte sich dabei wie Faust gefühlt, der seine Seele verkaufte.

»Mal sehen«, antwortete er ausweichend. »Vielleicht.

Es ist alles viel schwieriger geworden als zu Beginn des Kriegs.«

Max nickte. »Alles ist schwieriger geworden«, murmelte er und blickte in Richtung des Wohnungsflurs. Er erwähnte Amalia nicht, aber dass seine Gedanken in diesem Augenblick ihr galten, war Dr. Fried bewusst.

»Ich ziehe mich an«, sagte der Oberkriminalinspektor und stand auf. »Der Novak wird bald da sein, ich möchte ihm nicht so entgegentreten.«

Er verschwand kurz im Badezimmer, wechselte dann in sein Schlafzimmer, während Max sich eine zweite Scheibe Brot gönnte. Auch Max würde sich gleich eine frische Hose und ein frisches Hemd überziehen, denn er hatte mit Wurmer verabredet, dass sie sich so richtig einen antrinken wollten. Wer wusste schon, wie oft sie dazu noch Gelegenheit haben würden. Und möglicherweise hatte man Wurmer ja auch schon mitgeteilt, wohin man ihn schicken wollte? Dann könnten sie auf ihre künftigen Erfolge als Kriegshelden anstoßen.

»Der größte Erfolg ist es, zu überleben«, hatte ihm Wurmer gesagt, nachdem sie sich schwer verletzt vom Schlachtfeld gerettet hatten. Das war schon richtig, dachte sich Max gerade, während er wieder eine dicke Schicht Butter auftrug, das war das Einzige, was zählte, nicht irgendwelche Orden oder Lobhudeleien eines vorgesetzten Offiziers.

Max verließ die Wohnung, kurz bevor der Novak kam. Die Krücke hatte er bei sich, denn weder die Stufen im Haus noch eine längere Strecke hätte er ohne sie bewältigen können. Er erzählte seinem Schwiegervater, was er vorhatte, der das mit den Worten »Gut! Sehr gut!« quittierte. Seit wann fand Dr. Fried es gut, wenn man sich betrank? Aber vielleicht bezog er sich damit einfach auf den Umstand, dass Max Ablenkung suchte und fand. Er kündigte noch rasch an, mit Wurmer zu den Frieds zurückzukehren, weil dessen Schwester es nicht so gerne sah, wenn er betrunken nach Hause kam. Also würde er sich zuerst ein wenig ausnüchtern. »Aber keine Sorge, wir werden leise sein«, versprach Max. Dr. Frieds Freude hielt sich in Grenzen.

Der Novak traf Max vor dem Haustor, beschränkte sich auf einen Gruß und einen flüchtigen Wortwechsel. Als er Dr. Fried erzählte, dass er dessen Schwiegersohn aus dem Haus kommen gesehen hatte, zeigte der Kriminaloberinspektor eine eigenartige Reaktion: Er grinste breit von einem Ohr zum anderen.

»Er trifft sich mit Wurmer«, sagte er. »Und das ist ausgezeichnet. Sie wollen sich ordentlich betrinken.«

Der Novak wusste nicht, was daran ausgezeichnet wäre, doch Dr. Fried klärte ihn auf.

»Das bedeutet, dass Wurmer uns definitiv nicht in die Quere kommen kann, wenn wir uns jetzt um seinen Hintergrund kümmern.«

»Ach so?«

Dr. Fried nickte, immer noch breit grinsend, was den Novak schwer irritierte.

Sie warteten noch einige Minuten ab, um sicher sein zu können, dass Max sich weit genug entfernt hatte und er und Wurmer ihnen nicht zufällig begegnen konnten, dann machten sie sich auf den Weg.

Aus den Erzählungen Wurmers wussten sie, in welchem Militärspital dieser sich regelmäßig zu melden hatte. Dr. Fried war überzeugt, dass es dort nicht so sehr darum ging, Patienten die bestmögliche Behandlung und Heilung zugutekommen zu lassen, sondern schnellstmöglich fitte Soldaten für die Front bereitstellen zu können. Je eher man jemanden als tauglich entlassen konnte, desto besser war es für die Ärzte. Die ja selbst nichts anderes als mittlere oder höhere Offiziere waren, nur mit dem Vorteil, nicht an vorderster Front kämpfen zu müssen.

Dr. Fried hatte es wieder einmal eilig und dem Novak bereitete es nach wie vor keine Probleme, mit ihm Schritt zu halten. Am Morgen, direkt nach dem Aufstehen, hatte er befürchtet, sein Knie könnte auf üble Gedanken kommen, weil es sich in den letzten Tagen so vorbildlich verhalten hatte und er nicht so recht glaubte, dass das anhalten würde. Doch nach wenigen Minuten war das leichte Ziehen, das er verspürt hatte, verschwunden, und er konnte schmerzfrei in den Tag starten.

»Wenn Sie dort als Kriegsinvalide auftauchen, werden Sie Eindruck machen«, sagte Dr. Fried.

Der Novak sah ihn vor der Seite her an, als wollte er sich vergewissern, ob sein Chef sich gerade über ihn lustig machte. Es wäre ein schlechter Scherz gewesen, mit Kriegsverletzungen spaßte man nicht. Andererseits war es oft genug der Novak selbst gewesen, der nicht allzu bierernst mit diesem Thema umgegangen war.

»Soll ich extra hinken?«, griff er daher Dr. Frieds launische Anmerkung auf und simulierte seinen schleifenden Gang.

Passanten sahen ihn indigniert an. Sie hatten schon recht. Angesichts der immer mehr werdenden Kriegsversehrten, denen man zum Teil als völlig verunstaltete Männer ohne jegliche Aussicht auf eine eigenständige Lebensführung bettelnd auf der Straße begegnete, war diese Vorführung einfach geschmacklos.

»Machen Sie sich lustig über unsere Helden?«, mokierte sich ein älterer Herr in einem adretten Anzug. Er war wohlgepflegt und sprach leicht nasal eine Mischung aus Wienerisch und Hochdeutsch. »Sie sollten sich was schämen!«

»Er ist selbst ein Held«, hielt ihm Dr. Fried im Vorübergehen entgegen. »Königgrätz.« Und angesichts des Alters des Mannes, der in etwa die Jahre des Novak haben musste, fügte er hinzu: »Wo waren *Sie* damals?«

»So eine Chuzpe!«, echauffierte sich der Mann, ließ es aber dabei bewenden und entfernte sich mit eiligen Schritten, während er die eine und andere Bemerkung vor sich hin murmelte.

Ja, die Welt war eine schlechte geworden, mochte er sich wohl denken. Und vielleicht glaubte er es sogar wirklich. Nur dass er zu den vielen Menschen gehörte, die Ursache und Wirkung verwechselten. Dass die Welt schlechter war als noch vor wenigen Jahren, davon war auch Dr. Fried überzeugt. Aber das lag nicht an

Menschen wie dem Novak und ihren manchmal sehr direkten Kommentaren zum Weltgeschehen, zu denen ja Dr. Fried selbst neigte. Nein, schlecht war einfach, dass sich aktuell jene Menschen durchsetzten, denen es nur um eigene Interessen ging und denen das Leid der anderen ziemlich gleichgültig war. Immer wieder taumelte die Menschheit in solche Phasen, in mehr oder weniger großen Zeitabständen, heute auf dem einen, morgen auf einem anderen Kontinent. Wahrscheinlich wollte das Schicksal ein Mindestmaß an Gerechtigkeit walten lassen und verteilte das Unglück regelmäßig an verschiedenen Stellen. Aktuell war dies Europa.

»Helden!«, spuckte der Novak das Wort geradezu aus, nachdem sie weitergegangen waren. Er schritt wieder völlig normal neben Dr. Fried her, nur wer ihn gut kannte, hätte erkannt, dass sein Gangbild nicht ganz rund war. »Ha! Helden!«

»Seltsame Zeiten, seltsame Sichtweisen«, meinte Dr. Fried nur, doch der Novak schüttelte heftig den Kopf.

Sie bogen in eine Seitengasse ein, um den Weg zu dem Gebäude, in dem man das Militärspital eingerichtet hatte, das auch für ihren Bezirk zuständig war, zu verkürzen.

»Nein, Herr Doktor, das hat nichts mit den Zeiten zu tun. Die begünstigen höchstens diese ›seltsamen Sichtweisen‹, wie Sie es nennen. Aber diese Sichtweisen sind immer da, stets in den Köpfen der Menschen. Meistens trauen sie sich allerdings nicht, diese laut auszusprechen. Unter Nachbarn vielleicht, gemeinsam mit Freunden, Gleichgesinnten. Aber sonst, in der Öffentlichkeit? Nie. Jetzt ist das anders, jetzt wird es von jedem von uns geradezu eingefordert.«

»Sollen wir da mitmachen?«, fragte Dr. Fried.

»Sind wir dafür nicht schon zu alt?«, entgegnete der Novak, der genau wusste, dass Dr. Fried diese Art der Anpassung für sich nicht wirklich in Betracht zog.

»Ja, das sind wir, mein Freund.«

»Und das ist unser Vorteil. Ein riesiger Vorteil. Wir müssen nicht mehr bei allem, was die öffentliche Meinung vorgibt, mitmachen. Bald sind wir in Pension, wir haben nichts mehr zu gewinnen, nichts mehr zu verlieren. Bei den Jungen ist das anders.«

Dr. Fried dachte an Amalia, die in dieser Hinsicht zweifelsohne nach ihm geraten war. Ihre Mutter war ein viel vorsichtigerer Mensch gewesen, bedacht darauf, sich dem Rahmen, in dem sie sich bewegte, anzupassen. Auch wenn sie sich hinterher, zu Hause, empört über den einen oder die andere gezeigt hatte. Aber was half es, wenn man diese Empörung für sich behielt? Umgekehrt: Was half es, wenn man sie in die Welt hinausposaunte?

»Sie waren wohl noch nie ein angepasster Untertan unseres Kaisers«, scherzte Dr. Fried und legte dem Novak dabei für den Bruchteil einer Sekunde die Hand auf die Schulter.

Ich achte und schätze das, sollte diese Geste bedeuten, aber auch das wusste der Novak von seinem Vorgesetzten und Freund lange schon.

»Welchen Kaiser meinen Sie?«, fragte der Novak grinsend.

Dr. Fried grinste zurück. »Wieso? War es beim alten Kaiser anders als jetzt beim neuen?«

Dabei beließen sie es und betraten ein großes Gebäude, das hiesige Garnisonsspital. Zum Glück hatten sie sich nicht in eines der hastig errichteten Baracken-Notspitäler aufmachen müssen, die am Rand der Stadt und in einigen entlegeneren Bezirken errichtet worden waren. Das Militär-Garnisonshauptspital I lag hinter dem Josefinum, zwischen der Sensengasse und der Van-Swieten-Gasse. In Ersterer war ein Offiziersspital untergebracht, aber dieses hatten natürlich weder Wurmer noch Max je von innen gesehen.

Diesmal ließ sich Dr. Fried auf keine Spielchen ein und zückte seine Polizeimarke, die ihn als hochrangigen Kriminalbeamten auswies. Ränge und Hierarchie zählten beim Militär, diese Lektion hatte er längst gelernt, also würde er sich diesen Umstand zunutze machen.

»Wir bräuchten jemanden wie den leitenden Mediziner hier«, verlangte Dr. Fried von einem Soldaten, der die Portiersrolle übernommen hatte, und verlor dabei seinen strengen Gesichtsausdruck keinen Augenblick lang. Von freundlichem Entgegenkommen keine Rede. Dr. Fried musste einmal ihrem eigenen Portier in der »Liesl« gegenüber anregen, ebenfalls mit mehr Härte und Ablehnung aufzutreten. Aber wen sollte man schon abschrecken bei der Polizei? Die eigenen Mitarbeiter würde das kaum beeindrucken, und geladene Zeugen wollte man nicht verschrecken, sondern idealerweise in das richtige Zimmer gelotst wissen.

»Sie wollen zu Oberstabsarzt Graf Benkö?«, fragte der Soldat in einem Ton, der Desinteresse ausdrückte.

»Wenn der zuständig ist, dann ja.«

»Da kann aber nicht ein jeder daherkommen«, meinte der Soldat und musterte Dr. Fried und dessen Begleiter.

Ältere Herren gab es hier allerhöchstens in schmucken Uniformen mit entsprechender Dekoration, jedoch sicher keine Zivilisten.

»Ich bin nicht ›ein jeder‹ und noch viel weniger bin ich ›dahergekommen‹«, schlug Dr. Fried den einzig richtigen Ton an, der ihn in dieser Situation weiterbringen würde. Und wie einen Befehl setzte er hinzu: »Sie teilen dem Herrn Oberstabsarzt jetzt umgehend mit, dass Kriminaloberinspektor Dr. Fried ihn zu sprechen wünscht, oder ich verspreche Ihnen, dass Sie sich bald an einem anderen Einsatzort wiederfinden werden. Und dort behandelt man keine Kriegsverletzungen, dort zieht man sie sich zu.«

»Oberstabsarzt *Graf* Benkö«, leistete der Soldat zurückhaltenden verbalen Widerstand, machte sich dennoch sogleich auf den Weg und kehrte nach einiger Zeit zurück. Er bemühte sich um größte Gleichgültigkeit in seinem Gesichtsausdruck, als er Dr. Fried und seinem Begleiter den Weg im Haus beschrieb, um zum Zimmer des Oberstabsarztes zu gelangen. Dr. Fried bedankte sich nicht bei ihm und ließ ihn spüren, dass er lediglich die von ihm erwartete Pflicht getan hatte.

Sie hatten kaum den ersten Teil der Treppe erklommen, als ihnen ein gedrungener Mann in einer schmucken Uniform und mit einem leger darübergezogenen weißen Kittel entgegenkam. Die Arme hatte er weit ausgebreitet, als würde er alte Freunde auf einem Familienfest empfangen, und sein Gesicht strahlte genau diese Begeisterung aus. »Herr Kriminaloberinspektor!«, rief er mit tiefer Stimme. »Ihr Ruf eilt Ihnen voraus!«

Dr. Fried befürchtete, in eine innige Umarmung gezogen zu werden, doch so weit ging der Mann nicht. Auf seiner Brust, die unter dem offen flatternden Kittel deutlich zu sehen war, prangten unzählige Auszeichnungen, natürlich in der kleinen Version für den Alltag. Die Prunk- und Prachtausgaben für Bälle und Empfänge ruhten wohl in einer Lade, aus der sie jederzeit hervorgeholt werden konnten. Sie waren sicher nicht nach ganz hinten geschoben, wie im Falle von Dr. Frieds Orden.

»Graf Benkö Sándor«, stellte sich der Offizier mit der ungarischen Abfolge seines Namens vor und reichte Dr. Fried die Hand. »Ich bin der leitende Oberstabsarzt. Ich dachte mir, ich eile Ihnen entgegen, damit Sie nicht nach meinem Büro suchen müssen.«

Dr. Fried stellte sich noch einmal mit vollem Namen und vor allem mit seinem Titel vor, wobei er dem Oberstabsarzt ansah, dass dies unnötig war, dann machte er ihn mit dem Novak bekannt.

»Kommen Sie mit, Herr Kriminaloberinspektor«, forderte Benkö Dr. Fried auf und bezog mit einem Seitenblick auch den Novak mit ein.

Während des Weges versorgte er Dr. Fried mit oberflächlichen Informationen zur Anzahl der Behandelten, wie schnell es im Durchschnitt gelang, die Versehrten wieder kriegstauglich zu bekommen, was nicht zuletzt der großartigen medizinischen Leistung seines Teams zu verdanken sei, und ließ durchblicken, dass er die Aufklärung des Falls vor zwei Jahren im Umfeld des Kriegsministeriums und des Ministers Krobatin mitbekommen, ja aufmerksam verfolgt hatte. Im Nachhinein, zugegebenermaßen, denn während der Ermittlungen sei ja so gut wie nichts nach außen gedrungen, was zweifelsohne der diskreten Leitung Dr. Frieds zu verdanken sei.

Ja, sein Team, erzählte Benkö weiter, als er sie in einen kleinen Raum lotste, das habe er selbst ausgewählt und zusammengestellt, deswegen ginge alles so reibungslos vor sich – und deswegen seien die Leistungen im Haus herausragend. Es gäbe kein zweites Militärspital in Wien, ach was, in der ganzen Monarchie, das derart effizient arbeitete. Dank seines Teams.

Dr. Fried war klar, dass das Lob des Teams eher ein Eigenlob darstellte. Der ungarische Adelige und Offizier sprach mit einem leichten Akzent, den Dr. Fried recht charmant fand. Die Melodie seiner Stimme war gewinnend, auch die Art, wie er sich beim Sprechen seinem Partner zuwandte, als gäbe es nichts und niemanden außer ihm auf der Welt, war ein besonderes Talent, mit dem man es zweifelsohne schnell nach oben schaffen konnte. Benkös Auftreten war zurückhaltend und selbstbewusst zugleich. Dass er eine ausgezeichnete Erziehung genossen hatte, war unverkennbar.

»Nehmen Sie doch Platz, meine Herren«, bot Benkö an. »Wie Sie sehen, ist mein Zimmer eher bescheiden, aber ich sehe mich sowieso eher im Dienst am Patienten als in der Abarbeitung verwaltungstechnischer Notwendigkeiten. Doch notwendig sind sie eben, also beiße ich demütig in den sauren Apfel.«

Der Oberstabsarzt mochte in Dr. Frieds Alter sein. Das leicht mit Wachs behandelte Haar war an den Rändern grau meliert, der Vollbart gut gestutzt und dunkel, ohne ein silbriges Härchen, der Bart musste wohl gefärbt sein. Dr. Fried empfand Sympathie für den Offizier, auch wenn dieser deutlich erkennen ließ, dass er sich seiner Stellung und seiner Qualitäten bewusst war, unabhängig davon, ob er wirklich welche hatte. Das konnte Dr. Fried schließlich nicht beurteilen.

»In welcher Angelegenheit kann ich der Kriminalpolizei helfen?«, fragte Benkö, nahm hinter dem Schreibtisch Platz und verschränkte die Hände auf der Tischfläche.

Dr. Fried fielen einige Unterlagen auf, ein paar Stifte, die verstreut herumlagen, ein Bilderrahmen, den er nur von hinten sah und somit nicht wusste, wen Benkö da alltäglich betrachtete, eine Büste des verstorbenen Kaisers Franz Joseph und eine historische Kavalleriepistole mit Kapselzündung, die ganz rechts lag.

»Ein Erbstück meines Vaters«, erklärte Benkö, der Dr. Frieds aufmerksamen Blicken gefolgt war. »Natürlich nicht geladen und ich fürchte, sie ist sogar nicht einmal mehr funktionsfähig. Aber ein guter Soldat ist sich seiner Traditionen bewusst und hält sie hoch.«

»Ebenso ein guter Mediziner«, entgegnete Dr. Fried. Benkö nahm es als Kompliment, anders schien er die

Worte des Kriminaloberinspektors gar nicht einordnen zu können.

»Sie kommen also zum Mediziner, nicht zum Offizier?«, fragte Benkö und lächelte.

Er hatte volle Lippen, was im ersten Moment gar nicht auffiel unter dem dichten Bart. Sie waren intensiv rot und hatten eine spitze Form, die Dr. Fried an einen Hornisten denken ließ. Er fragte sich, ob Benkö in seiner freien Zeit wohl dieses Instrument spielte. Vielleicht war er ja bei einer Militärkapelle Mitglied? Obwohl dieser Gedanke doch etwas lächerlich war für einen Grafen und Offizier.

»Eher zum Arzt, ja«, antwortete Dr. Fried. »Obwohl ich denke, dass sich Ihre beiden Funktionen nur schwer trennen lassen.«

»Der Hippokratische Eid geht immer vor«, beteuerte der Oberstabsarzt, allerdings glaubte Dr. Fried ihm nicht. In Zeiten des Kriegs folgten Soldaten stets ihrem Kriegsherrn, war er überzeugt, und da blieben alle anderen Eigenschaften, wenn schon nicht auf der Strecke, so doch wenigstens in der zweiten oder dritten Reihe hängen.

»Wir bemühen uns hier um die Heilung der uns anvertrauten Männer«, wiederholte der Arzt, was er schon erklärt hatte. »Und wir empfinden Stolz und Genugtuung, wenn wir sie so schnell wie möglich wiederherstellen können.«

»Um sie dann umgehend an die Front zurückzuschicken«, mischte sich der Novak ein.

Benkö blickte leicht indigniert zu ihm. »Das ist die

Aufgabe, die uns unser Kaiser gestellt hat«, antwortete er, und diesmal lag etwas Lauerndes in seiner Stimme.

»Mein Kollege«, versuchte Dr. Fried den Einwurf des Novak abzuschwächen, »geht es eher darum, dass Sie jeden einzelnen Fall kontrollieren und letztlich bestimmen, wer entlassen werden kann und wer noch nicht. Richtig?«

Benkö nickte. »Selbstverständlich. Ich trage die Letztverantwortung. Und diese bisher ohne Tadel.«

»Daran besteht kein Zweifel«, schickte Dr. Fried sogleich hinterher und wurde dafür mit einem zufriedenen Lächeln des Arztes bedacht. Einem selbstzufriedenen, aber das war ihm egal. Er wollte den Mann nicht verärgern, dazu bestand überhaupt kein Anlass.

»Wir haben hier einen speziellen Fall«, fuhr Dr. Fried fort.

»Einen Kriminalfall, nehme ich an?«, fiel ihm Benkö ins Wort. Er schien begeistert wie ein kleiner Junge. »Das finde ich spannend.«

»Dazu kann ich Ihnen leider nichts sagen«, zeigte Dr. Fried ein gespieltes Bedauern. »Also ich *darf* es nicht, Sie kennen ja meine Diskretion, die ist nicht zuletzt auch dienstrechtlich begründet.«

»Natürlich, natürlich. Bitte, fragen Sie!«

»Einer Ihrer aktuellen Patienten ist ein gewisser Josef Wurmer. Der Name wird Ihnen wahrscheinlich nichts sagen. Künstler, zwei verbrannte Hände.«

»Ostfront«, ergänzte Benkö und nickte. »Verbrennungen sind eine höllische Sache. Sehr unehrenhaft, auf diese Weise Krieg zu führen. Mein Vater hätte das verachtet. Ebenso wie Giftgas übrigens. Der Krieg hat seine ganze Kunstfertigkeit verloren. Früher, als es Mann gegen Mann ging …«

Dr. Fried spürte, wie der Novak sich zusammennehmen musste. Er selbst hatte die von Benkö angesprochene alte Kriegskunst am eigenen Leib erfahren und hätte dem Arzt sicher gerne klargemacht, dass sie in nichts besser war als das heutige Vorgehen.

»Wurmer«, wiederholte Dr. Fried den Namen, um den Oberstabsarzt aus seinem Sinnieren zu reißen. »Genau der. Zwei dick verbundene Hände, mit denen er nichts anfangen kann. Schlimm für einen Künstler, denke ich. Und wenn ich mich so in ihn hineinversetze, hat er vielleicht auch riesige Existenzängste, falls er die Hände nie mehr verwenden kann. Nie wieder malen. Dann hätte man ihn seiner Kunst entrissen.«

»Andere verlieren ganze Gliedmaßen«, zeigte sich Benkö wenig beeindruckt. »Nehmen Sie es mir nicht übel, wenn mich eine solche Geschichte nicht berührt. Nicht nur wegen der Professionalität, die ich zu wahren habe, auch wegen der Unterschiede in der Tragik. Wir haben Männer hier, die haben keine Beine mehr. Wenn Sie das vergleichen … Aber egal. Was ist mit dem Mann?«

»Wir wüssten gerne über den Heilungsverlauf Bescheid. Wie Sie die Genesung des Mannes medizinisch einschätzen. Wie lange sie noch dauern wird. Es scheinen sehr schwere Verletzungen zu sein, so dick, wie seine Hände verbunden sind.«

»Sie haben ihn gesehen?«

»Ich kenne ihn flüchtig.« Leider nicht flüchtig genug, dachte sich Dr. Fried, doch das musste er Benkö gegenüber ja nicht erwähnen.

»Heilungsverlauf…« Benkö kratzte sich an der Oberlippe. »Lassen Sie uns nachsehen.« Er stand auf und ging zu einem großen Schrank, der an einer Wand des Raumes stand und wohl dazu beitrug, dass dieser so klein wirkte. Es war ein klassischer Aktenschrank, aus dem er schließlich eine Akte herausnahm.

»Düster erinnere ich mich an den Soldaten«, murmelte Benkö vor sich hin, »auch wenn ich gerade kein Gesicht dazu parat habe.« Er blätterte. »Ah ja, richtig!«

Dr. Fried sah ihn erwartungsvoll an, was denn richtig wäre.

»Das wird wohl noch einige Zeit dauern«, ließ der Oberstabsarzt die beiden Polizisten wissen.

»So schlimm?«, fragte Dr. Fried. »Was ich eigentlich gerne wissen möchte, ist, wie schwer seine Verletzungen sind.«

»Nun«, sagte Benkö ausweichend und schlug die Akte zu, »das kann man so nicht sagen. Wir haben viel Betrieb hier, wissen Sie? Man kann sich nicht jedem einzelnen Patienten mit jener Intensität widmen, die er ohne Zweifel verdient hätte. Also gibt es die einen, die man mit einer gewissen Routine versorgt, und die anderen, für die man dadurch mehr Zeit aufbringen kann, weil sie diese auch benötigen.«

»Wurmer ist also Routine?«, fragte der Novak.

Benkö schien ihn nicht beachten zu wollen, denn er sah betont Dr. Fried an, als er weitersprach. »Da wir bei schweren Brandverletzungen generell davon ausgehen müssen, dass die Heilung länger brauchen wird, haben wir bisher davon abgesehen, seine Verbände zu öffnen.«

»Sie haben – was?«, entfuhr es Dr. Fried.

Benkö machte den Eindruck, als wäre ihm die Angelegenheit ein wenig peinlich. Mit größter Mühe versuchte er, allem einen Anstrich von Seriosität und Kontrolle zu geben. »Das dürfen Sie nicht falsch verstehen, das ist medizinisch völlig legitim. Herr Wurmer kommt regelmäßig zu den festgesetzten Untersuchungsterminen, vorbildlich. Glauben Sie mir, es sind nicht alle so. Und er hat immer ganz frische Verbände an den Händen. Das ist gut und das ist wichtig, gerade bei Brandwunden. Und ich gehe davon aus, dass die Salben, die wir ihm verschrieben haben, regelmäßig aufgetragen werden. Jedenfalls bestätigt er das, ich habe das so in der Akte stehen. Wenn die Verbände häufig gewechselt werden, ist der zu erwartende Heilungserfolg groß, aber man sollte es damit auch nicht übertreiben. Es wäre kontraproduktiv, wenn wir die Verbände ebenfalls öffneten.«

»Sie kontrollieren also nicht die Wundheilung?«, war Dr. Fried verwundert.

»Das werden wir zum richtigen Zeitpunkt schon tun«, wirkte Benkö etwas kleinlaut. Doch dann richtete er seine kleine Gestalt in seinem Stuhl auf und erklärte, dass dieses Vorgehen angebracht und zum Besten des Patienten sei, wobei er einige medizinische Fachbegriffe herunterbetete.

»Es ist weder Herrn Wurmer noch dem Kaiser gedient, wenn wir unsere Soldaten zu früh zurück an die Front schicken«, erklärte der Oberstabsarzt schließlich und stand auf. Er wollte die Kontrolle über das Gespräch wiedererlangen und dazu schien es ihm am besten, es als beendet zu erklären. »Wenn Sie noch Fragen haben, stehe ich Ihnen natürlich zur Verfügung, meine Herren, aber im Grunde habe ich alles gesagt, was es zu sagen gibt. Nun muss ich mich entschuldigen – meine Patienten warten.«

Achtzehntes Kapitel: 16. Dezember, nachmittags

»Das kann doch nicht wahr sein«, zeigte sich der Novak entsetzt, als sie auf der Straße standen. »Wurmers Verletzungen wurden kein einziges Mal kontrolliert?«

»Sieht ganz so aus.« Auch Dr. Fried konnte es kaum fassen.

»Und nun?«, fragte der Novak. »Alles an Hechter melden? Ich denke, er sollte dem schnellstens nachgehen.«

»Eine Sache noch«, zügelte Dr. Fried den Tatendrang des Novak. »Wir sichern uns ab, bevor wir das tun.«

»Wegen unseres Urlaubs? Weil wir ja nicht offiziell …«

Dr. Fried schüttelte den Kopf und lächelte. »Nein, wegen der wasserdichten Argumentation.« Der Kriminaloberinspektor schritt zügig los, ohne dem Novak zu sagen, wohin.

Der Weg war kein weiter. Das Wohnhaus sah ähnlich aus wie jenes von Dr. Fried, entsprach also ganz dem Stil der Gegend. Es hatte vier Stockwerke und ein fünftes oben auf, das ein wenig niedriger wirkte. Sie mussten sich durchfragen, denn nicht an jeder Wohnungstür gab es Namensschilder. Eine junge Frau mit einem Kleinkind auf dem Arm schickte sie schließlich zur richtigen Wohnung im zweiten Stock, am Ende des Korridors.

Dr. Fried klopfte laut und selbstbewusst an, und schneller als erwartet schlug ihnen eine Frauenstimme entgegen. »Hast du was vergessen? Immer dasselbe mit dir! Am Ende vergisst du noch, in den Krieg zurückzukehren.« Sie lachte laut und abgehackt. »Das wäre sowieso das Beste!«

Als sie die Tür öffnete, starrte sie erschrocken die beiden fremden Männer an.

»Wir scheinen nicht die Person zu sein, die Sie erwartet haben«, sagte Dr. Fried betont freundlich. »Doch was Sie zum Krieg gesagt haben … Da kann ich Ihnen nur recht geben.«

Er wollte vom ersten Augenblick an das Vertrauen der Frau gewinnen, die jung und dennoch etwas verbraucht aussah. Ihr Haar war schwarz und zu einem Zopf gebunden, vereinzelte silbrige Haare blitzten hervor. Sie hatte einen dunklen Teint, einen Anflug von Sommersprossen auf den Wangenknochen, die aber kaum auffielen, und trug eine Brille, die sie auf die Nasenspitze geschoben hatte, um über ihren Rand hinaus die zwei Besucher besser mustern zu können.

»Wir würden gerne einen Augenblick mit Ihnen sprechen«, fuhr Dr. Fried fort.

»Wir kommen von …«, setzte der Novak an und tastete in der Innentasche seines Sakkos nach etwas, doch Dr. Fried fiel ihm ins Wort.

»… von Michael Sterner, also nicht direkt, wir hatten entfernt mit ihm zu tun.«

Dr. Fried wollte auf jeden Fall verhindern, dass der Novak verriet, dass sie von der Polizei waren. Dieser hielt in seiner Suchbewegung inne und brachte langsam die leere Hand wieder zum Vorschein.

»Ach, der Unglückselige«, seufzte die Frau und trat zur Seite. Bereitwillig lotste sie die Männer in ihre Wohnung. »Er war ein enger Freund meines Bruders.«

Dr. Fried bemerkte sofort, dass es sich bei Wurmers Schwester um eine redselige Person handelte. Ein Glück. Das würde ihm die Aufgabe leichter machen, und er wäre weniger genötigt, sie anzulügen. Denn eines wollte er auf keinen Fall: das Wort »Polizei« auch nur mit einem Atemhauch streifen.

»Frau Wurmer …«

»Machalek.« Sie hob die Schultern und lächelte. »Ich bin verheiratet.«

»Oh!« Dr. Fried blickte um sich. »Ich hoffe, dass wir nicht ungelegen kommen.«

»Mein Mann ist nicht hier. Er ist an der Front.«

»Das tut mir leid«, gab sich Dr. Fried voller Anteilnahme. Er zog sogar die Augenbrauen hinunter, um einen betont bedauernden Gesichtsausdruck aufzusetzen.

»Das muss es nicht«, antwortete Frau Machalek heiter. »Er ist ein Säufer und Tunichtgut, vielleicht treiben sie ihm das an der Front ja aus.«

»Wo ist er denn?«, fragte der Novak mit Interesse. Dr. Fried nahm an, dass es ebenso gespielt war wie sein eigenes Mitleid.

»Irgendwo in Belgien«, antwortete Frau Machalek und führte die Männer in die Stube.

Das Zimmer war schlicht eingerichtet, hinten gab es eine halb geöffnete Tür, die in einen weiteren Raum zu führen schien. Ein Fenster stand weit offen, es roch dennoch ein wenig abgestanden.

»Mein Bruder ist gerade weg«, erklärte Frau Machalek, »und dann lüfte ich immer ordentlich. Männergeruch, Sie verstehen?«

Sie lachte wieder abgehackt. Plötzlich schlug sie sich die Hand vor den Mund, als ihr bewusst wurde, dass sie ja gerade mit zwei Männern sprach. Sie drehte sich kurz von den beiden weg, unschlüssig, was sie tun sollte.

»Da haben Sie schon recht«, half ihr der Novak. »Meine Schwester sagt das auch immer.«

»Stiefschwester«, sagte Frau Machalek leise und blickte die Männer wieder an. »Ich bin nicht Josefs leibliche Schwester. Josef kam zu uns in die Familie, weil mein Vater sein Vormund wurde. Aber im Grunde ist das egal, ich fühle für ihn wie für einen echten Bruder. Und Sie?«

Natürlich wollte sie nicht wissen, wie Dr. Fried und der Novak für Wurmer empfanden, also übernahm Dr. Fried die offizielle Vorstellung seiner Person und des Novak.

»Ein Doktor«, flüsterte Frau Machalek, anscheinend beeindruckt. »Ja, die Medizin ist heute schon unglaublich weit entwickelt, nicht wahr?« Sie machte ein paar Schritte, die ihrer Hilflosigkeit entsprangen, was sie mit den Männern anfangen sollte. Sie bot ihnen nicht einmal Platz an. Ein verlegenes Lächeln, ein Räuspern. »Bei Josef kann man das besonders gut sehen. Wissen Sie, der hat nämlich ganz viel Pech gehabt an der Front. Die haben den armen Teufel doch tatsächlich aus ihren Schanzen hinausgejagt, um einen Angriff vorzunehmen. Und Josef geriet dabei ins Feuer.«

Sie schüttelte angewidert den Kopf, blickte zum Novak, dann zu Dr. Fried. Die standen nebeneinander, beide den Mund zu einem Strich zusammengepresst, sie wollten den Redefluss der Frau auf keinen Fall unterbrechen. »Also nicht Gewehrfeuer, das nicht. Also schon auch. Geschossen wird ja immer im Krieg, nicht? Aber die denken sich ständig neue Brutalitäten aus. Wissen Sie, was die machen? Die haben Flammenwerfer! Richtige Feuerwalzen gehen da über die Soldaten hinweg, so hat Josef es mir beschrieben. Alle Pflanzen auf dem Boden werden in Sekundenbruchteilen abgefackelt, und jeder Mensch, der in diese Flammen gerät, der …« Sie sprach nicht weiter, schluckte, Dr. Fried sah ihr die Betroffenheit an. »Und dann hat es Josef erwischt.«

»Ich weiß«, sagte Dr. Fried. »Ihr Bruder war öfters bei uns, ich habe seine Verbände gesehen.«

»Ach! Sie kennen sich? Wie schön!«

»Sein Kamerad und guter Freund ist mein Schwiegersohn«, fuhr Dr. Fried fort und hoffte, dass Wurmer seiner Schwester nichts über ihn erzählt hatte. »Max.«

»Max!« Nun strahlte Frau Machalek. »So ein netter Mensch!«

Ja, das fand Dr. Fried auch, leider schien seine Tochter inzwischen anderer Meinung zu sein. Nach wie vor war Dr. Fried der Meinung, dass sich das Ehepaar aussprechen sollte, aber was konnte er dazu beitragen? Gar nichts, denn im Grunde hatte er kein Recht, sich in die Beziehung der beiden einzumischen. Und wenn mit diesem Abraham Brill noch dazu ein Konkurrent erwuchs …

»Wie bitte?« Frau Machalek sah den Kriminaloberinspektor fragend an. Er musste wohl vor sich hin gemurmelt haben.

»Ihr Bruder erzählte uns, dass Sie immer seine Verbände wechseln«, wollte er der Frau ein Kompliment machen, bevor er sie nach Wurmers Vergangenheit und vor allem Ausbildung fragen wollte. »Sie machen das sehr gut. Sehr aufopferungsvoll.«

»Ach, woher, Herr Doktor! Das ist doch kein Opfer. Josef sagte mir, dass ich damit Ihren Kollegen im Militärspital viel Arbeit erspare. Das mache ich gerne.«

»Der Anblick seiner verbrannten Hände muss schrecklich sein«, fügte der Novak hinzu, um seinerseits die Anerkennung für die Frau zu verstärken. Er sah ihr an, wie sie innerlich wuchs, und damit würde auch ihre Bereitschaft wachsen, ihnen weiterhin alles zu erzählen, was sie wissen wollten.

»So schlimm ist das gar nicht!«, strahlte Frau Machalek die beiden an. Ihr sonniges Gemüt schien durch nichts verdunkelt werden zu können, nicht einmal durch die schwere Verletzung ihres Bruders. »Eigentlich sind die Wunden schon fast abgeheilt. Es hat am Anfang viel schlimmer ausgesehen, als es wirklich ist. Und – Sie verraten das nicht weiter, versprochen? – für

Josef ist es doch nur gut, wenn er seinen Genesungsaufenthalt hier ein wenig verlängern kann.«

Dr. Fried und der Novak sahen sich erstaunt an.

»Die Verletzungen sind nicht so schlimm?«, wiederholte der Novak, als könne er es nicht glauben.

»Ach wo! Eigentlich kann Josef mit seinen Händen längst wieder alles machen, was er will. Nur besser nicht in Wasser eintauchen, damit sollte er wohl noch warten, die Haut ist doch noch sehr frisch und dünn und rosig. Aber… Ja, malen zum Beispiel! Er kann bereits wieder malen und zeichnen!«

Sie ging zu einer schartigen, fleckigen Kommode, die keinen sehr stabilen Eindruck machte, und zog eine Lade auf. Sie holte ein paar Blätter hervor, auf denen verstörende Skizzen zu sehen waren: Szenen aus dem Krieg, verstümmelte Körper, Tote und Verletzte, alles in kräftigen, flüchtig erscheinenden Strichen gehalten, die dennoch die ganze Gewalt und Brutalität des Kriegs transportierten.

»Leider sind das die Themen, die ihn momentan sehr bewegen«, merkte Frau Machalek bedauernd an. »Und seine geliebten Skulpturen kann er noch nicht erstellen, aber das wird werden, sobald die Hände vollständig geheilt sind.«

»Kann er essen und trinken?«, fragte Dr. Fried nach. »Ich meine, geht das mit den Händen? Ein Glas halten zum Beispiel?«

Frau Machalek lachte auf. »Natürlich! Der Alltag ist kaum mehr ein Problem.«

»Aber noch keine Skulpturen …«, wiederholte der

Novak mehr für sich selbst als für Frau Machalek, die es jedoch als Frage verstand.

»Er sagt, dass die Haut dafür zu empfindlich ist. Man kann sich dabei außerdem leicht verletzen, zum Beispiel wenn man mit Holz arbeitet. Und wenn er mit Gips vorarbeiten will, na ja, Sie können es sich ja denken, da ist alles feucht und klebt an den Händen. Ich bin jedoch sicher, dass er bald wieder so schöne Dinge machen wird. Kommen Sie, sehen Sie sich das an!« Sie ging zu der halb geöffneten Tür, die in einen Nebenraum führte, und öffnete sie vollständig. »Kommen Sie, kommen Sie!«, forderte sie die Männer auf, die ihr langsam folgten.

Frau Machalek zog die Vorhänge auf, die den Raum verdunkelt hatten. Es war Wurmers Zimmer. Ein schmales, altes Bett stand an der einen Wand, in der Mitte des Raumes ein Tisch, auf dem Zeichenblätter verstreut lagen, ebenso auf dem Boden darunter. Und genau in der Mitte des Tisches …

Dr. Fried traute seinen Augen nicht. Vor ihm stand eine Skulptur, die ihm bekannt vorkam, obwohl er sie nie zuvor gesehen hatte.

»Was ist denn das?«, fragte er und sah sich mit Frau Machaleks Unverständnis konfrontiert.

»Das sieht man doch!«, meinte sie beinahe beleidigt. »Das ist eine bronzene Gämse. Ich finde, dass man das unschwer erkennt.«

»Natürlich, natürlich«, beschwichtigte Dr. Fried und ging näher.

»Es ist eine der besten Arbeiten meines Bruders. Er hat sie noch vor seinem Einrücken gestaltet, er war sehr stolz darauf. Er meinte, sie könnte einmal ein ganz herausragendes Stück in einer Ausstellung werden. Doch dann kam die Einberufung, und zu allem Überfluss war die Skulptur plötzlich weg, Josef dachte, ich hätte sie irgendwohin verräumt, ohne mich zu erinnern. Aber ich wusste wirklich nicht, was mit ihr geschehen war. Na ja, zum Glück hat er sie dann wiedergefunden.«

»Wann?«, fragte Dr. Fried knapp. Seine Stimme war hart, er drohte aus der Rolle des lieben Freundes der Familie zu fallen, doch das war ihm nun egal.

»Vor ein paar Tagen?«, antwortete Frau Machalek ein wenig eingeschüchtert.

»Natürlich«, sagte Dr. Fried, »vor ein paar Tagen. Was denn sonst.«

Er verabschiedete sich überhastet von Frau Machalek, wünschte ihr und ihrem Bruder alles Gute und schob den Novak aus der Wohnung hinaus.

Neunzehntes Kapitel: 16. Dezember, abends

Dass Wurmers Schwester in seiner unmittelbaren Nachbarschaft wohnte, hatte Dr. Fried zuletzt als unglückseligen Umstand wahrgenommen, denn dadurch war Wurmer recht häufig bei ihnen erschienen. Nun aber erwies es sich als praktisch, denn sie waren schnell wieder zu Hause.

Dort warteten sie, nachdem Dr. Fried den Novak zu Hechter geschickt hatte, um alles Notwendige für diesen Abend in die Wege zu leiten. So rasch wie möglich war er zurückgekehrt. Dr. Fried hatte Amalia eingeweiht, als sie am frühen Abend nach Hause gekommen war. Sie hatte nicht gewusst, dass Max mit Wurmer um die Häuser zog, und es schien sie nicht besonders zu interessieren, als ihr Vater es ihr mitteilte. Dass sie sich eine richtige Säuferrunde vorgenommen hatten, ließ sie ebenso kalt wie die Mitteilung, die Max seinem Schwiegervater gemacht hatte, nämlich dass er voraussichtlich an die Westfront versetzt wurde.

Dr. Fried konnte sich diese Kühle seiner Tochter immer weniger erklären, und inzwischen brannte es ihm auf der Seele, sie danach zu fragen. Doch er hatte Angst vor der Antwort, vor einer Entwicklung, die immer realer zu werden schien und die mit Abraham Brill zu tun hatte. Wie sehr hatte dieser Krieg auch ihre eigene kleine Welt verändert!

Dr. Fried und der Novak saßen am Tisch, den Stapel Karten vor sich, an jeden ein Blatt ausgeteilt, aber sie spielten nicht. Es sollte nur so aussehen, als ob, wenn Max mit seinem Kriegskameraden zurückkehrte. Ein paarmal versuchten sie es, um sich die Zeit zu vertreiben, doch ihnen war so gar nicht danach zumute. Also schwiegen sie sich an, angespannt und unsicher, ob die beiden überhaupt noch an diesem Abend auftauchen würden.

Amalia saß im Lehnstuhl ihres Vaters und blätterte desinteressiert durch die Zeitung des vergangenen Tages. Sie las gerade einmal die Überschriften, und wenn man sie gefragt hätte, welche Themen sie dabei gestreift hatte, hätte sie es nicht sagen können. In ihren Kopf ging nichts hinein, es hämmerten nur die Gedanken rund um Max darin herum. Und immer wieder schlich sich ein anderes Gesicht dazu, das sie in diesem heiklen Augenblick in den Hintergrund zu schieben versuchte: jenes von Abraham Brill.

Sie hatte längst an Blicken, am Tonfall, an Gesten ihres Vaters erkannt, dass dieser sich Gedanken machte. Sorgen. Um sie. Vielleicht war er in seinen Erkenntnissen oder Befürchtungen ihr bereits einige Schritte voraus? Andererseits: Wie hätte das sein können? Sie wusste doch selbst nicht, was mit ihr los war. Sie wusste nur, dass aus dem Krieg ein anderer Max zurückgekehrt war als jener, der damals in ihn gezogen war.

Die Standuhr im Flur schlug Punkt sechs, als Geräusche an der Tür zu hören waren. Kratzend, tastend, Metall auf Metall. Ein Schlüssel, der das zu ihm passende Schloss suchte. Der Novak nahm sofort seine Karten auf und spielte eine aus, ohne darauf zu achten, welche. Sie hatten sich nicht einmal abgesprochen, welches Kartenspiel sie vortäuschen wollten. Nichts war gleichgültiger in diesem Augenblick, als Max und Wurmer die Wohnung betraten.

Amalia spielte ihre Rolle der strengen und entsetzten Ehefrau perfekt. Vielleicht spielte sie auch gar nicht, dachte Dr. Fried, als er in ihr Gesicht blickte. Er hoffte es sogar. Es waren die verhärteten Züge einer jungen Frau, die einen ersten Anflug davon verrieten, wie sie im Alter aussehen mochte. Der Mund zusammengezogen, klein, schmal, Verbitterung. Unzählbare Fältchen um die Augenwinkel herum. Der Hals angespannt, die Sehnen traten hervor. Meine Güte, eine solche Frau sollte niemals aus ihr werden, da würde er eher noch Abraham Brill … Dr. Fried schob diese Gedanken beiseite. Sie kamen im denkbar ungünstigsten Moment, auch wenn er sich umgekehrt keinen günstigen vorstellen konnte.

»Wir sind zurück!«, rief Max mit unnötig lauter Stimme, als befände er sich auf einem Platz, an dessen anderen Ende er einen Bekannten erkannt hatte.

Er machte nicht den Eindruck, betrunken zu sein, und Dr. Fried hoffte, dass er es mit zwei Männern zu tun haben würde, die sich normal verhielten. Jedenfalls annähernd. Doch als Max auf seiner Krücke hereinwankte, erkannte Dr. Fried an den glasigen Augen, dass er einige Gläser zu viel in sich hineingeschüttet hatte.

Amalia stand auf, trat vor ihn hin und sah ihn lange an. Max versuchte sie anzulächeln, doch es entstand ein schiefes Grinsen.

»Ekelhaft!«, zischte sie und wandte sich von ihm ab. Sie ging zum Fenster, riss es auf und ließ kalte Winterluft herein. »Es stinkt«, erklärte sie bitter und blieb neben dem geöffneten Fenster stehen, die Arme vor der Brust verschränkt, ein Standbild der Ablehnung.

Hinter Max kam Wurmer zum Vorschein. Im Gegensatz zu Max, der mit seiner Krücke keinen festen Stand zu finden schien, tauchte er wie ein Fels aus der Brandung auf. Um seine Lippen lag ein Zug, den man nur als verachtend und destruktiv bezeichnen konnte. Erst als er den Versammelten ein »Guten Abend, wir sind zurück!« entgegenwarf, hörte Dr. Fried die starke Wirkung des Alkohols.

Und er roch sie. Beide jungen Männer strömten eine Ausdünstung aus, die ekelerregend war. Dr. Fried wusste nicht, was besser war: die sich immer weiter ausbreitende kalte Luft zu ertragen oder den Geruch nach Wein, Bier und dem Lokal, aus dem sie zurückgekehrt waren.

»Ein solches Empfangskomitee hatten wir gar nicht erwartet«, scherzte Wurmer. Unaufgefordert griff er nach einem Stuhl und setzte sich direkt neben Dr. Fried. »Ah, Sie spielen Karten. Poker?«

Seine Zunge war schwer, sein Kopf bewegte sich leicht nach links und nach rechts, als würde er von derselben Meeresbrandung, in der sich Max kaum halten konnte, sanft bewegt. »Kann man mitspielen? Aber Sie haben ja gar keinen Einsatz! Das lohnt sich nicht, Herr Doktor! Ich spiele ausschließlich um Geld, sonst fehlt ja der Anreiz!«

»Wo wart ihr?«, wandte sich Dr. Fried an Max und klang dabei so streng wie ein Vater, der seinen kleinen Sohn beim Aushecken eines Streichs erwischt hatte.

»Aber Schwiegerpapa!«, stolperten die Worte unbeholfen aus Max' Mund. Er suchte sich einen letzten freien Stuhl und schaffte es nur mit großer Mühe, sich zu setzen. Die Krücke ließ er dabei achtlos auf den Boden fallen.

»Nicht weit von hier«, antwortete an seiner Stelle Wurmer. »Da gibt es einen Wirt, drei Straßen weiter, herrlich, kann ich nur sagen. Der hat von früh bis spät abends offen, keinen Ruhetag. Da können wir uns öfters treffen, nicht wahr, Max?«

»Das glaube ich weniger«, murmelte Dr. Fried, doch Wurmer bekam die Andeutung gar nicht mit. Sein Kopf schwankte die ganze Zeit, als wäre er auf der Suche nach einer Stellung, in der er ausbalanciert stillhalten würde.

»Ich habe eine Frage an Sie«, sagte Dr. Fried nun lauter und schob die Spielkarten von sich. Der Novak tat es ihm gleich, stand auf und stellte sich in den Türrahmen des Zimmers. So hatten sie es abgesprochen. Auch wenn er kein unüberwindliches Hindernis für

Wurmer darstellen konnte, würde seine Blockade ihn einige Sekunden Zeit kosten, sollte er versuchen, davonzulaufen.

»Eigentlich ist es eher eine Mitteilung«, korrigierte sich Dr. Fried, »aber ich kann sie durchaus in eine Frage kleiden.«

Wurmer sah Dr. Fried an oder versuchte es zumindest. Dem Mann gelang es kaum, etwas oder jemanden für länger als wenige Sekundenbruchteile zu fixieren. Mit jemandem, der so betrunken war, sollten sie eigentlich keine größeren Probleme haben, andererseits hatte Dr. Fried schon erlebt, welche Kräfte Alkoholisierte aufbrachten, wenn sie sich in die Enge getrieben fühlten. Und dieses Gefühl würde Wurmer in Kürze erleben.

»Fragen Sie oder teilen Sie!«, forderte Wurmer den Kriminaloberinspektor fröhlich auf. »Am besten teilen Sie die Karten aus! Wollen wir uns auf Poker einigen? Oder auf Skat? Wir sind drei Personen. Es sei denn, Max möchte mitspielen? Max! Willst du?«

Dr. Frieds Schwiegersohn saß auf seinem Stuhl und starrte in Richtung Amalia, die nach wie vor beim offenen Fenster stand. Es musste ihr langsam kalt werden, doch Dr. Fried unterließ es, sie aufzufordern, das Fenster zu schließen. Er hatte den Eindruck, dass sie ihren Zorn nicht spielte, und in diesem Zustand war es besser, ihr keine Vorschriften zu machen.

»Na, geh schon zu ihr hin und bitte sie um Verzeihung!«, forderte Wurmer Max auf und stieß ihn dabei gegen die Schulter. »Fragt sich nur, wofür!«

Nun grinste er wirklich bösartig, und Dr. Fried beschloss, Wurmer sich nicht auf diese Weise in Szene setzen zu lassen.

»Meine Frage ist ganz einfach, Herr Wurmer: Warum haben Sie uns belogen?«

Wurmer wandte sich langsam zu Dr. Fried um. Der hätte am liebsten seinen Kopf gepackt und mit festem Griff dafür gesorgt, dass er ruhig hielt. Dieses permanente Schwanken störte ihn.

»Inwiefern?« Wurmer war zwar betrunken, aber Dr. Fried erkannte, dass er nun lauerte.

»Zum Beispiel, was Sterner angeht. Er hat nie eine akademische Ausbildung abgeschlossen.«

Wurmer zuckte mit den Schultern. »Nicht? Na, dann eben nicht.« Damit schien er es bewenden lassen zu wollen und deutete mit dem Kinn auf die Karten. »Es müsste nur jemand so freundlich sein, mir mein Blatt zu halten«, sagte er und sah Max an. »Vielleicht du?« Sein Blick wanderte zu Amalia. »Natürlich würde ich auch gerne weibliche Unterstützung in Anspruch nehmen. Sie wissen ja, selbst kann ich die Karten nicht halten.«

»Womit wir beim Thema wären«, ging Dr. Fried nicht auf ihn ein. »Wieso haben Sie uns in Bezug auf Ihre Verletzung belogen?«

Er ließ den Blick auf den wie immer sauberen weißen Verbänden ruhen. »Die Pflege, die Sie zu Hause bei Ihrer Schwester genießen, ist vorbildhaft. Aber eben nicht mehr nötig.«

Wurmers Augen verengten sich. Mit einem Mal hatte

er seine Stimme im Griff, als er fragte: »Was wollen Sie damit andeuten?«

»Gar nichts«, antwortete Dr. Fried, »ich weiß nämlich längst Bescheid. Ihre Verletzungen sind nicht annähernd so schlimm, wie Sie uns weismachen wollen. Sie können Ihre Hände für fast alle Tätigkeiten des täglichen Lebens verwenden.«

Nun schien auch Max aufmerksam geworden zu sein. Amalia schloss das Fenster, langsam, als handle es sich um eine feierliche Prozedur, bei der jeder Handgriff eine weihevolle Bedeutung hatte.

»Sie haben sich die Hände immer frisch von Ihrer Schwester einbinden lassen, um weiterhin eine schwere Verletzung vorzutäuschen. Damit wollten Sie den Zeitpunkt hinauszögern, an dem Sie wieder eingezogen werden.«

Ein Anflug von Erleichterung schlich sich in Wurmers Gesichtszüge. Daher weht also der Wind, schien er sich zu denken, und wandte sich mit der Antwort an den Novak. »Sie können das sicher verstehen.« Er hob beide Hände demonstrativ in die Höhe. »Sie haben das ja auch mitgemacht, nicht? Und so, wie Sie es erzählt haben, sind auch Sie kein Freund des Kriegs. Na ja, wer ist das schon außer ein paar Wahnsinnigen? In diesem Kreis darf ich offen sprechen, nicht wahr? Wir sind doch alle im Grunde derselben Gesinnung.«

»Was unsere Gesinnungen angeht, da unterliegen Sie einem schweren Irrtum«, sagte Dr. Fried. »Aber das tut nichts zur Sache. Es geht nicht um Ihren kleinen Betrug am Militär, der interessiert mich nicht.«

»Sie werden mich also nicht melden?«, unterbrach Wurmer und gab den Hoffnungsvollen.

Dr. Fried nahm ihm die Rolle nicht ab. »Es geht darum, dass Sie Sterner ermordet haben.«

Dr. Fried ließ den Satz wirken, niemand reagierte außer Max, der die Augen aufriss und sich an der Tischkante festklammerte. Wurmer saß stoisch da, ein wenig aufrechter als eben noch, und schien zu versuchen, etwas wie Würde auszustrahlen, was ihm jedoch nicht gelang. Solange dieser Kopf so instabil auf seinen Schultern saß, wirkte der Mann wie eine schlecht geführte Marionette.

»Warum hätte ich das tun sollen?«, entgegnete Wurmer, und seine Sprache klang nun völlig klar, nüchtern. »Denken Sie an Eifersucht? Mein Gott! Das mit Michael ist so lange her, wir haben einander nichts mehr nachgetragen, das können Sie mir glauben.«

»Das tue ich«, sagte Dr. Fried, »das ist allerdings auch schon das Einzige, was ich Ihnen abnehme. Sie hatten jedenfalls die Möglichkeit, Ihre Hände für den Mord einzusetzen.«

»Und das macht mich gleich verdächtig?« Wurmer lachte auf. »Wenn Sie jeden, der intakte Hände hat, wegen Mordes verhaften wollen, dann können Sie gleich …« Er sah sich suchend im Raum um und blieb bei Max hängen. »Ja, dann können Sie gleich Ihren Schwiegersohn verhaften!«

Max zuckte zusammen. Er hatte Wurmer nie seine Geschichte erzählt und konnte sich bei bestem Willen nicht vorstellen, dass er auf Umwegen davon erfahren haben konnte. Trotzdem fühlte er sich in diesem Augenblick ertappt.

»Oder Ihre Tochter vielleicht?« Wurmer grinste erneut schmierig.

»Sie haben Sterner ermordet, weil er sich mit fremden Federn geschmückt hat«, fuhr Dr. Fried unbeirrt fort. »Oder besser gesagt: mit fremden Skulpturen. Sterner war ein künstlerisches Talent, haben Sie erzählt? Das war nicht der Fall. Sie haben ihn anders dargestellt, damit der Verdacht nicht auf Sie fällt. Haben Sie wirklich geglaubt, dass das nie herauskommt?« Dr. Fried nahm eine Spielkarte und ließ sie durch die Finger wandern. »Sie haben ein falsches Bild von ihm aufgebaut, um von sich selbst abzulenken. Ich glaube, dass Sie genauso wie alle anderen sein künstlerisches Schaffen nie geschätzt haben. War das vielleicht der Grund für das Ende Ihrer Beziehung? Ich kann mir vorstellen, dass jemand wie Sterner eine Geringschätzung seines Schaffens auf Dauer nicht aushält.«

»Sie fantasieren, Herr Kriminaloberinspektor« Wurmer schüttelte nun ununterbrochen den Kopf. Dr. Fried war beinahe froh darüber, denn dadurch hatte das Schwanken endlich ein Ende.

»Sterner hat sich Kunstwerke anderer angeeignet. Auf jeden Fall zumindest eines von Ihnen. Vielleicht nicht nur das eine? Und er hat im Stil anderer zu arbeiten versucht, aber was hat das schon gebracht? Es ist jedem aufgefallen, dass es unselbstständige Arbeiten waren, für die ihm noch dazu das handwerkliche Können fehlte.«

»Welches Kunstwerk?«, fragte Wurmer mit unterdrückter Nervosität.

»Das wissen Sie doch. Die bronzene Gämse. Jene Skulptur, die in der Ausstellung fehlte. Sie wissen, wo sie steht?«

Wurmer antwortete nicht. Sein Blick wanderte von einem zum anderen, zuletzt zum Novak, der regungslos im Türrahmen stand.

»Soll der da mich von einer eventuellen Flucht abhalten?«, fragte Wurmer geringschätzig. »In seinem Alter und mit seinem schwachen Bein?«

»Sie sollten an Flucht gar nicht denken«, antwortete Dr. Fried. »Besser an ein Geständnis. Jetzt hier und dann später beim Untersuchungsrichter. Obwohl Ihnen das nicht viel helfen wird. Sie sind immer noch Soldat, auch wenn Sie Ihren Genesungsurlaub bisher über Gebühr ausgedehnt haben.«

Wurmer sprang auf und stürzte auf den Novak zu, der zwischen ihm und dem Ausgang der Wohnung stand. Er presste den Älteren gegen den Türstock, dass diesem die Luft wegblieb, wohl eher wegen der Überraschung als der Kraft, die Wurmer einsetzte. Der Novak verlagerte seinen Schwerpunkt etwas nach unten, was ihm schwerfiel, um dem Druck des jungen Mannes standzuhalten, und umklammerte ihn mit beiden Armen.

Max beobachtete die Szene mit großem Entsetzen. Dr. Fried erhob sich langsam und rief laut: »Sie können herauskommen!« Amalia stand immer noch neben dem Fenster, unverändert kühl, als hätte die Luft von draußen sie innerlich wie äußerlich eingefroren.

Eine Tür wurde aufgerissen und Männerschritte trampelten aus Amalias Zimmer heraus. Wurmer nahm die beiden uniformierten Polizisten aus dem Augenwinkel wahr und befreite sich aus der Umklammerung des Novak. Mit wenigen unsicheren Schritten eilte er zu Amalia, die er am Handgelenk packte und an sich zerrte, sodass sie spitz aufschrie. Doch er war nur mit Mühe in der Lage, die Situation und allem voran sich selbst zu kontrollieren, der Alkohol tat seine einschränkende Wirkung. Er geriet mit der jungen Frau in ein Handgemenge, bevor er ihr den Arm auf den Rücken drehte und sie wie ein großes Schild vor sich hielt. »Sie lassen mich jetzt gehen und Ihre Tochter nehme ich mit!«

Dr. Fried blieb beherrscht. Die zwei Uniformierten standen ratlos da, starrten auf den Kriminaloberinspektor. Hinter ihnen tauchte Hechter auf, wie immer in seinem makellosen Anzug wie aus dem Ei gepellt. Seine Miene war streng, das Kinn leicht in die Höhe gereckt.

»*Ich* leite hier den Einsatz«, sagte er leise, weil seine Worte eigentlich nur für Dr. Fried gedacht waren.

So war es besprochen worden, als der Novak den Kommissar geholt hatte. Dr. Fried sollte Wurmer aus der Reserve locken, den Rest, nämlich die Verhaftung, würde Hechter mit seinen Leuten übernehmen.

»Eine Geiselnahme verschlimmert Ihre Situation nur noch«, erklärte Hechter, obwohl es ein »Schlimmer« für einen Mörder, der noch dazu unter die Zuständigkeit der Militärjustiz fiel, nicht geben konnte.

»Geiselnahme?« Wurmer lachte laut auf, dann stieß er Amalia von sich, sodass sie in Richtung von Max stolperte. Der fing sie auf, sie landete halb auf seinem Schoß und blieb dort sitzen.

»Was habt ihr doch für einfache Vorstellungen«, hörte Wurmer nicht auf zu lachen. Es traten sogar Tränen in seine Augen, sein Gelächter schien echt zu sein. »Der Herr Doktor hat also hinter die Kulissen geblickt und das Richtige gefunden!«

Er klatschte in die Hände wie bei einer Theateraufführung, während die Uniformierten auf ihn zukamen, um ihn festzunehmen. Sie bogen ihm beide Arme auf den Rücken und legten ihm Handschellen an. Ohne weiteren Widerstand ließ er sich von ihnen in Richtung Hechter bugsieren.

»Wir gehen«, sagte dieser knapp und drehte sich um. Mit Dr. Fried schien er kein Wort mehr wechseln zu wollen, und auch den Novak ignorierte er.

»Einen Augenblick noch!«, wollte Wurmer seine Verhaftung anscheinend hinauszögern. Er riss an den Handschellen, was einen stechenden Schmerz in einem Handgelenk verursachte, und sah zu Max und der auf ihm sitzenden Amalia hinüber. »Sie haben nicht alles hinter den Kulissen entdeckt, Herr Kriminaloberinspektor. Ein trautes Pärchen, die beiden, nicht wahr?«

Max' Augen wurden immer weiter, sein Mund öffnete sich, als wollte er einen lautlosen Schrei ausstoßen. Er konnte sich unter dem Gewicht Amalias kaum bewegen und hatte das Gefühl, selbst der Gefangene zu sein. Der Gefangene dessen, was Wurmer gleich aussprechen würde und von dem er genau wusste, was es war. Nie hatte er damit gerechnet, dass es jemals dazu kommen würde, Wurmer hatte es ihm hoch und heilig versprochen.

»Hat Ihnen Max erzählt, dass wir beide ein Verhältnis hatten? Oder vielleicht haben wir es noch? Ich weiß es nicht, das müssen wir schon Max fragen, soll er die Entscheidung treffen. Jedenfalls kann ich Ihnen versichern, dass er mit seinem besten Stück meisterlich umzugehen versteht. Es war mir jedes Mal ein königliches Vergnügen!« Er machte eine obszöne Geste in den Raum hinein, als gelte sie allen Versammelten, aber die Augen hatte er dabei fest auf Max gerichtet.

»Schaffen Sie ihn weg!«, presste Dr. Fried zwischen den Zähnen hindurch. Beide Hände zu Fäusten geballt, dass sich die Nägel in die Handballen drückten, hätte er Wurmer am liebsten angesprungen. Hatte er es doch von Anfang an geahnt: Dieser Mann hatte kein Glück in sein Haus gebracht.

Zwanzigstes Kapitel: 18. Dezember

Es war der schweigsamste Sonntag gewesen, den sie seit Jahren oder überhaupt jemals zugebracht hatten. Was hätte Dr. Fried auch sagen sollen? Oder Amalia? In einer Woche war Heiligabend und die Stimmung von Vater und Tochter war alles andere als weihnachtlich.

Amalia hatte sich den ganzen Tag lang in ihrem Zimmer eingeschlossen. Dr. Fried hatte genau zweimal an ihre Tür geklopft: das erste Mal in der Früh, um ihr ein Frühstück anzubieten, das zweite Mal gegen Mittag, um sie zu fragen, ob sie jetzt nicht etwas essen wolle. Beide Male hatte sie abgelehnt, ihre Stimme war leise, klang verweint. Niemals hätte Dr. Fried gewollt, dass seine Tochter so etwas durchmachte, kein Vater konnte so etwas je wollen. Und er war nicht nur wütend auf Wurmer.

Max hatte den Sonntag außer Haus verbracht. Wie ein Dieb hatte er sich hinausgeschlichen, noch bevor Dr. Fried aufgestanden war. Nach der Verhaftung Wurmers hatte er minutenlang fassungslos auf seinem Stuhl gesessen und die Welt nicht mehr verstanden.

Irgendwann hatte Dr. Fried auf ihn einzureden begonnen, hatte wieder und wieder die Frage gestellt, die ihm auf der Seele brannte: »Ist das wahr?« Max hatte kleinlaut und weinend wie ein Kind zugegeben, dass es zu Vorfällen gekommen war. »Vorfälle«, so nannte er es. Es könne sich kein Mensch vorstellen, wie groß die Einsamkeit an der Front sei, obwohl man so viele Kameraden um sich hatte.

Amalia verließ daraufhin schweigend das Zimmer und schloss sich in ihrem eigenen ein. Kein Wort mehr von ihr, kein Geräusch, das zu hören gewesen wäre. Sie weinte wohl still vor sich hin, in den dicken, alles Schluchzen und Seufzen dämpfenden Polster.

Was hätte Dr. Fried sagen sollen? Seinem Schwiegersohn Vorwürfe machen? Dass er diese Art von Beziehungen zwischen Männern nicht nachvollziehen konnte, war die eine Sache. Aber dass Max das Vertrauen seiner Frau missbraucht hatte, der er Treue geschworen hatte … Musste man Max gar zugutehalten, dass der Krieg Menschen veränderte? Sie schwächer machte? Und – ja – ihre Sehnsucht nach Nähe, nach Liebe, nach Vertrauen unendlich groß werden ließ? Es gab Situationen im Leben, da fiel Vergebung schwer.

Dr. Fried und der Novak hatten nach dem Urlaub ihren ersten Tag im Dienst. Amalia war so früh wie noch nie in die Psychoanalytische Vereinigung gegangen. Zum ersten Mal hoffte Dr. Fried, dass Abraham Brill ihr dort ein gewisser Trost sein konnte. Max hatte er an diesem Morgen nicht gesehen. Auch in der Nacht hatte er ihn nicht gehört, vielleicht war er gar nicht nach

Hause gekommen. Nach langem Grübeln war Dr. Fried irgendwann eingeschlafen und in der Früh gerädert aufgewacht.

Der Winter gab ein erstes kräftigeres Lebenszeichen von sich. Ein scheußlicher Wind blies durch die Straßen und Gassen und über die Plätze, Dr. Fried trug den Hut den ganzen Weg zur »Liesl« nicht auf dem Kopf, sondern in der Hand. Den Mantel hatte er bis oben hin zugeknöpft, doch die kalte Luft wurde durch den dicken Stoff hindurchgepresst und er fror.

Vielleicht lag das aber auch an den Gedanken, die ihn nicht losließen, die er nicht abschütteln konnte, die ihn immer wieder schaudern ließen. Er versuchte mit aller Kraft, sich auf den vor ihm liegenden Tag oder wenigstens auf die kommenden zwei, drei Stunden zu konzentrieren. Er wollte und er würde Hechter den ganzen Ermittlungserfolg überlassen. In den Akten sollte sein eigener Name gerade einmal in Zusammenhang mit dem Ort genannt werden, an dem Hechter den Mörder dingfest gemacht hatte. Es war nicht sein Fall, er wollte ihn überhaupt nicht haben, würde ihn in die Statistik seiner gelösten Fälle nicht aufnehmen. Am liebsten hätte er die zurückliegende Woche aus seinem Leben gelöscht.

Der Novak war bereits im Büro und sah gar nicht glücklich aus.

»Mein Knie«, jammerte er wie selten zuvor. »Beim Handgemenge mit Wurmer muss ich einen falschen Schritt gemacht haben oder es kam zu viel Druck auf das Bein. Jedenfalls schmerzt es heute höllisch, ich dachte schon, ich komme gar nicht aus dem Bett.«

Wie in Häufchen Elend saß der Novak hinter seinem Schreibtisch und deutete zur Tür, neben der rechts an der Wand ein paar Garderobenhaken angebracht waren. An einem hing neben dem Mantel des Novak ein Gehstock. Den hatte er schon lange nicht mehr benutzt.

Dr. Fried legte Mantel und Hut ab und ging auf den Novak zu. »Das haben wir alles nötig gehabt, was?«, fragte er ihn, ohne eine Antwort zu erwarten. »Jeden von uns hat diese Geschichte ganz schön gebeutelt.«

Der Novak war der Ansicht, dass sein schmerzendes Knie im Vergleich zu dem, was Amalia und auch Dr. Fried widerfahren war, eine zu vernachlässigende Kleinigkeit war, auch wenn es sich im Augenblick nicht so anfühlte, aber das sprach er nicht aus. Er wusste, wie sehr sein Vorgesetzter und Freund diese Sache umtrieb.

»Hechter wird in wenigen Minuten hier sein«, kündigte der Novak an und bemühte sich um einen dienstlichen Tonfall.

»Wir werden die Akte heute schließen«, ließ sich Dr. Fried auf das Thema ein und ging zu seinem eigenen Schreibtisch hinüber.

Frau Pollack hatte bereits alles für ihn vorbereitet, die finale Vernehmung Wurmers würde Dr. Fried Hechter überlassen. Ihm allein. Er wollte nichts mehr mit dieser Person zu tun haben.

»Schmutzer wurde entlassen?«, fragte er und setzte sich.

»Gestern am späten Abend«, bestätigte der Novak. »Ich denke, er wird sich bei Ihnen demnächst überschwänglich bedanken.«

Dr. Fried winkte ab. Das alles interessierte ihn nicht mehr. Er hatte dem Bruder eines alten Schulfreundes aus dem Schlamassel geholfen und bereute das natürlich nicht, aber der Preis, den er gezahlt hatte, war definitiv überhöht.

»Wann immer Sie sich so weit fühlen, darüber zu reden …«, bot der Novak nun kleinlaut an und wusste durch das schweigende Nicken Dr. Frieds, dass seine Worte richtig angekommen waren.

»Überlassen wir es der Zeit«, sagte Dr. Fried leise.

Es klopfte, Frau Pollack steckte ihren Kopf durch den Türspalt. »Kommissar Hechter ist da«, sagte sie und wertete das heftige Winken Dr. Frieds als Zeichen, den Kriminalkommissar eintreten zu lassen.

»Ich gratuliere Ihnen«, sagte Hechter, noch bevor einer der beiden Älteren das Wort ergreifen konnte. »Sie hatten recht und ich lag falsch.«

»Nein«, entgegnete Dr. Fried und klopfte auf das Schriftstück, das vor ihm lag. »So steht es nicht in der Akte. So *wird* es nicht darin stehen. Den Fall haben *Sie* gelöst, mit größter Umsicht und unter Einbeziehung sämtlicher Möglichkeiten, weshalb auch Ferdinand Schmutzer in Untersuchungshaft genommen werden musste. Ein üblicher Vorgang. Sie sind nach allen Regeln unserer Kunst und völlig korrekt vorgegangen.«

»Ja«, antwortete Hechter und trat näher an Dr. Fried heran. »Das bin ich. Ich habe mich die ganze Zeit an die Regeln gehalten.«

Dr. Fried ging nicht auf die versteckte Vorhaltung ein. Stattdessen unterzeichnete er vor Hechters Augen das Blatt Papier, das vor ihm lag. »Damit wird die Akte unsererseits geschlossen und kann an den Untersuchungsrichter weitergeleitet werden. Ich weiß, Sie haben noch die abschließende Vernehmung mit Wurmer durchzuführen, das Protokoll davon fügen Sie dann einfach als Nachtrag hinzu. Sie können es handhaben, wie Sie es für richtig erachten. Was meine Person betrifft, möchte ich so weit wie möglich unerwähnt bleiben, wie Sie mich ja mehrfach wissen ließen: Es war und es ist nicht mein Fall.«

»Dann werden wir Ihren Besuch bei Schmutzer in der Zelle auch unerwähnt lassen?«, fragte Hechter. Dr. Fried hörte die Vibrationen in seiner Stimme, es war mehr als eine simple Frage, es war ein Vorwurf, und er war – obwohl nicht geradlinig ausgesprochen – nicht einmal unberechtigt.

»Es ist mir klar«, ging Dr. Fried auf den Unterton nicht ein, »dass Wurmers Verhaftung in meiner Wohnung nicht ausgespart werden kann. Soll sie auch nicht. Es ist mehr oder weniger ein Zufall, dass diese bei mir stattfand, weil Wurmer ein Freund meines Schwiegersohnes ist.« Dr. Fried schluckte. Die letzten Worte waren ihm nur mit Mühe über die Lippen gekommen.

»Oder war«, ergänzte er. »Beziehungsweise – Freundschaft ist vielleicht sowieso zu viel gesagt. Sie waren eben Kriegskameraden.«

»Ich nehme nicht an, dass wir diese Frage ausführlich diskutieren müssen«, sagte Hechter. Auch er war vom theatralischen Abgang Wurmers peinlich berührt und nicht undankbar gewesen, Dr. Frieds Wohnung mit dem Verhafteten unverzüglich verlassen zu können. Er wollte sich nicht ausmalen, welche Diskussionen es danach in Dr. Frieds Familie gegeben hatte.

»Wurmer hat Sterner ermordet, weil er dahinterkam, dass dieser die Kunstwerke anderer als seine eigenen ausgab. Speziell die Bronzeskulptur der Gämse, die Sie bei Wurmers Schwester sicherstellen werden. Sterner hat es nie zu einer eigenen Künstlerschaft gebracht, er hat immer nur andere imitiert und deren Ideen geklaut oder Stil kopiert. Bis er eben auf den Gedanken kam, die Skulptur seines Freundes … – Geliebten? – Ach, was weiß ich! Bis er eben dieses Stück an sich brachte und als seines ausgab, um an der Ausstellung teilnehmen zu können. Die Motivlage ist klar, ich gehe davon aus, dass er sie Ihnen bestätigen wird, wenn Sie ihn vernehmen. Packen Sie ihn ruhig bei seiner Eitelkeit und Selbstverliebtheit, dann wird er singen wie ein Vögelchen.«

»Und Ihr Dienstverstoß, Herr Doktor?«, wurde Hechter nun doch direkter.

Dr. Frieds Gesichtsfarbe changierte immer mehr ins Rötliche, als er mit lauter werdender Stimme antwortete: »Was wollen Sie, Hechter? Das hier ist *Ihr* Fall. Sie werden mit großer Wahrscheinlichkeit eine Belobigung erhalten, weil Sie ihn in nur einer Woche gelöst haben. Das ist vorbildhaft. Es wird auf der anderen Seite niemand erwähnen, dass Sie den Falschen verhaftet und der Tat verdächtigt haben.«

»Warum sollte man das auch?«, antwortete Hechter mit einer Gelassenheit, wie Dr. Fried sie bei ihm nie zuvor erlebt hatte. Jedenfalls nicht in solchen Zusammenhängen. »Sie selbst haben ja gesagt, dass ich den Regeln unserer kriminalistischen Kunst gefolgt und somit korrekt vorgegangen bin.« Er warf einen kurzen Blick zum Novak. »Es tut mir übrigens leid mit Ihrem Knie, Sie haben Wurmers Flucht verhindert, das war heldenhaft.«

Der Novak reagierte nicht darauf. Helden gab es ihm schon viel zu viele auf der Welt, und tagtäglich wurden Hunderte und Tausende neue erschaffen, per Deklaration durch das Ministerium und Bewunderung durch die Zeitungen. Das Wort war für ihn ausgelaugt, ausgezehrt und wertlos.

»Dann werde ich mich jetzt um den Täter kümmern«, machte sich Hechter bereit, das Büro wieder zu verlassen. »Und was die Sache mit dem Besuch des Untersuchungshäftlings betrifft, werde ich sie zumindest nicht in der Akte erwähnen.« Er wandte sich der Tür zu, hielt kurz inne. »Ach ja, ich vergaß. Die Akte haben Sie ja bereits geschlossen. Also habe ich ja sowieso kaum noch eine Möglichkeit, das zu erwähnen.« Er wünschte beiden einen guten Tag und ging.

»Das ist frech«, kommentierte der Novak den Abgang. »Er unterstellt Ihnen damit, dass Sie die Akte nur deswegen geschlossen hätten, um Ihren dienstrechtlichen Fehler zu vertuschen. *Unseren* Fehler natürlich.«

Der Novak nahm sich nicht aus. Wie immer war er solidarisch seinem Vorgesetzten gegenüber und hätte sich sogar bereitwillig vor der Disziplinarstelle im Ministerium mitverantwortet. Dass es dazu kommen würde, bezweifelte er allerdings.

»Hauptsache, Sie begegnen diesem Wurmer nie wieder«, meinte er und schob den Stuhl ein wenig nach hinten. So konnte er sein Knie besser mit kreisenden Bewegungen und leichtem Druck massieren.

»Er wird es nicht überleben«, sagte Dr. Fried. War er zufrieden, dass es so war? Sah er damit einen Konkurrenten in der Beziehung zwischen Amalia und Max für immer beseitigt? »Für ihn sind nicht unsere zivilen Gerichte zuständig, sondern er unterliegt der Militärgerichtsbarkeit. Und da steht auf Mord die Todesstrafe. Man wird ihn erschießen.«

Der Novak massierte und nickte zugleich. »Das bedeutet, die Akte geht sehr rasch vom Untersuchungsrichter ins Kriegsministerium?«

»*Sehr* rasch!«, bestätigte Dr. Fried. »Heute noch. Das Kriegsministerium hat sie auf Ersuchen unserer Abteilung umgehend angefordert.«

»Ersuchen unserer Abteilung?«, murmelte der Novak und warf einen Blick zu Dr. Fried hinüber. »Sieh an, sieh an.«

Er beschloss, sich nichts weiter dabei zu denken. Irgendwo, in den tiefsten Tiefen seines Gehirns, dachte er es freilich doch, bemühte sich aber, den Gedanken zu unterdrücken, weil es sowieso nichts geändert hätte. Schließlich war es gut so, wie es war. Auf Ersuchen der Abteilung.

Alle Bücher von Michael Ritter:

Kriminaloberinspektor Otto W. Fried ermittelt:
1. Fall: Wiener Hochzeitsmord
ISBN 978-3-8392-0094-0

2. Fall: Wiener Machenschaften
ISBN 978-3-8392-0315-6

3. Fall: Wiener Künstlermord
ISBN 978-3-8392-0740-6

Bibliothekarin Rita Girardi ermittelt:

Die Bibliothekarin und der Tote im Park
ISBN 978-3-8392-0468-9